KB023056

한밤중의 아이

真夜中の子供

한밤중의 아이

펴 낸 날 | 2023년 3월 2일 초판 1쇄

지 은 이 | 츠지 히토나리
옮 긴 이 | 양윤옥
펴 낸 이 | 이태권

책임편집 | 윤주영
북디자인 | 고현정

펴 낸 곳 | 소담출판사
서울특별시 성북구 성북로5길 12 소담빌딩 301호 (우)02880
전화 | 02-745-8566 팩스 | 02-747-3238
등록번호 | 1979년 11월 14일 제2-42호
e-mail | sodambooks@naver.com
홈페이지 | www.dreamsodam.co.kr

ISBN 979-11-6027-296-3 03830

• 책값은 뒤표지에 있습니다.
• 잘못된 책은 구입하신 곳에서 교환해드립니다.

한밤중의 아이
츠지 히토나리 지음
양윤옥 옮김
No Smoking
소담출판사

MITSUPISHI
Don Quijote
Shop 免税店

차례

2016년 8월

다시 나카스에 오게 될 줄은 솔직히 생각도 못했다. 기동대에서 8년씩이나 근무한 끝에 다른 경찰서로 이동을 희망했는데 왜 또다시 이곳으로 돌려보낸단 말인가. 미야다이 히비키는 발령 소식을 들은 순간, 표현할 길 없는 당혹감과 불만에 휩싸였다. 하카타 경찰서 본서로 가는 것이라면 그나마 이해가 된다. 하지만 초임으로 이미 근무했던 나카스 파출소에 재등판이라니……. 여기는 '잠 못 드는 파출소'라고 불리는, 하루 스물네 시간 밤낮을 가리지 않고 조직폭력배의 세력 다툼부터 길 잃은 외국인 관광객에 이르기까지 온갖 말썽이 끊이지 않는 곳이다.

"나를 체포해? 유치장에 처넣어? 늬들이 그렇게 대단해? 이봐, 한 잔 더 마셔야겠어, 술 가져와, 술!"

곤죽이 되게 취한 자가 술 냄새를 풍풍 풍기며 험한 말을 쏟아 냈다. 히비키는 신입 오카다 순경과 둘이서 그자의 팔을 잡아 벤치에 눌러 앉혔지만 주정뱅이는 전혀 저항을 멈출 기미가 없었다.

"이놈들아, 술 가져와!"

경사로 진급한 것은 좋았으나 나이 서른에 밤이면 밤마다 이런 진상 취객을 상대해야 하는 것은 너무도 힘에 부쳤다.

히비키는 하카타구 고후쿠마치에서 태어났다. 하카타강을 건너면 그곳에는 전국적으로 손꼽히는 유흥가 나카스가 길게 가로누워 있다. 나카강과 하카타강 사이, 북서에서 남동에 걸쳐 약 1킬로미터의 길쭉한 섬은 북서쪽에서부터 쇼와 거리, 메이지 거리, 고쿠타이 거리, 거기에 직각으로 교차하는 모양새로 나카스 쥬오 거리가 이어지고 그 일대에 유흥가가 형성되었다. 섬의 폭은 2백여 미터밖에 안 된다. 20개에 달하는 크고 작은 다리가 상인들의 거리 하카타와 행정 관청 거리 후쿠오카를 이어주고 있다. 밤이 되면 그 다리를 건너 수많은 사람들이 환락을 찾아 이곳에 몰려들었다. 클럽, 룸살롱, 소프랜드 같은 풍속영업법 대상 업종을 포함해 음식점, 성매매 업소의 수가 무려 3천5백 개에 달한다. 이 비좁은 나카스에서 일하는 사람이 약 3만 명, 놀러 오는 사람은 하루 6만 명에 달한다. 히비키가 근무하는 나카스 파출소는 그 환락가의 한복판에 마치 나카스의 배꼽 같은 모양새로 진좌하고 있었다.

30여 명의 경찰이 24시간 3교대로 나카스 지역을 순찰한다. 처음 경찰이 된 스무 살 무렵에는 나름대로 자부심도 있었다. 하지만 지금은 어떤가. 취객을 반기는 경찰 따위는 없다. 취객은 술이 깨면 온갖 상소리를 퍼부었던 일을 싹 잊어버리고 보통 사람으로 돌아온다. 하지만 경찰은 당직이 끝난 뒤에도 불쾌한 기억을 떠안은 채 다시 근무해야 한다. 히비키는 결혼을 앞두고 자신의 미래를 다시 생각해 보고 있었다.

"싸움이 났어!"

누군가 고함을 치며 파출소 안으로 뛰어들었다. 진상 취객을 상대하던 히비키는 당황해서 출입구를 돌아보았다. 얼굴빛이 확 변한 중년 남자가 로망 거리 쪽을 가리키며 잔뜩 흥분해서 떠들어 댔다.

"지금 저기서 사람들이 싸우고 있어. 집단 패싸움이야. 스무 명은 넘는 거 같아. 흉기를 마구 휘둘러서 피를 흘리며 쓰러진 사람도 있다고!"

2층에서 대기 중이던 경찰들이 줄줄이 내려왔다. 무슨 일이야? 패싸움? 어디서? 로망 거리야, 폭동이 난 것 같다니까, 빨리 빨리!

"경봉 챙겨!"

취객을 신입 오카다 순경에게 맡기고 히비키는 다른 경찰들과 함께 파출소를 뛰쳐나왔다. 8월 말, 늦여름의 후끈한 열기와 나카스를 둘러싼 강의 습한 냄새가 왈칵 덮쳐들었다. 열기를 품은 바람이 몸에 휘감기듯 달라붙어 떨어지지 않았다. 나카스 파출소를 나와 쥬오 거리를 왼쪽으로 꺾어 들면 가장 먼저 만나는 큰 길이 로망 거리다. 사거리에 사람들이 빙 둘러서 있었다. 그 구경꾼 틈을 헤집고 들어갔다. 젊은 남자들이 뒤엉켜 맨손으로 치고받고 있었다. 아무래도 외국인 폭력배 간의 다툼인 것 같았다. 귀에 익숙하지 않은 억양의 고함 소리가 난무했다. 구경꾼 속에서 술 취한 자가 환성을 올렸다. 길이 막혀 오도 가도 못하는 차량들은 연거푸 클랙슨을 울렸다.

"뭐 하는 짓이야! 다들 멈춰!"

럭비부 출신의 이케다니 경사가 120센티미터의 경봉을 휘두르며 돌진했다. 히비키와 다른 경찰들도 그 뒤를 따랐다. 젊은 남자들이 삼삼오오 뿔뿔이 도주하기 시작했다. 히비키는 뒤처진 한 명의 팔을 움켜잡았다. 다른 경찰이 달려와 태클을 걸어 주었다. 꼼짝없이 붙잡힌 남자의 문신이 새겨진 팔목에 수갑을 채웠다. 이케다니 경사가 무선으로 본서에 지원을 요청했다. 쓰러진 자는 귀 근처에서 피를 흘리고 있었다.

"구급차 불러!"

히비키가 이케다니 경사에게 말을 건넨 순간, 구경꾼 틈에서 기억을 건드리는 뭔가가 눈에 들어왔다. 하지만 그게 무엇인지 선뜻 파악하지 못했다. 애써 생각해 보려 했지만 꺼끌꺼끌한 기억의 잔재에 시야는 점점 흐려질 뿐이었다. 혼란스러운 사건 현장 한복판인데도 느닷없이 그곳만 뻥 뚫린 진공 상태처럼 보였다. 눈앞에 서 있는 것은 작은 몸집의 청년이다. 밤업소에서 일하는 것이리라, 염색한 앞머리가 한쪽 눈을 가렸다. 분명 본 적이 있는 얼굴인데 생각나지 않았다. 기억과 일치하지 않는 것이다. 히비키는 소란통의 한가운데서 멀거니 서 버렸다.

"히비키, 왜 그래?"

이케다니의 목소리가 그를 퍼뜩 현실로 데려왔다.

"응? 아니, 아냐."

말을 건넨 다음 순간, 눈앞의 청년이 입가를 풀며 웃었다. 이겼다는 듯 의기양양하게 한쪽 입가만 슬쩍 올리는, 어딘가 사람을 얕잡아 보는 웃음이었다. 둔탁한 아픔과 함께 히비키의 기억이 과거의 한 시기와 접속했다. 마지막에 만난 건 히비키가 스물두 살 때, 기동대로 이동하기 일 년 전이었을 터였다. 그때 그는 아직 일곱 살이었다. 그새 9년의 세월이 흘렀다. 만일 눈앞의 청년이 그때 그 아이와 동일 인물이라고 해도 아직 열여섯 살밖에 안 된다. 하지만 도저히 그 나이로는 보이지 않았다. 히비키는 주위의 시선 따위는 아랑곳하지 않고 청년에게 다가가 그 창백한 얼굴을 찬찬히 들여다보았다.

"너……, 렌지?"

나이보다 노숙한 청년은 대답 없이 다시 한번 입가를 올려 슬쩍 웃더니 몸을 돌려 멀어져 갔다. 멀리서 구급차 사이렌이 들려왔다. 수갑이 채워진 남자의 신음 소리가 점점 가까워지는 그 소음에 삼켜졌다. 히비키는 해묵은 상처 같은 과거를 반추하며 렌지에 얽힌 기억을 떠올렸다.

제1장

2005년 4월

렌지를 처음 만난 것은 히비키가 경찰 학교를 졸업하고 나카스 파출소에 첫 부임한 2005년 봄의 일이었다. 히비키는 막 스무 살이 된 참이었다. 한밤중에 히노 경사를 따라 소프랜드가 몰려 있는 세이류 공원 길을 순찰하는데 눈앞으로 웬 어린아이가 지나갔다. 그 시간에 그런 곳에 어린아이가 있어서는 안 된다. 두 사람은 급히 뒤를 쫓아갔다. 소프랜드의 네온불이 너저분하게 비치는 골목길에서 드디어 히비키가 아이의 가느다란 팔을 잡았다.

"얘, 여기서 뭐 해? 아빠 엄마는 어디 있어?"

선배 히노 경사가 허리를 낮추고 아이에게 물었다. 별반 겁을 내는 기색도 없이 아이는 두 경찰의 얼굴을 빤히 쳐다보았다. 대답도 없고 너무 무반응이라서 어쩌면 말이 안 통하는 외국 아이인지도 모른다고 히비키는 생각했다. 사십 대의 히노 경사도 미아라면 자주 봤지만 이런 시간에 이런 곳을 헤매는 아이를 마주친 건 처음이라면서 고개를 갸웃거렸다. 저만치 떨어진 곳에서 멀거니 보고 있던 삐끼 한 명이 다가와 히노를 보고 히죽히죽 웃으며 알려 주었다.

"호스티스 아카네의 아이예요. 이름은 렌지."

애 엄마는 어디 있느냐고 물어봤지만 글쎄요, 라며 피식 웃기만 했다.

"애 아빠가 호스트 클럽에서 일하는데, 요즘 그 클럽 뒷방에서 지낼걸요?"

조금 떨어진 곳에서 다시 다른 삐끼가 말했다.

두 경찰은 아이의 손을 잡고 그들이 알려 준 호스트 클럽으로 갔다. 하지만 대응에 나선 검은 양복의 직원이 노골적으로 싫은 내색을 하며 말했다.

"안에 아직 손님이 있어요. 경찰이 근처에서 오락가락하면 우린 진짜 장사하기 힘들다고요. 일 끝나는 대로 곧장 파출소로 아이 찾으러 가라고 할게요. 일단 돌아가세요."

파출소에 데려와 아이를 돌봐 준 것은 신입 경찰이던 히비키였다. 원래는 하카타 본서로 가야 했지만 부모가 곧 찾으러 온다고 했기 때문에 파출소에서 맡아 주기로 했다. 2층 휴게실에 올라가 주스와 과자를 챙겨 주었다. "맛있어?"라고 물어보자 아이는 살짝 고개를 끄덕였다. 당시 렌지는 아직 다섯 살이었다. 히비키는 아이를 달래려고 애니메이션이며 만화 얘기를 꺼내 봤지만 여전히 대답이 없었다. 웃어 가면서 장난도 쳐 보고 이 방법 저 방법으로 아이의 마음속에 들어가려고 애를 쓰고 있는데 한 시간쯤 지나 드디어 아이가 입을 열었다.

"여기 경찰서지요? 나, 잡혔어요?"

"아냐, 파출소야. 잡힌 거 아니니까 걱정 마. 그보다 왜 그런 곳에 혼자 있었어?"

"항상 나 혼자예요."

"어린아이가 한밤중에 돌아다니면 안 되지."

"다들 착해요. 괜찮아요."

아카네가 나타난 것은 날이 밝고 해가 눈부시게 떠오른 오전 느지막한 시간이었다. 일 끝내고 오는 길이라는 것을 한눈에 알아볼 수 있었다. 윗부분을 부풀리고 아랫부분은 가늘게 돌돌 말아 낸 클럽 호스티스의 화려한 헤어스타일이었다. 아이를 파출소에서 데려갔다는 얘기를 들었을 텐데 하룻밤 내내 맡겨 두고도 전혀 미안해하는 기색 없이 부루퉁하게 말했다.

"애 데려갈게요."

히비키는 이미 당직이 끝난 시간이었지만 렌지가 마음에 걸려 차마 집에 가지 못하고 부모가 나타날 때까지 봐 주고 있었다.

"왜 곧장 안 왔어요?"

이와타 순경이 나무라는 투로 말했다.

"댁들 때문에 늦었지!"

여자는 갑자기 표정이 험악해지더니 오히려 화를 내듯이 내뱉었다.

"애 아빠가 호스트 클럽에서 일하니까 거기 사장이 우리를 뒷방에서 지내게 해 줬어요. 근데 경찰이 영업시간에 덮어놓고 애를 데리고 클럽에 찾아왔잖아요. 사장이 안 되겠다고 문제 터지기 전에 나가라고 해서 우리, 쫓겨났어요. 방금 전까지 짐 싸다 왔다니까? 이제 당장 잘 데도 없어요. 그냥 가만두면 애는 혼자 잘 찾아오는데 괜히 댁들이 소란을 떠는 바람에 집도 절도 없게 됐다고요. 대체 어쩔 거예요?"

여자의 서슬 퍼런 항의는 좀체 가라앉지 않았다. 날카로운 눈빛으로 파출소 안에 있는 경찰들을 차례차례 노려보았다.

"그래도 그 시간에 아이를 혼자 돌아다니게 하면 안 되잖습니까."

히비키가 말을 꺼내자 여자는 그를 향해 내뱉듯이 말했다.

"애가 몽유병인데 어쩌라고? 병이에요, 병. 자기 멋대로 나가서 돌아다녀요. 그게 부모 잘못이에요?"

이와타가 여자를 어르고 달래 가며 자세한 내용을 묻기 시작했다. 하지만 여자는 현재 일정한 주거지가 없다는 말만 했다. 하루요시에 친정집이 있다고 해서 우선 그 주소를 연락처로 적어 두었다. 히비키가 2층에서 텔레비전을 보던 렌지를 데려와 엄마를 만나게 해 주었다. 벽 쪽에 붙어서 어물어물하는 렌지의 손을 여자가 홱 낚아챘다.

"그래서 오늘 밤에 친정으로 갈 거예요. 이제 됐죠? 더 할 말 있으면 그쪽으로 연락해요."

여자는 렌지의 손을 끌고 파출소를 떠났다. 나갈 때 렌지가 한순간 고개를 돌려 히비키를 찾는 듯한 몸짓을 보였다. 하지만 가느다란 그 시선이 히비키와 마주치자마자 렌지의 눈 속에 맺혀 있던 아주 조금의 빛이 지워지더니 순식간에 어둠 속을 떠도는 접속 불능의 신호로 변해 버렸다.

그런데 다음 주에 히비키와 이와타 순경은 다시금 렌지를 목격했다. 게다가 한밤중인 3시를 지난 참이었다. 메이지 거리를 작은 그림자가 생쥐처럼 쪼르르 남동쪽을 향해 가로질러 갔다. 히비키는 그 걸음새가 눈에 익었다. 히비키와 이와타는 렌지가 사라진 나카스 쥬오 거리 쪽으로 급히 달려갔다. 큰길에서는 택시들이 줄지어 손님을 기다렸다. 편의점 앞에 정차한 배달 차에서는 이른 새벽의 상품을 차례차례 내리고 있었다. 쓰레기를 내놓는 점원, 팔다 남은 꽃을 안고 가는 외국인, 길모퉁이에서 노래하는 젊은이, 술 취한 회사원들로 거리는 한밤중이라고는 생각되지 않을 만큼 북적거렸다.

히비키와 이와타는 구역을 나눠 각자 아이를 찾아다녔다. 골목골목을 돌면서 얼굴을 아는 삐끼들을 한 명씩 불러 세워 아이를 못 봤느냐고 물어보았다. 떡이 되게 취한 사람이 길바닥에 널브러졌고 종종걸음의 남녀들이 사거리 부근을 점거했다. 외국인 패거리들은 편의점 앞에서 도시락을 먹고 있었다. 가게마다 켜놓은 네온 불로 일대는 한낮처럼 환했다. 찾아다닌 지 15분쯤 되었을 무렵, 우선 히비키가 데아이바시 길 성인용품점의 붉은 불빛을 받은 다섯 살 아이의 실루엣을 발견했다. 어린아이가 멀뚱히 서 있는 그 옆을 성매매업소를 물색하는 중년 남자들이 나 몰라라 하는 얼굴로 지나쳐 갔다. 무선으로 이와타에게 전달한 뒤, 아이의 등 뒤쪽으로 살금살금 다가갔다.

"렌지."

히비키가 말을 걸었다. 하지만 렌지는 히비키를 알아보자마자 냅다 뛰기 시작했다.

"얘, 잠깐만!"

하카타 거리에서 이와타가 얼굴을 내밀었다. 달려오는 아이를 발견하고 두 팔을 벌려 길을 막았다. 히비키도 쫓아가 어쩔 줄 모르는 렌지를 등 뒤에서 껴안았다.

"싫어, 집에 가기 싫어. 집에 안 갈래!"

날뛰는 렌지에게는 강한 의지가 있었다. 이 아이는 몽유병 같은 게 아니다, 라고 히비키는 생각했다.

파출소에 데려가 주의 깊게 아이의 상태를 살펴보았다. 팔뚝 안쪽에 퍼런 멍 자국이 보였다. 티셔츠 소매를 걷어 보니 멍이 어깨까지 퍼져 있었다.

"이거, 어쩌다 이렇게 됐어?"

이와타 순경이 손끝으로 살짝 짚으면서 물었다.

"아빠하고 부딪혔어요."

렌지의 대답에 이와타가 되물었다.

"어쩌다 부딪혔는데?"

몰라요, 라는 답이 돌아왔다. 맞은 거 아니냐는 말에 아이는 입을 꾹 다물어 버렸다. 아동 학대가 의심되었기 때문에 모두들 다가와 렌지를 에워싸고 몸을 살펴보았다. 그랬더니 허리춤도 퍼렇게 멍이 들어 있었다.

"이거, 아동 상담소에 데려가야겠는데요?"

이와타가 말했다.

네기시 기치지로 상담사는 눈앞에 앉은 아이가 입을 열기를 참을성 있게 기다렸다. 거의 한 시간 가까이 그런 상태가 이어졌다. 아빠나 엄마에게 맞은 적이 있느냐는 질문에도 아이는 힘없이 고개를 저을 뿐이었다. 네기시는 상담사로 일한 35년 동안 셀 수 없이 많은 아이를 학대나 빈곤에서 지켜 왔다. 눈가에는 선한 웃음 주름이 새겨져 있었다. 미소가 끊이지 않는 얼굴로 경계심을 갖지 않도록 온화하게 말을 건넸다. 하지만 렌지는 아이다운 천진함을 감춘 채 어떤 질문에도 대충 얼버무리거나 갑자기 입을 꾹 다물었다. 때로는 알아듣지 못한 척하기도 했다. 그리고 마지막에는 전과 많은 절도범처럼 식사를 요구하는 것이었다.

"아저씨, 나 배고파."

"배고팠구나. 좋아, 뭐 먹고 싶어?"

"메뉴판 있어요?"

틈을 두지 않고 재빨리 되묻는 바람에 네기시는 저절로 피식 쓴웃음이 터졌다. 메뉴판을 꺼내 주자 렌지는 가로채듯이 양손으로 잡고 몸을 숙여 들여다보았다. 그러고는 라면과 카레라이스를 가리켰다. 양쪽 다 한자가 없는 메뉴다. 분명 자신이 아는 쉬운 글자를 가리킨 게 틀림없었다.

"두 개나 시키면 다 못 먹지. 하나만 정해 줄래?"

"그럼 카레라이스."

"돈가스카레도 있는데."

"그게 뭐예요?"

"카레라이스에 돈가스를 얹은 거야."

"와아, 그거 먹을게요."

렌지는 배달시킨 돈가스카레를 묵묵히 먹었다. 접시에 코를 박을 기세로 허겁지겁 먹고 있었다. 다섯 살 아이라고는 생각되지 않는 식욕이었다. 먹는다기보다 흡입하는 느낌으로 제대로 맛을 보기도 전에 삼켜 버렸다. 평소에 이 아이는 대체 뭘 먹는 건가, 라고 네기시는 생각했다. 지긋이 관찰하면서 아이가 처한 환경을 떠올렸다. 다 먹고 나자 렌지는 잘 먹었다는 인사 대신 "졸려요"라고 말했다.

원래 하카타 경찰서에서 후쿠오카시 아동종합상담센터에 아이의 신병과 함께 들어온 신고였다. 아이 본인이 집에 돌아가고 싶지 않다는 강한 의사 표시를 했기 때문에 센터에서 보호하기로 했다. 하지만 가장 중요한 학대나 육아 방기放棄에 대한 얘기로 들어가면 렌지는 그런 건 모른다고 고개를 가로저으며 애매하게 말끝을 흐렸다. 그러면 집에 돌아가겠느냐고 물어보면 즉각 "안 갈래요"라는 답이 돌아왔다. 애초에 일정한 주거지가 없는 모양이었다. 이름으로 주민 등록과 호적까지 조회해 봤지만 해당되는 내용이 존재하지 않았다. 렌지의 모친이 파출소 측에 연락처로 기입해 둔 친정집 주소에 문의한 다음에야 드디어 아이의 존재를 확인할 수 있었다. 어쨌든 렌지는 임시 보호소에서의 생활이 무척 마음에 든 눈치였다. 네기시는 렌지에게 여기가 좋으냐고 물었다.

"지붕도 있고 침대에서 자고 텔레비전도 볼 수 있잖아요. 밥도 맛있고, 계속 여기서 살고 싶어요."

렌지의 대답이었다. 임시 보호소를 이렇게까지 좋아하는 아이는 드물었다.

렌지는 계속 빤들거리며 얘기를 얼버무리고 넘어갔다. 아빠는 어떤 사람이냐고 물어보면 "큰 사람"이라고 대답했다. 엄마가 화를 내기도 했느냐고 물어보면 화를 안 내는 엄마도 있느냐고 대꾸했다. 폭력을 당했다거나 안 좋은 일을 당한 적은 없느냐고 물어도 대답은 마찬가지였다. 렌지의 몸에 생긴 멍을 진찰한 의사는 타박상이 원인일 것이라고 했다. 맞았을 가능성도 있지만 운동 등을 하다가 멍이 들었을지도 모른다는 것이다. 멍 자체가 시일이 지나 상당히 지워졌기 때문에 맞아서 생긴 멍인지 아닌지 판단을 내리기가 어려웠다.

"여기 팔뚝에 멍은 왜 생겼을까?"

네기시가 재차 확인하자 "부딪혔어요"라고 렌지는 계속 판에 박힌 대답을 했다.

"어쩌다 부딪혔는지 찬찬히 얘기해 줄래?"

"몰라요. 잊어버렸어요."

네기시는 얼굴이 팽팽해져 버렸다. 부모가 강하게 입을 틀어막은 것이라면 분명 어딘가에서 말이 어긋나거나 거짓이 드러날 터였다. 하지만 렌지는 모범적인 대답을 기계적으로 되풀이했다. 그러고는 여차하면 이렇게 말하는 것이었다.

"아저씨, 나 배고파."

네기시는 렌지를 마주하면서 한편으로 렌지의 조부모와도 연락을 시도했다. 일단 부모를 만나게 해 달라고 몇 번이나 요청했지만, 렌지를 데려온 지 2주가 지났는데도 부모 쪽은 바빠서 자신들에게 모든 걸 맡겼다는 얘기만 하고 있었다. 그렇다고 조부모가 렌지를 거둬 주겠다는 것도 아니었다. 렌지의 부모에게서 뭔가 압력이 들어온 모양이라고 네기시는 짐작했다. 무엇보다 자기 아이를 아동상담센터에서 임시 보호 중이라는데도 연락조차 없는 그런 부모 밑에서 이 아이는 자라고 있다, 라고 네기시는 모든 사정을 이해했다.

하루요시의 외가에 찾아가자 렌지의 조부 데쓰조가 나왔다. 비좁은 현관에는 휠체어가 접힌 채 놓여 있어서 발 디딜 곳도 없었다. 네기시는 한쪽 구석에 겨우 구두를 벗어 놓고 안으로 들어갔다. 조모 긴코는 몸을 움직이는 게 여의치 않은 상태여서 차를 내주는 것도 방석을 내놓는 것도 모두 조부 데쓰조가 했다. 오래 깔아 둔 듯한 이부자리에서 긴코는 앉음새를 바로잡으며 “몸이 영 말을 듣지 않네요”라고 변명하듯이 말했다.

나이로 봐서는 자신과 별반 차이가 나지 않을 터였다. 하지만 두 사람 다 몹시 추레한 모습이었다. 어딘지 벌벌 떨고 있었다. 딸이 손자에게 폭력을 휘두르는 일은 절대 없다고 두 사람은 똑같이 말했지만, 어딘가 아귀가 맞지 않는 느낌이 들었다.

"여차할 때는 우리가 그 아이를 거둬들일 생각이에요."

긴코 쪽은 어물거리면서도 아이에 대한 의지를 밝혔다. 하지만 데쓰조 쪽은 대답이 애매했다.

"글쎄, 그게 가능할지 모르겠네. 나는 자신이 없어. 당신도 체력적으로 어렵다는 거 알잖아."

어쨌든 두 사람이 네기시의 방문을 환영하지 않는다는 건 분명했다. 그래서 네기시는 화제를 바꿔 보기로 했다.

"그나저나 렌지는 왜 호적이 없지요?"

늙은 부부는 놀란 얼굴을 했다. 네기시는 호적을 조회해 봤는데 전혀 아무런 기록도 없었다는 것을 설명했다.

"구청에 출생 신고를 하지 않은 것 같은데요."

"그럴 리가요. 우리 딸이 했을 텐데?"

데쓰조가 부정했다.

"저희 측에서 알아봤는데 호적에 올라 있지 않았어요. 내년에 초등학교에도 가야 할 텐데 이대로는 입학 통지서도 못 받습니다."

데쓰조와 긴코는 서로의 얼굴을 쳐다보며 낭패감을 감추지 못한 채 시선을 피하더니 입을 꾹 다물어 버렸다.

2005년 6월

히비키는 파출소 근무에도 점차 익숙해져 갔다. 파출소에서 도보로 10분 거리의 나카고후쿠마치 본가에서 자영업을 하는 아버지와 전업주부 어머니, 약사 여동생과 넷이서 살고 있다. 태어나서 지금까지 삼시 세끼를 어머니가 손수 차려 주는 밥을 먹으며 자라왔다. 빨래는 바구니에 넣어 두면 다음 날에는 깨끗이 접혀 침대 위에 놓여 있었다. 하루의 근무를 끝내고 지칠 대로 지쳐 집에 돌아오면 그곳에는 가족이 있었다. 흰밥에 따듯한 된장국과 갓 장아찌, 한 토막의 연어 구이, 두부와 김……. 매일매일 거의 비슷한 메뉴지만 히비키는 어머니가 해 주는 아침 식사가 매번 기다려졌다. 책임감 강한 아버지, 가족을 아끼고 사랑해 주는 순한 어머니, 시건방진 여동생. 극히 평범한 가족이 식탁에서 마주한다. 별다른 대화가 없어도 서로의 변함없는 존재가 하루하루 정서적 안심감을 주었다. 야간 당직 때는 오전 10시쯤에나 돌아오지만, 아버지도 시업 시간을 조정해 아들과 함께 늦은 아침 식사를 한 뒤에 나가곤 했다. 히비키는 파출소에서 일어난 일들을 이야기하고 가족은 고개를 끄덕여 가며 귀를 기울여 주었다.

"수고했네. 한숨 푹 자."

어머니의 다정한 한마디에 하루의 피곤이 풀렸다. 배불리 먹은 히비키는 침대로 기어들었다. 하지만 잠들기 전에 렌지의 일이 머릿속 한 귀퉁이를 스쳤다. 그 녀석은 지금쯤 뭘 먹고 있을까. 그 뒤에 어떻게 되었을까. 히비키의 마음속에 어린 그림자가 웅크리고 있었다.

그 렌지가 다시 파출소에 모습을 드러냈다. 밤 9시가 지난 시각이었다. 바닷바람이 세차게 부는 밤인데 아이는 티셔츠 한 장 차림이었다. 새시 문 너머에서 렌지는 턱 끝을 덜덜 떨면서 파출소 안을 표정 없는 얼굴로 들여다보고 있었다. 유리창 너머로 본 탓도 있겠지만 그 눈빛은 수조 안의 열대어를 연상시켰다. 렌지는 히비키를 발견하자마자 시선을 멈췄다. 또릿또릿 큼직한 눈으로 히비키를 응시했다. 그걸 알아보자마자 히비키는 문으로 향했다. 히노가 "엇, 저 애는? 어떻게 된 거야!"라고 큰 소리를 냈다. 작업 중이던 경찰들이 손을 멈추고 일제히 유리문 너머 렌지를 돌아보았다.

히비키가 새시 문을 열자 어린아이는 한 걸음 주춤 물러섰다.

"웬일이야, 또 이런 시간에?"

아이는 입을 다문 채 히비키를 올려다보았다.

"요즘 어디서 지내지? 하루요시 할아버지 집? 아니면 엄마하고 함께 살아?"

그때, "렌지!"라고 부르는 여자의 날카로운 목소리가 쥬오 거리를 울렸다. 원색 옷차림의 아카네가 얼굴빛이 확 변한 채 달려와 낚아채듯이 아이를 양팔에 가뒀다. 훅 끼치는 향수 냄새에 주위의 공기까지 달라졌다. 아카네는 화려한 원피스에 짙은 화장을 하고 있었다.

"여기 오면 안 된다고 했지? 저 사람들한테 또 끌려가고 싶어?"

히비키가 한 걸음 두 사람에게 다가갔다. 렌지를 향해 무슨 일이냐고 물었다.

"일은 무슨 일? 당신들, 남의 일에 왜 그렇게 오지랖을 떨어? 부모 허락도 없이 아동 상담소인지 어딘지 마음대로 보내 버리고! 당신들, 납치범이야!"

살벌한 말을 던지며 여자는 히비키를 한껏 흘겨보더니 렌지를 끌고 가 버렸다. 히노 경사가 다가와 혼잣말처럼 중얼거렸다.

"집에 돌려보낸 모양이네. 내일 아동 상담소 쪽에 전화로 확인해 봐야겠어."

그 뒤로 나카스 파출소 경찰들은 이따금 렌지를 목격했다. 낮 시간에 소프랜드의 젊은 삐끼들과 골목길에서 노닥거리는 일도 있었다. 나카강 강변의 포장마차 뒤에서 낮잠을 자거나 선술집 카운터 한구석에서 뭔가 얻어먹거나 쥬오 거리 변두리 음식점의 요리사들이 웃고 떠드는 속에 섞여 어른들을 올려다보고 있기도 했다. 물론 넉살 좋게 파출소에 훌쩍 얼굴을 내밀기도 했다.

"그 아이, 무호적 아동이라던데?"

히노 경사가 순찰 중 잠시 쉬는 시간에 편의점 주차장에서 히비키에게 지나가는 얘기처럼 말했다.

"무호적 아동이라니, 그게 뭐예요?"

"호적이 없다는 거야."

히비키는 깜짝 놀랐다.

"어떻게 호적이 없을 수 있어요?"

"부모가 출생 신고를 안 했거든."

"호적이 없어도 살아갈 수 있는 건가."

비번 날, 히비키는 아무래도 마음에 걸려서 후쿠오카시 아동종합상담센터를 찾아가 보기로 했다. 일개 경찰로서 지나치게 나서는 행동이라는 건 알지만, 호적이 없는 아이라니, 그 장래가 몹시 걱정이 되었다. 렌지를 보호했던 경찰이라고 접수처의 나이 든 직원에게 전했다. 네기시는 젊은 경찰의 마음을 충분히 이해했다. 원래는 정해진 매뉴얼대로 대답할 수밖에 없는 입장이지만, 그 성실함을 저버릴 수 없어 히비키의 질문에 하나하나 찬찬히 응해 주었다.

"아이 엄마가 기타큐슈 쪽에서 일을 했었는데 남편의 거듭되는 폭력으로 함께 살 수 없어서 하카타로 도망쳤다는군요. 그런데 따로 사귀던 남자와의 사이에서 렌지가 태어난 모양이에요. 그러니 지금 그대로 출생 신고를 하면 남편 아이로 올라가게 되겠지요. 그래서 출생 신고를 하지 않았다, 라는 게 내가 들은 얘기예요."

"렌지는 앞으로 어떻게 될까요?"

네기시는 고개를 갸우뚱하고 끄응 신음한 뒤에 말을 이어 갔다.

"일단 호적이 없으니까 주민 등록표도 존재하지 않지요. 당연히 건강 보험에도 가입하지 못합니다. 이대로 가면 의무 교육조차 받기 어려워요."

저런, 이라고 중얼거리며 히비키는 한숨을 내쉬었다. 도무지 받아들일 수 없는 일이었다.

결국 외조부가 와서 렌지를 데려갔지만, 어이없이 다시금 그 엄마 밑으로 돌아갔다. 그런 점에도 분명 문제가 있다고 네기시는 덧붙였다.

렌지가 어떻게 지내는지 마음에 걸려서 히비키는 아이를 목격할 때마다 불러 세워 요즘 어디서 사느냐고 물어보았다.

"호텔에서. 돈 많으면 방에서 잘 수 있어요."

"어디 호텔?"

"강 옆에 호텔."

"호텔이 아닌 거 같은데? 괜찮으면 어딘지 알려 줄래?"

히비키가 그렇게 좀 더 캐물었더니 "좋아요"라면서 데려간 곳은 러브호텔이었다. '숙박 4,700엔'이라는 알림표가 나붙어 있었다. 강변의 인적 드문 자리에 숨듯이 서 있었다.

"이 근처는 위험한 지역이야. 밤에는 돌아다니면 안 돼."

그때 히비키는 처음으로 렌지가 웃는 것을 보았다. 마치 어른처럼 코웃음을 쳤다.

"왜?"

"나카스 사람들, 경찰 아저씨 말처럼 나쁜 놈들 아니에요. 다 착해요."

렌지는 히비키를 똑바로 올려다보며 그렇게 단언했다. 여름이 다가오고 있었다. 그저 서 있기만 해도 땀이 났다. 발소리가 들리더니 자동판매기 옆 러브호텔 출입구에서 나이 지긋한 남녀가 나왔다. 경찰과 어린애가 있으니 두 사람은 놀라서 급히 시선을 돌리고 도망치듯이 골목길을 꺾어져 갔다.

"경찰 아저씨, 이거 진짜 총이에요?"

렌지가 히비키의 허리춤의 권총을 가리키며 물었다.

"응, 진짜야."

"사람 죽일 수 있어요?"

"죽이기 위한 게 아니야. 시민을 지키기 위해 갖고 다니는 거야."

히비키는 쪼그리고 앉아 렌지의 어깨를 잡고 같은 눈높이에서 물었다.

"아빠 엄마가 일하는 동안에는 어떻게 지내?"

"혼자 놀아요."

"밥은?"

"그냥 적당히."

"적당히, 라니?"

"배고프다고 하면 다들 밥 줘요."

"다들? 누가?"

"여기 사람들, 나카스 사람들. 다 좋은 사람들이에요."

열대어의 눈이 벽 쪽에 설치된 자동판매기에서 딱 멈췄다. 먹고 싶은 듯한, 호소하는 듯한 눈빛이었다. "뭔가 마실래?"라고 히비키가 물어보자 렌지는 어린애답게 금세 환하게 웃는 얼굴이 되었다.

"뭐가 좋아?"

"콜라."

히비키는 몸을 일으켜 주위를 둘러보았다. 아이의 마음을 열어 어떤 나날을 보내는지 알아보려고 달달한 콜라를 미끼로 던져 주는 듯한 느낌이 들었다. 근무 중에 아이에게 콜라를 사 주는 행동이 성실한 모범 신입 경찰에게 꺼림칙하게 느껴진 것이다. 렌지를 딱하게 여기는 자신의 지나친 개입에 어이없어하면서도 히비키는 동전을 꺼내 자동판매기에 넣었다. 렌지가 버튼을 꾹 눌렀다. 깜짝 놀라게 큰 소리를 내며 페트병이 출구에 떨어졌다. 렌지는 그것을 훔치듯이 왈칵 움켜쥐고 고맙다는 인사도 없이 러브호텔 안으로 사라졌다. 그 어둠을 응시하며 히비키는 잠시 멍해져 있었다. 그 참에 새로운 커플이 걸어오다가 난처한 표정으로 러브호텔 바로 앞에서 멈칫 서 버렸다. 입구 옆에 경찰이 서 있어서 못 들어가는 거라고 깨닫고 히비키는 급히 발길을 돌려 그 자리를 떴다.

2005년 7월

렌지의 밥을 챙겨 주고 과자를 사 주는 어른들이 나카스에는 아주 많았다. 나카스에서 태어났고 게다가 아직 어린애인데 한밤중에 나돌아 다닌다? 좁은 나카스 안에서 그런 일이 일어났으니 당연히 이 사람 저 사람의 눈에 띄게 마련이다. 아카네의 등에 업혀 있던 갓난아기 때부터 부모의 단골 주점이며 라멘집 종업원이며 근처 얼굴 아는 이들에게서 귀여움을 받았다. 부모가 나카스 밤업소에서 맞벌이로 일하느라 아예 밖에 내놓다시피 키운 탓에 아이를 딱하게 생각하는 식당 주변 사람들도 적지 않았다.

나카스 대형 유흥가에서도 나름대로 씩씩하게 살아가는 렌지의 존재는 그곳에서 일하는 사람들의 마음속에 묘한 어버이 의식을 싹트게 했다. 평소에는 고개를 떨구고 슬그머니 드나드는 소프랜드 아가씨들도 렌지 앞에서는 마음을 열고 활짝 웃었다.

렌지에게 슬쩍 용돈을 쥐여 주는 일도 있었다. 질 나쁜 똘마니들 조차 렌지에게만은 손을 대지 않았다. 아이는 말수는 적지만 결코 주눅 들지 않고 어떤 사람의 마음속에나 구별 없이 스르륵 파고드는 신비한 힘을 갖고 있었다. 무표정한데도 동글동글 큰 눈으로 상대를 빤히 바라보면 굳이 말로 하지 않아도 다양하게 그 마음속이 읽혔다. 한밤중을 살아가는 고독한 아이의 스토리로 사람들의 뇌리에 새겨지는 것이었다.

"배고파? 라면이라도 먹을래?"

하루요시 다리 근처에 줄지어 들어선 포장마차를 한 바퀴 돌아다니면 렌지는 배를 채울 수 있었다. 가게 주인과 대화를 주고받는 렌지를 재미있어하는 손님들도 있었다.

"어디 사는 아이예요?"

"나, 나카스에서 태어났어요."

가게 주인이 대답하기 전에 렌지가 재빨리 나서서 알려 준다. 그러면 손님들은 대부분 "귀엽네, 귀엽네"라고 어디서나 한결같은 반응이 나왔다. 관광객들은 라면이며 닭 꼬치구이, 삼겹살 등을 인심 좋게 사 주기도 했다. 가게 쪽에서도 렌지는 귀여운 마스코트가 되었다. 담장을 넘어 어디선지 모르게 찾아오는, 잘 길들여진 남의 집 고양이 같은 존재였다.

엄마 아카네는 클럽에서, 그리고 아빠 마사카즈는 호스트로 밤일을 하고 있었다. 렌지가 태어난 곳도 이곳 나카스였다. 쥬오 거리 일대에서 렌지를 모르는 사람은 드물었다. 간혹 이름까지는 알지 못하더라도 한밤중에 술 취한 어른들 사이를 쪼르르 뛰어다니는 어린애라고 하면 이미 유명 인사였다. 나카스 사람들은 그를 '한밤중의 아이'라고 불렀다.

하카타 기온 야마카사 축제가 시작되면 렌지는 한낮에도 자주 나타났다. 아카네의 손에 이끌려 쇼핑을 나온 길에 우연히 마주친 야마카사 신여神輿의 박력을 렌지는 잊을 수가 없었다. 신여를 떠메고 달리던 하얀 샅바에 핫피 차림의 용맹한 어른들이 눈에 낙인처럼 찍혀 떨어지지 않았다. 어떻게든 다시 한번 야마카사 축제를 구경하고 싶다고 생각했다. 하지만 다섯 살의 렌지에게 나카스는 아직 거대한 세계였다. 기억에 의존해 여기저기 찾아다녔지만 신여를 떠메고 달리는 어른들을 만날 수 없었다. 어딘가 멀리서 그들의 구령 소리가 들려오는 것 같았다. 마치 여름날의 먼 천둥소리처럼 들렸다. 소리 나는 쪽을 돌아보니 고쿠타이 거리 앞을 야마카사 신여의 잔상이 가로질러 갔다. 어린 렌지는 그쪽을 향해 내달렸다. 하지만 그것은 아득히 저 멀리 펼쳐진 소나기구름을 뒤쫓는 듯한 일이었다.

느닷없이 해가 구름에 가려지고 한밤중의 아이는 천둥 번개와 소나기를 흠뻑 맞았다. 으쌰으쌰 하고 어딘가에서 남자들의 구령이 메아리치는 것 같았다. 천둥소리가 우르릉 울렸다. 굵은 빗방울이 달궈질 대로 달궈진 아스팔트 지면을 때렸다. 물안개가 자욱이 피어오르고 신여는 보이지 않았다. 언젠가 나도 저 야마카사 신여를 떠메고 싶다고 렌지는 꿈꾸었다. 저런 어른이 되고 싶다고 한밤중의 아이는 꿈꾸었다.

2005년 9월

아카네가 룸살롱 일을 마치고 돌아오는 길에 나카스 뒷골목에서 한 남자가 말을 걸었다. 회사원으로 보이는 양복 차림의 술 취한 중년 남자였다. 아카네는 경계하면서 우회하듯이 옆으로 비켜 갔다. 하지만 중년 남자는 다시 시비조로 "이봐, 한잔 하자니까?"라고 말했다. 아카네는 일단 지나쳤다가 생각나는 게 있어서 머뭇머뭇하는 척하며 돌아보았다. 남자가 반색을 하며 뛰어오더니 "어때, 좋잖아, 가볍게 한잔 더 하자"라고 흥분한 기색으로 수작을 걸었다. 아카네는 얇은 코트를 걸치고 있었다. 그 안에는 몸에 착 달라붙는 니트 원피스를 입고 있었다. 룸살롱에서 일할 때 입는 노골적으로 몸매를 드러내는 옷이었다. 앞 단추를 잠그지 않은 코트 안의 보드라운 복부에 남자의 시선이 멎었다. 아카네는 코트 앞을 손으로 가리는 시늉을 했다.

남자가 약간 진지한 표정으로 물었다.

"이 근처에서 일해? 룸살롱에서 일해?"

아카네는 어떻게 대답해야 할지 몰라 약간 긴장하는 척하며 사투리는 빼고 표준말로 대꾸했다.

"네, 그런데요?"

"괜찮으면 저기 어디서 나하고 2차 할래?"

아카네는 남자의 눈을 살펴보았다. 그 눈 속에서 타오르는 욕망의 불길이 느껴졌다.

"아니, 안 돼요."

아카네가 고개를 흔들자 양복 차림의 중년 남자는 다시 한 걸음 내밀며 "예쁘시네"라고 몸을 바르르 떨며 말했다. 아카네는 턱을 내밀고 눈을 애교 있게 치켜뜨며 은근슬쩍 남자를 보았다. 열린 입술 틈새로 앞니가 얼핏 내보였다. 길쭉한 눈매를 아이라인으로 강조하고 검은 콘택트렌즈를 끼운 눈동자가 한층 크고 신비하게 반짝이며 남자를 유혹했다. 아카네는 아랫입술을 살짝 깨물었다. 그 도톰한 부분에 남자의 시선이 못 박히듯 달라붙었다. 코트 앞을 가린 손의 힘을 풀자 앞깃이 벌어지면서 몸의 굴곡이 또렷이 드러났다. 남자의 눈길이 그녀의 봉긋한 가슴에서 오목한 허리선까지 훑고 내려갔다. 남자는 이 여자가 자신을 유혹하는 거라고 생각했다. 입을 꾹 다물고 일단 그 안에 고인 침을 꿀꺽 삼켰다.

"어머, 길거리 헌팅인가요?"

아카네가 교태 섞인 목소리로 물었다.

"아니, 그런 건 아니고, 당신을 조금 더 알고 싶어서."

남자도 은밀한 웃음을 건네며 말했다. 아카네는 긴 머리칼을 뒤로 툭 쳐내고 얼굴을 슬쩍 옆으로 돌린 채 눈을 감았다. 어두운 골목 중간쯤에서 남자와 여자는 마주하고 있었다. 섣부른 망상에 빠진 중년 남자가 가까이 다가가 아카네의 목덜미를 들여다보았다. 열린 가슴팍의 부드럽게 이어진 두 개의 언덕으로 시선이 타고 내려갔다. 아카네가 눈을 감은 것을 허락의 의미로 착각하고 남자는 허리에 손을 둘렀다. 아카네의 몸이 움찔 굳어버렸다.

"어머, 이러지 마세요."

작은 소리를 토해 내면서 눈을 번쩍 뜨더니 옆에 달라붙은 남자의 얼굴을 흘겨보았다. 그 검디검은 신비한 눈에 남자는 빨려들었다. 틀림없는 유혹의 눈빛이었다. 술 냄새 풀풀 풍기는 남자의 입김이 아카네의 얼굴에 끼쳤다. 흥분했다는 게 뻔히 느껴졌다. 남자의 손이 코트 안으로 기어들어 왔다. 하지만 아카네는 도망치지 않았다.

“이러지 마시라니까요.”

그녀는 다시 한번 작은 목소리로 말했다. 그 한마디에 불이 붙었다. 남자의 손이 아카네의 엉덩이를 움켜쥐었다. 아카네가 몸을 뒤로 젖혔다. 다음 순간, 등 뒤의 어둠 속에서 뻗어 온 손이 회사원의 양복 뒷덜미를 잡아챘다. 그리고 그를 홱 밀쳐 아카네와 떨어뜨렸다.

“내 여자한테 지금 뭐 하는 짓이야!”

어둠 속에서 얼굴을 드러낸 마사카즈가 위협적인 목소리로 회사원을 을러댔다.

“자기야, 이 사람이 갑자기 나를 껴안았어.”

아카네가 남자를 손끝으로 가리키며 일러바쳤다. 마사카즈는 잔뜩 겁을 먹은 중년 남자의 멱살을 잡고 그대로 등 뒤의 전봇대까지 밀어붙였다. 남자는 호소하는 눈빛으로 아카네를 바라보았다.

“내가 이러지 마시라고 몇 번이나 경고했지?”

아카네는 날카로운 목소리로 말했다. 마사카즈는 중년 남자의 배를 주먹으로 힘껏 내리쳤다. 격한 아픔에 그는 얼굴을 일그러뜨렸고 눈동자는 허공을 허우적거렸다.

"남의 아내에게 수작을 걸어? 이걸 어떻게 보상할 거야, 엉?"
마사카즈가 남자의 귓가에 입을 들이대고 속삭이듯이 위협했다. 아카네는 후우 숨을 토해 내고 냉큼 그 자리를 떴다.

일요일 밤, 나카스 패밀리 레스토랑 안쪽 테이블에 마사카즈와 아카네와 렌지가 진을 치고 앉아 있었다. 세 사람이 나란히 외식을 하는 건 드문 일이었다. 생각지도 못한 큰돈이 들어왔다면서 마사카즈는 유난히 기분이 좋았다.
"렌지, 먹고 싶은 거 다 먹어. 뭐든 괜찮으니까."
"당신 멋있네. 잘 먹을게."
옆에서 아카네가 킥킥 웃으면서 마사카즈를 추어올렸다.
"그렇게 쉽게 풀릴 줄은 생각도 못 했어. 당신, 연기를 잘하던데?"
마사카즈가 주위 사람들을 거리끼는 것도 없이 큰 소리로 아카네를 칭찬했다.
"아니, 그래도 조심해."
아카네가 목소리를 낮춰 경고했다.
"매번 쉽게 풀릴 리가 없잖아. 이건 진짜 힘들 때만 써먹어야 해. 위험한 다리를 어쩌다 건너는 건 스릴도 있고 재미있지만, 괜히 우쭐해서 까불다가 경찰에게 큰코다치는 수가 있어. 저거 봐, 근처에 경찰이 우글우글하잖아."

"그건 그렇지."

마사카즈는 갑자기 목소리 톤을 떨구며 고개를 끄덕였다.

렌지는 옆에서 음식 사진이 실린 메뉴판을 들여다보고 있었다.

"정했어? 야야, 언제까지 꾸물거릴 거야. 빨리 결정해!"

마사카즈가 렌지를 향해 소리치듯이 재촉했다.

"다 맛있어 보이잖아. 망설일 만도 하지."

아카네가 괜찮다면서 렌지를 보고 웃어 주었다.

"오늘은 다 좋아. 진짜 재미있네. 맛있는 거 실컷 먹자."

"나, 정했어. 돈가스카레 먹을래."

"그럼 여기 버튼을 누르면 돼."

마사카즈가 의기양양한 얼굴로 손을 내밀어 호출 버튼을 눌렀다. 젊은 점원이 다가오자 세 사람은 각자 요리를 주문했다. 아빠 엄마가 웬일로 웃는 얼굴이라서 렌지는 기뻤다. 주위를 둘러보니 어떤 테이블이든 다 비슷비슷한 가족들이고 다들 즐거워 보였다. 렌지도 그들을 따라 피식 웃어 보았다.

"야, 뭐가 웃겨? 의미도 없이 실실 웃지 마!"

마사카즈가 말을 내뱉으며 렌지의 머리통을 쥐어박았다.

2005년 11월

히비키는 시간이 날 때마다 인터넷을 검색하고 도서관에도 찾아가 무호적 아동에 대해 조사해 보았다. 가장 궁금한 것은 의무교육을 받는 게 가능한가, 어떤 구제가 가능한가, 그러기 위해서 주위에서는 무엇을 어떻게 해야 하는가, 라는 것이었다. 아동종합상담센터에도 찾아갔지만 네기시는 다른 안건으로 외출해서 자리에 없었다. 창구 직원은 그저 무난하게 매뉴얼대로 응할 뿐이었다.

"후쿠오카시 아동종합상담센터에서는 아동 본인이나 그 가족이 신청하면 응해 드릴 수 있지만, 그 이외의 분들에게는 개인 정보 보호법 때문에 프라이버시에 관련된 사항은 말씀드릴 수 없습니다. 무호적에 관해 좀 더 알고 싶다면 하카타 구청이나 법무국에 문의해 보시는 게 좋겠습니다."

네기시가 해 준 것 같은 상세한 대응을 모든 상담원에게 기대할 수는 없다고 히비키는 마음을 돌렸다. 미리 네기시에게 연락해 그와 직접 얘기하도록 준비했어야 한다고 내심 반성했다. 그래도 내친 김에 구청으로 찾아가 종합 안내소에 문의해 보았다.

"호적에 관한 것이라면 출생 신고를 담당하는 시민과에 상담해 보세요."

히비키는 다시 시민과로 가서 의자에 앉아 차례를 기다렸다. 젊은 아빠들이 출생 신고를 하려고 찾아왔는지 마찬가지로 기다리고 있었다. 히비키의 눈에 그들의 행복감이 손에 잡힐 듯이 느껴졌다. 히비키의 차례가 와서 창구 담당자에게 말했다.

"무호적 아동이 호적을 취득하는 것에 대해 알아보는 중입니다. 바쁘실 텐데 죄송하지만, 어떤 수속이 필요할까요?"

부드러운 표정으로 응대에 나섰던 남자의 얼굴이 금세 흐려졌다. 웃음기가 사라지고 입을 꾹 다물더니 눈가에 힘이 들어갔다. 아마도 출생 신고를 하러 온 젊은 아빠라고 생각했던 게 틀림없다.

"곧장 출생 신고를 하지 않았던 건가요?"

히비키는 렌지가 처한 환경에 대해 간단히 설명했다.

"그런 일이라면 잘못 찾아오신 것 같아요. 법무국에 가서 알아보시는 게 좋아요. 여기서는 무호적자는 취급하지 않거든요. 여기는 일본 국적을 가진 사람들을 위한 창구예요."

"그 아이의 부모도 일본인인데요?"

히비키가 대꾸하자 창구의 남자가 말을 바꿨다.

"아뇨, 정확하게는 호적이 있는 사람들을 다루는 창구지요."

남자는 입을 한일자로 꾹 다물고 더 이상 이곳에서는 해 줄 게 없다는 태도를 취했다.

"실은 나도 일개 경찰관일 뿐이에요. 하지만 내 관할 구역에 그런 아이가 있어서 공무라기보다 개인적으로 뭔가 해 줄 게 없을지, 이번 기회에 공부도 할 겸 찾아왔습니다. 물론 법무국에 가 보는 것도 괜찮지만, 내가 알고 싶은 것은 결론이 아니라 주위 사람들이 그 아이를 어떻게 대해 주고 인간적으로 무엇을 해 주어야 할지, 그런 마음가짐을 상담하고 싶었던 거예요."

히비키는 경찰관이라는 것을 밝히고 다시 한번 찾아온 이유를 설명했다. 창구의 남자는 갑작스레 몹시 죄송하다는 얼굴을 하면서 "아니, 저도 차별이나 편견이 있는 건 아니고요"라고 변명하듯이 말을 이어 갔다.

"어떤 사정인지는 잘 알겠습니다. 실은 무호적 아동에 관해 현재로서는 법률이 애매해서 저희도 정확히 파악하지 못하고 있어요. 이런 말을 해도 좋을지 모르겠는데, 무호적자에 대한 올바른 이해가 확립되지 않았다는 게 현실이지요. 그러니 갑작스럽게 그런 문의가 들어오면 저희도 바짝 긴장하게 되네요. 게다가 전에 비슷한 문의로 적잖이 티격태격한 적이 있어서……. 죄송합니다, 이해해 주십쇼."

창구 공무원의 입장이 충분히 이해되는 만큼 히비키는 안타깝고 답답한 심정이었다. 어디를 찾아가 봐도 이 문제를 어떻게 판단하고 처리해야 좋을지 모르겠다는 사람들뿐이다. 오늘 이 시점까지 아직 정부에서는 이 문제에 대한 명확한 대응 매뉴얼이 없는 것이라고 다시금 실감했다.

히비키는 감사 인사를 건네고 시민과를 뒤로했다. 구청을 나서자 해가 기울어 가고 있었다. 내일은 당직이다. 몸과 마음이 건강한 상태로 임하기 위해서는 법무국에 가는 대신 집에 돌아가야 한다. 아니, 마음속 한 귀퉁이에서 법무국에 찾아가는 게 내키지 않았다. 애초에 이런 활동은 자기 자신을 이해시키기 위한 것일 뿐 진심으로 렌지를 구해 내려는 것인지도 알 수 없었다. 결국 나는 고생 모르고 태평하게 자란 경찰관이다, 라고 자조했다. 부모도 아닌 사람이 해결할 수 있는 문제가 아니라고 자신을 다독이며 히비키는 집으로 향했다.

2006년 1월

렌지는 계속 자는 척하고 있었다. 깊이 잠든 척하는 게 자신의 역할이라고 언제부턴가 깨달았다. 하지만 눈은 감을 수 있어도 귀는 막을 수 없었다. 두 사람의 거침없는 날숨이 틈새 바람처럼 들이쳐서 렌지의 작은 고막을 긁어 댔다. 인형극에서 실이 끊기면 이렇게 되는 거야, 라고 렌지는 마음속으로 되뇌었다. 나는 실 끊긴 인형이라서 움직이지 못해, 라고 중얼거려 보기도 했다. 이 습관에 '움직이지 못하는 인형 놀이'라고 이름을 붙이기도 했다. 실 끊긴 인형을 연기하라고 한다면 분명 내가 세상에서 가장 잘할 거야, 라고 생각하면 유쾌해졌다. 눈을 감고 있으면서도 왠지 우스워서 빙그레 웃는 일도 있었다. 하지만 귀를 막을 수 있다면 훨씬 더 좋을 텐데, 라고 렌지는 생각했다.

창문을 판자로 가렸지만 허술하게 지은 건물이라서 날이 새면

연한 빛줄기가 어둠침침한 러브호텔 방의 중간쯤에서 스윽 일어섰다. 눈을 살짝 뜨고 그 빛줄기를 보면 렌지는 아침이 찾아온 것을 알았다. 언제쯤부터일까, 소파에 큰 수건을 깔고 자게 되었다. 아빠와 엄마는 널찍한 침대를 차지했다. 조금 더 어렸을 때는 셋이서 함께 잤다. 하지만 렌지의 키가 크기 시작하면서 함께 자기가 힘들어졌다. 왜냐하면 둘이 침대에서 난장을 치기 때문이었다. 야수 같은 신음 소리도 무섭고 갑자기 걷어차거나 노골적으로 밀쳐 내는 일도 있었다. 그래서 언젠가부터 혼자 소파로 옮겨왔다. 그래도 러브호텔에서 잘 수 있는 날은 그나마 다행이다. 캠프용 텐트나 창고, 호스트 클럽의 탈의실에서 잘 때는 달리 도망칠 데도 없었다. 괴수로 변신한 두 사람 일에 관여하고 싶지 않아서 밤새 깊이 잠든 척했다. 그리고 그날, 1월 3일에 침대가 삐걱거리는 소리를 들으며 렌지는 여섯 살 생일을 맞이했다.

체크아웃 시간이 다가오자 엄마가 두들겨 깨웠다. 내내 깨어 있었지만 방금 일어난 것처럼 연극을 하지 않으면 안 된다. 소파 위에서 잠이 덜 깬 것처럼 꾸벅꾸벅 졸았더니 아빠가 느물느물 웃으면서 머리를 힘껏 쥐어박았다. 엄마는 욕실에서 화장을 하고 있었다.

"넌 왜 그렇게 잠이 많아? 얼른 옷 갈아입어. 꾸물거리면 떼어 놓고 간다?"

마사카즈가 짐을 꾸리고 있었다. 큰 짐은 호텔에 맡겼다. 두 사람이 일을 나간 동안 렌지는 바깥을 휘적휘적 돌아다녔지만, 비가 내릴 때는 러브호텔 접수처 한쪽 구석의 곰팡내 나는 곳에서 시간을 때웠다. 러브호텔 사람들은 착했다. 말을 건네주기도 하고 이따금 봉지에 든 손님용 쿠키며 전병을 몰래 집어 주기도 했다. 마사카즈와 아카네는 일이 없을 때는 아르바이트를 겸해 객실 청소 등을 했다. 렌지도 거들었다. 서른네 살의 아빠 마사카즈는 나이로 보면 언제 호스트에서 잘려도 당연할 정도였다. 뭔가 돈이 쏠쏠히 들어오는 일거리를 찾지 않으면 안 된다고 엄마에게 투덜거리며 얘기하는 것을 렌지는 자주 들었다.

"지방으로 가면 입주로 꽤 괜찮은 일이 있다더라고. 나카스를 벗어나 이즈카나 구루메 쪽으로 가 볼까?"

"입주로 일하는 건 힘들어. 그야 잠자리가 해결되는 건 좋지만."

그때마다 렌지는 마음속으로 '싫어, 싫어'라고 부르짖었다. 렌지는 나카스를 떠나고 싶지 않았다.

설날에도 초이튿날에도 렌지는 친척 집을 돌아다녀야 했다. 마사카즈와 아카네는 친척 집 앞까지 렌지를 데려갔지만, 세배는 렌지 혼자 들어가서 했다. 반강제로 렌지를 받아 주는 친척들도 세뱃돈을 노리고 파견되었다는 것쯤은 뻔히 알고 있었다. 인사도 대충대충 끝내고 아예 대놓고 "세뱃돈 주세요"라고 손을 벌렸다. 두 사람이 함께 가지 않는 것은 친척 아이들에게 줄 세뱃돈이 없기 때문이었다. 아이가 없는 집이라면 넉살 좋게 셋이 우르르 들어가 설 요리와 술을 실컷 먹고 나왔다. 평소에도 돈을 빌리러 갈 때는 번번이 렌지를 앞세웠다. 형편이 어려워지면 돈을 빌려 달라는 편지를 렌지에게 쥐여 보냈다. 자신의 역할을 렌지는 일찌감치 알아차렸다. 그래서 쓸데없는 건 생각하지 않았다. 먹을 게 있고 천장이 있는 곳에서 잘 수 있는 것만으로도 행복이라고 받아들였다.

정월 초사흗날, 셋이서 외가에 나란히 얼굴을 내밀었다. 하루요시 시장 뒤편에 자리한 낡은 연립 주택인, 거실과 부엌, 그리고 방 한 칸이 전부인 좁은 집이었다. 렌지가 막 태어난 무렵에는 그 집에서 다섯 명이 함께 살기도 했다. 아카네의 모친 긴코가 휠체어 신세를 질 만큼 건강이 악화되자 간병을 위한 장비가 불어나면서 집 안이 더욱 비좁아졌다. 그것 때문에 마사카즈가 자주 짜증을 내서 아카네는 갓난아기 렌지를 안고 친가를 나왔다.

예전에 나카스 변두리에서 작은 식당을 경영했던 외조부 데쓰조가 하카타식 떡국을 차려 주었다. 말린 날치 육수에 방어가 들어갔다. 알싸한 갓, 어묵, 표고버섯, 당근, 무 등의 건더기도 많았다. 좁은 식탁이지만 하카타 떡국의 호화로운 색감과 구수한 향이 식욕을 돋우고, 무엇보다 온 가족이 둘러앉은 게 렌지는 흐뭇했다.

"렌지, 생일 축하한다. 방어를 먹으면 출세한다더라, 많이 먹어라."

데쓰조는 렌지의 그릇에 일부러 방어 한 덩어리를 넣어 주며 말했다.

"출세가 뭐예요?"

렌지가 물었다. 데쓰조가 입가를 풀며 다정하게 미소를 지었다.

"훌륭한 사람이 되는 거지."

"훌륭한 사람이 되면 어떻게 돼요?"

긴코가 대신 대답했다.

"맛있는 거 실컷 먹을 수 있지."

렌지가 온 가족을 빙 둘러보았다. 급한 성격에 어깨가 구부정한 마사카즈, 항상 부루퉁하고 졸린 듯한 아카네, 눈가 주름이 자글자글하게 웃는 긴코, 그리고 연신 고개를 끄덕이는 데쓰조가 저마다의 마음이 담긴 시선으로 렌지를 바라보았다.

"그러면 나, 출세할래요."

맛있는 것들을 머릿속에 그려 보며 렌지는 당당히 선언했다.

2006년 2월

벌써 며칠째 렌지는 꽁꽁 얼어붙은 나카스 곳곳을 거의 기어 다니면서 행방불명된 고양이를 찾고 있었다. 아카네와 마사카즈에게는 비밀로, 태어나서 처음 해 보는 아르바이트 일이었다. 사진 한 장에 의지해 고양이가 실종된 나카스 4번지를 중심으로 골목이며 공터, 주차장 등 고양이가 숨어들 만한 곳을 중점적으로 찾아다녔다. 소프랜드에서 삐끼로 활약하는 이시마 아쓰시가 부탁한 일이었다.

"나 어릴 때 돌봐 주던 전직 호스티스 누님이 가출한 고양이를 찾고 있어. 근데 누님은 다리가 불편해서 멀리까지 찾으러 다닐 수가 없다네. 나는 보다시피 일 때문에 여기를 떠날 수가 없고. 렌지, 너는 한가하잖아. 고양이를 찾아오면 천 엔을 더 줄게."

이시마는 그렇게 당부하며 렌지의 손에 천 엔짜리 지폐를 쥐여 주었다. 여섯 살 렌지에게는 큰돈이었다. 무엇보다 아무것도 할 일이 없어서 날마다 따분하던 참이었다. 고양이를 찾는다는 목적이 따분했던 렌지의 하루하루에 큰 활력을 주었다.

2월 한낮의 햇살은 따스해서 기분이 좋았지만 바람은 여전히 뼈에 스밀 만큼 차가워서 아카네에게서 물려받은 긴소매 셔츠만으로는 견뎌 내기가 힘들었다. 아카네의 보라색 머플러를 가져다 목에 둘둘 감았다. 나카스 쥬오 거리의 잘 아는 식당 종업원들에게도 일일이 고양이 사진을 내보였지만 좀체 정보를 얻을 수 없었다. 4번지 주변은 거의 다 뒤져 봤기 때문에 발을 넓혀서 나카스 전역을 수색 범위로 잡았다. 공사 현장의 토관을 살펴보고 자동차 밑을 들여다보고 빌딩과 빌딩 사이의 사람이 드나들기 힘든 틈새를 확인했다. 포장마차도 한 집 한 집 이 잡듯이 찾아보고 철거 직전의 빌딩을 아래층부터 위층까지 점검했다. 하지만 결국 고양이는 어디에서도 눈에 띄지 않았다.

그래도 이 수색 작전은 렌지에게 나카스의 지리 감각을 심어 주는 데 큰 역할을 했다. 어린 나름대로 그동안 알지 못했던 나카스의 전모와 세계관, 동네별로 각기 다른 분위기 등을 서서히 파악할 수 있었다. 음식점이 몰린 구역, 그중에서도 고급스러운 식당과 포장마차, 대중식당이 각각 장소를 달리하는 것이며 클럽과 룸살롱이 밀집한 곳과 성매매업소가 모여든 골목의 구별 등도 선명해졌다. 크고 작은 다양한 도로와 골목과 다리의 배치도 그렇고, 관광객이 선호하는 인기 스폿, 혹은 관광객의 발걸음이 전혀 없는 한산한 곳, 사무실과 회사만 밀집한 오피스가, 젊은이들의 소굴, 눈매가 험상궂은 자들이 우글거리는 접근하기 어려운 곳 등, 렌지의 머릿속에는 실종된 고양이를 찾는 아르바이트를 통해 습득한 정보가 엄청난 기세로 축적되었다. 자기만의 나카스 지도가 머릿속에 그려진 것이었다.

게다가 이 활동으로 지금까지보다 더욱더 많은 사람들과 아는 사이가 되었다. 저마다 고양이는 찾았느냐고 말을 건네주고, 함께 찾아주겠다고 나서는 노인도 있었다. 사람들은 렌지를 보기만 하면 "고양이는 찾았어?"라고 전보다 친근하게 말을 붙이곤 했다.

또한 나카스 뒷골목의 전문가가 되었다. 어디를 어떻게 지나가면 원하는 곳에 가장 빠르게 도착하는지 훤히 꿰게 되었다. 빌딩 이름까지는 알지 못해도 네온사인이나 번지수, 건물 디자인이 렌지의 기억에 새겨져 갔다. 교통 표지판이며 광고판 등도 머릿속에 찍혔다. 그뿐만이 아니라 파출소 경찰이 자주 다니는 순찰 루트, 삐끼들의 영역 범위, 택시 승차장 이외에 손님을 기다리는 택시들의 집합 장소, 버스 정류장 위치 등등, 렌지는 여섯 살 나이에 나카스에 관한 지형학적 정보를 머릿속에 입력하게 되었다.

수색을 시작한 지 열흘 만에 렌지는 마침내 찾아 헤매던 고양이를 신바시 다리 밑에서 발견했다. 안타깝게도 이미 죽어 있었다.

2006년 3월

히비키는 야간 당직을 끝내고 하카타 본서로 돌아가는 길에 아침 햇살이 비치는 로망 거리와 쥬오 거리가 교차하는 사거리 한쪽에서 이따금 보이던 삐끼와 한창 이야기를 나누는 렌지를 목격했다. 이른 아침 시간에 렌지가 눈에 띄는 일은 드물었다. 게다가 놀랍게도 렌지는 어린아이다운 웃음을 지으며 마치 신뢰하는 친척 형을 대하는 듯한 눈빛으로 삐끼 남자를 올려다보고 있었다. 벽에 기대선 삐끼 남자는 하하 웃어 가며 호주머니에서 뭔가를 꺼내 잽싸게 렌지에게 건넸다. 잘 보이지는 않았지만 작은 봉투 같은 것이고, 건넸다기보다 주위를 경계해 가며 렌지의 바지 주머니에 쑤셔 넣는 느낌이었다. 어쩌면 렌지는 자신도 알지 못하는 사이에 마약 등의 운반책이 되고 있는지도 모른다, 라고 히비키는 생각했다.

"렌지!"

히비키가 두 사람에게 다가가 말을 건넸다. 선배인 히노 경사가 그 삐끼 남자를 '이시마'라고 불렀던 게 생각났다. 아마 동남아시아 어딘가 출신일 거라고 히노가 말했었다. 거무스름한 피부에 날카로운 눈매, 하얀 이, 짧게 깎아 올린 머리, 그리고 팔에는 문신이 새겨져 있었다. 이시마가 풍기는 분위기와 옷차림은 나카스의 또 하나의 세계를 대표하는 것이었다. 히비키는 이시마가 도망치지 않도록 조심스럽게 두 사람에게 다가갔다. 이시마는 웃고 있었지만 그게 친절함에서 나온 것인지 남을 속일 때의 사기꾼 웃음인지 아니면 자연스러운 것인지 히비키는 얼른 파악할 수 없었다.

"앗, 경찰 아저씨, 안녕하세요?"

렌지가 씩씩하게 인사를 건넸다.

"오늘은 일찍 일어난 모양이네?"

"아뇨, 밤새 안 잤어요."

"너는 아직 어린애야, 밤에는 자야지."

히비키는 렌지에게라기보다 눈앞에 있는 이시마에게 충고하듯이 엄격한 어조로 말했다. 히비키는 옆에서 계속 웃고 있는 이시마를 보면서 왼손으로 렌지의 어깨를 감싸고 오른손으로 잽싸게 렌지의 바지 주머니에 손을 넣었다. 작은 사각 천주머니였다. 이시마는 히비키의 행동에 놀란 듯 갑자기 웃음기가 사라졌다. 그런 이시마에게서 시선을 떼는 일 없이 히비키는 호주머니에서 그 작은 천주머니를 천천히 꺼냈다. 대체 뭐 하는 놈인가. 나이로 봐서는 서른 전후일 것이다. 왜 이시마라는 일본 이름을 대고 다니는가. 이시마는 히비키의 행동을 이해한 상태에서 슬쩍 코웃음을 치더니 다시 입가를 풀었다. 히비키는 손에 잡힌 것을 살펴보았다. 이 근처 구시다 절의 부적인 것 같았다. 순간 당황했지만 히비키는 자세를 바로잡고 안을 확인해도 되겠느냐고 두 사람에게 물었다.

"네, 얼마든지."

이시마가 웃는 얼굴로 응했다. 천주머니 안의 작은 목패에는 '구시다 부적'이라는 각인이 새겨져 있었다. 히비키는 동요한 속내를 들키지 않게 조용히 목패 부적을 천주머니에 담아 렌지의 호주머니에 다시 밀어 넣었다.

"나를 의심한 거예요?"

이시마가 약간 어눌한 하카타 사투리로 히비키에게 물었다.

"미안합니다."

히비키는 쓸데없는 변명 대신 즉각 사과하며 머리를 숙였다.

"됐어요, 색안경 끼고 보는 거, 하루 이틀도 아니고."

이시마는 웃으면서 렌지의 어깨를 두드려 주고 자리를 떴다. 렌지가 히비키를 올려다보며 말했다.

"어제 아빠가 화를 내서 잠도 못 자고 돌아다녔어요. 근데 이시마 아저씨가 한밤중에 혼자는 안 된다고 방금 전까지 나랑 함께 있어 줬어요. 저기 저 패밀리 레스토랑에서."

렌지는 잠시 멈췄다가 말을 이었다.

"무슨 일 생길까 봐 부적을 갖고 있으라고 아저씨가 자기 거, 줬어요."

히비키는 렌지의 머리를 쓰다듬고 작게 한숨을 내쉬며 이시마가 사라진 골목을 조용히 바라보았다.

이시마 아쓰시는 항상 얼굴에 웃음이 끊이지 않았다. 그건 열 살 때 이 나라에 건너온 직후부터 일본의 양아버지에게서 배운 일종의 호신술이었다. 어린 이시마가 타국에서 살아남기 위해서 웃는 얼굴은 가장 중요한 도구가 되었다. 이시마는 화가 날 때도, 혹은 누군가를 때릴 때도 항상 웃었다. 괴로울 때도 쓸쓸할 때도, 조국에 돌아가고 싶은 마음이 들 때조차 웃었다.

"싱글벙글 웃으면 어떤 일이든 쉽게 넘어가. 웃으면 안 울어도 된다고."

그게 이시마가 입버릇처럼 하는 말이었다.

젊은 삐끼들은 그런 이시마를 추앙하고 한편으로는 두려워했다. 동시에 그는 지역 조직폭력배에게도 동네 모임의 유지들에게도 그리고 경찰에게까지 모종의 신뢰를 받았다. 어떤 역경에 내몰려도 웃는 얼굴로 뚫고 나가면서 나카스의 삐끼들을 똘똘 뭉치게 했다. 나카스에서 일찍부터 렌지를 아끼고 돌봐 준 것도 이시마였다.

"잘 들어, 렌지. 이 세상에 나쁜 놈이라는 건 없어. 좋은 놈과 아무려나 상관없는 놈, 그 두 가지뿐이야. 그렇게 생각하면 시비가 붙어도 별로 신경 쓸 것 없이 넘어가게 되어 있어."

언젠가 한밤중에 렌지는 주차장에서 이시마가 한 젊은 남자를 위협하는 것을 목격했다. 이시마는 낯선 그 남자의 빰 싸대기를 연거푸 후려쳤지만 그 얼굴은 웃고 있었다. 마치 카드의 조커 같다고 렌지는 생각했다. 이윽고 젊은 남자는 도망쳤다. 이시마는 어둠 속에 한참을 멀거니 서 있었지만, 문 뒤에 숨은 렌지를 알아보고는 갑자기 활짝 웃는 얼굴을 만들며 다가왔다.

"안 좋은 꼴을 들켜 버렸네."

그는 흐트러진 머리칼을 손끝으로 가다듬더니 렌지의 어깨를 껴안고 웃는 얼굴로 말했다.

"이 세상에는 지키지 않으면 안 될 규칙이라는 게 있거든."

이시마의 굵은 팔뚝이 바르르 떨리는 것을 렌지는 놓치지 않았다.

"방금 그 사람, 아무려나 상관없는 사람이잖아요. 근데도 이시마 씨는 혼내고 있었어요. 그러면 저 사람이 자꾸 신경 쓰인 거예요?"

이시마가 웃음을 뚝 멈췄다. 그리고 렌지를 내려다보며 잠시 생각에 잠겼다. 거리의 소란스러움이 두 사람을 멀리서 감싸 주고 있었다. 골목길 끝에서 삐끼들이 행인에게 말을 붙이고 있었다. 어디에서랄 것도 없이 여자의 낭랑한 웃음소리가 들렸다. 순찰차 사이렌 소리가 멀어져 갔다. 이윽고 이시마의 눈이 반달이 되었다.

"역시 똑똑하다니까. 네 말이 맞아, 딱 맞혔어."

이시마는 웃으면서 렌지의 머리를 힘주어 쓰다듬었다.

2006년 5월

봄날 아침의 햇살은 눈부시고 청징해서 살갗을 간질이는 듯한 촉감으로 스며들었다. 집을 나선 히비키는 잠시 뒤에 나카고후쿠마치 사거리에서 책가방을 등에 멘 초등학생들과 마주쳤다. 키 등을 보면 렌지와 같은 나이의 1학년 신입생일 것이다. 히비키는 멈춰 서서 한참이나 그들의 뒷모습을 바라보았다. 후쿠오카 시립 하카타 초등학교 아이들이 틀림없다. 이 초등학교는 히비키의 모교 나라야 초등학교가 1998년에 주변의 다른 3개교와 통합하면서 새로 생긴 곳이다. 나라야 초등학교 자리에 현재의 교사가 있기 때문에 히비키에게는 모교나 다름없었다. 나카스 지역도 같은 학군이다. 렌지가 초등학교에 입학했다면 내 후배가 되었을 텐데, 라고 생각하니 가슴이 먹먹해졌다. 의무 교육조차 받지 못한 채 이 좁은 나카스에서 고독하게 살아가는 렌지를 생각하면 히비키는 가슴이 아팠다.

오전 8시 반, 하카타 경찰서에 도착해 히비키는 제복으로 갈아입었다. 항상 하는 순서대로 보관해 둔 권총을 받아 세심하게 점검하고 장착했다. 9시에 점호를 끝내고 도보로 나카스 파출소까지 이동했다.

배달업자가 곳곳에서 바쁘게 작업하는 것을 곁눈으로 보면서 히비키는 쥬오 거리를 걸어갔다. 아침의 나카스는 밤과는 다른 온화한 얼굴을 하고 있다. 봄 햇살이 눈부시게 반사하는 도로 위를 사람들이 드문드문 오고갔다. 나카스는 스물네 시간 동안 서로 다른 다양한 얼굴을 내보이곤 한다. 에너지를 내뿜던 밤의 괴물은 이 시간에는 깊이 잠들어 버려서 마치 열반 부처처럼 온화한 얼굴이다.

오늘은 당직이라서 아침 9시부터 다음 날 9시까지 스물네 시간을 근무해야 한다. 잠시 눈을 붙이는 건 허락되지만, 나카스의 밤은 쉴 새 없이 크고 작은 일이 터지기 때문에 잠이 들어도 금세 두들겨 깨운다. 그나마 느긋한 시간은 오전 중, 아직 나카스가 잠에서 깨어나기 전의 이 담담한 한때뿐이다. 그렇기는 해도 아침부터 영업하는 소프랜드, 호스트 클럽, 바도 있어서 외국인 관광객의 발길이 끊이지 않는 나카스에서는 마음을 놓을 수 없다.

야근을 한 동료들과 인수인계를 끝내자 히비키는 새시 출입문을 활짝 열어 우선 환기부터 시켰다. 그러고는 빗자루를 들고 파출소 앞 자전거 거치대 주변을 쓸기 시작했다. 5월의 바람이 쥬오 거리를 쓰다듬고 지나갔다.

한바탕 쓸어 내고 허리를 펴며 기지개를 켜고 빗자루를 새시문에 세워 두는데 마침 그 타이밍에 어디서 나타났는지 렌지가 얼굴을 쑥 내밀었다.

"경찰 아저씨!"

돌아보니 가슴에 식빵 봉지를 안고 있었다. 렌지는 일 년 내내 거의 비슷한 옷차림이다. 겨울에는 반소매 티셔츠가 동일한 색감의 긴소매로 바뀌는 것뿐이다. 오늘 아침에 마주쳤던 새 책가방을 등에 멘 신입생들이 머릿속에 떠올랐다. 제대로라면 렌지도 지금쯤 하카타 초등학교 교실에서 선생님 말씀에 귀를 기울이거나 운동장에서 친구들과 뛰어놀아야 할 터였다.

"슈퍼에 다녀오는 거야?"

"네, 아빠 심부름."

렌지의 눈동자에 봄 햇살이 고여 반짝반짝 빛을 쏘았다. 네 장 커트의 두툼한 식빵이 거칠게 다뤄졌는지 렌지의 품에서 납작하게 눌렸다. 아빠에게 혼나지 않을지 히비키는 걱정이 되었다.

"경찰 아저씨, 물어볼 게 있어요."

렌지가 왠지 조심스럽게 말을 꺼냈다.

"왜, 무슨 일인데?"

아이는 한 차례 입을 꾹 다물고 눈가에 힘을 주며 뭔가 결심했다는 듯 그다음 말을 단숨에 토해 냈다.

"어떻게 하면 다시 네기시 아저씨네 집에 들어갈 수 있어요?"

단어 하나하나가 히비키의 머릿속에서 자리 잡기까지 잠깐 시간이 필요했다.

"네기시 아저씨라니, 아동종합상담센터의?"

렌지가 고개를 끄덕였다. 임시 보호소를 얘기하는 거구나. 히비키는 그제야 알아들었다. 밥걱정도 없고 침대에서 잘 수 있다. 렌지에게는 임시 보호소가 아무 걱정 없이 지내는 쾌적한 장소였던 것이다.

"거기, 또 가고 싶은데……."

"아니, 그렇게 간단히는 갈 수 없는 데야."

"어떻게 하면 갈 수 있어요?"

"어떻게 하면?"

히비키는 렌지의 얼굴을 멍하니 바라보았다. 안쪽에서 이와타 순경이 느릿느릿 나와 웃는 얼굴로 말을 건넸다.

"웬일이냐, 이렇게 일찍? 항상 한밤중에 돌아다니잖아. 아침에 보니 아주 신선하네."

렌지가 미소 짓는 이와타를 올려다보았다. 갑작스레 그 표정이 열대어의 눈빛으로 바뀌었다. 히비키는 구청 시민과에 찾아갔을 때의 일이 떠올랐다. 법무국에 문의해 보라는 얘기를 들었지만, 아직 가지 못했다. 히비키 앞에 법률의 벽이 높이 가로막고 있었다. 법무국의 소재지는 일단 알아 두었다. 하지만 마음이 무거웠다. 렌지는 내 아이도 아니고, 그렇다고 친척도 아니다. 제삼자가 어떤 근거로 법률과 맞서야 할지 알 수 없었다. 내 아이라면 필사적으로 나서겠지만 법적으로 타인인데 그렇게까지 나서도 될까, 라고 고민하다가 어느새 문제를 마음 한구석으로 밀쳐 버렸다. 그런 탓에 눈앞에 있는 렌지를 똑바로 마주할 수 없었다. 히비키는 아이에게 들키지 않게 작은 한숨을 내쉬었다.

"뭔가 사고를 치면 다시 들어갈 수 있지요?"

렌지가 이와타의 얼굴을 들여다보며 말했다.

"뭐라고?"

"경찰 아저씨가 나를 체포하면 되잖아요."

이와타가 놀라서 히비키를 돌아보았다. 히비키는 눈조차 깜빡

일 수 없었다. 렌지는 입가를 풀며 피식 웃더니 발길을 돌려 냅다 뛰었다.

"렌지!"

히비키가 불렀지만 아이는 식빵을 안고 가느다란 종아리를 내보이며 땅을 박차고 5월의 햇살 속으로 빨려 들어갔다.

"사고를 치다니, 무슨 말이야? 게다가 체포라니?"

이와타가 팔짱을 끼며 고개를 갸웃거렸다.

또 다른 날, 히비키는 순찰 중에 다리 중간에 서 있는 렌지를 발견했다. 그 작은 몸집이 석양빛을 받아 은은한 붉은색으로 물들었다. 5분쯤이 지났는데도 움직이는 기척이 없었다. 마치 시간을 잊어버린 것처럼 하염없이 강물을 내려다보고 있었다. 거기에 뭔가 있나, 하고 마음에 걸려서 히비키도 몸을 내밀어 시선을 집중해 봤지만 그저 강물이 온화하게 흘러갈 뿐이었다. 아이는 마치 오래전에 그곳에 설치된 석상 같았다. 10분이 지나도 렌지는 움직일 기미가 없었다. 그 끈기에 결국 히비키는 포기하고 다음 순찰 지역으로 향했다.

또 다른 날, 렌지는 한낮에 쇼와 거리 도로의 중앙 분리대 위를 걸어가고 있었다. 위험한 짓을 하면 안 된다고 주의를 주려는데

다음 순간 눈앞을 대형 버스가 가로막는 바람에 얼른 뛰어갈 수 없었다. 버스가 지나간 뒤에 보니 렌지는 중앙 분리대에서 반대편 인도로 내려가 있었다. 50미터쯤 떨어진 거리였지만 렌지가 이쪽을 흘끗 돌아보았다. 히비키는 렌지가 자신을 노려본 듯한 느낌이 들었다. 확인해 보려 해도 신호등이 바뀌면서 다시 차량의 흐름이 시야를 가려 버렸고 그게 끊기자 렌지의 모습은 마치 마술처럼 사라지고 없었다.

또 다른 날, 하카타 항구 축제의 꽃자동차를 구경하는 인파 속에 우두커니 선 렌지를 목격했다.

또 다른 날, 미스터 도넛 가게 안을 빤히 들여다보는 렌지가 있었다. 호주머니에 손을 넣고, 아이라기보다 일자리를 찾는 실업자 같았다. 그의 옆얼굴과 서 있는 모습은 잔뜩 토라진 열대어 그 자체였다. 그 앞에는 수조의 유리벽이 있었다. 팔을 뻗고 싶어도, 뛰쳐나가고 싶어도, 보이지 않는 유리벽에 막혀 움직일 수 없다. 렌지는 지그시 감정을 억누르며 너무도 조용히 또 하나의 세계를 들여다보고 있었다.

또 다른 날, 해가 저물고 관광객들로 넘쳐나는 하루요시 다리 옆에 렌지가 있었다. 줄줄이 늘어선 포장마차 앞에서 춤을 추고 있었다. 누군가에게서 빌려 온 듯한 낡은 카세트 라디오가 발치에 놓였고 경쾌한 힙합 음악이 흘러나왔다. 관광객 몇 명이 재미있어하며 사진을 찍었다. 결코 능숙한 댄스는 아니지만 그럴싸한 분위기를 빚어내며 온몸으로 춤을 추자 젊은 여자들의 웃음과 갈채가 쏟아졌다. 술 취한 사람들이 왁자하게 떠들면서 앞에 놓인 모자에 동전을 던져 주었다.

2006년 6월

나카스 북쪽 끝에도 작은 공원이 있다. 남측의 세이류 공원은 관광객이 잠시 쉬어 가는 곳으로 유명하지만, 북쪽에 있는 나카시마 공원은 인적이 드물어 몹시 한적하다. 공원이라기보다 작은 광장 정도의 크기였다. 그 안쪽에는 후쿠오카시의 수처리를 위한 펌프장이 있었다. 유흥가와는 다르게 이 근처는 고즈넉하게 가라앉아 관광객이 거의 보이지 않았다. 일을 땡땡이치고 시간을 때우는 회사원이 벤치에서 해바라기를 하듯이 멍하니 앉아 있곤 했다.

후시미 겐타는 이 공원에 텐트를 치고 살았다. 이따금 순찰 중인 경찰이 퇴거를 지시하면 물러나는 척했다가 금세 다시 돌아왔다. 여름에도 때 묻은 재킷을 여러 벌 겹쳐 입었다. 머리도 수염도 깎지 않아 누가 어떻게 보건 노숙자로 보이는 풍모였다. 하지만 실제로는 도로 건너 맞은편 고층 맨션의 최상층에 70여 평짜리 집을 소유한 부자였다. 지붕 밑에서 사는 것을 몹시 싫어해서 일 년 내내 공원 벤치에서 잠을 자는 괴팍한 인물이다. 텐트 안에는 최소한의 생활용품밖에 없었지만, 비가 쏟아져도 어지간한 일이 없는 한 집에 들어가지 않고 나카시마 공원 안을 오락가락하며 살았다.

어느 날, 그 겐타가 나카강 제방에 앉아 낚시를 하는데 렌지가 불쑥 곁에 다가와 물었다.

"뭘 잡아요?"

좁은 나카스 안이라서 서로의 존재에 대해서는 어렴풋이 시야 한 귀퉁이에서 인식하고 있었다. 그래서 따분한 인사나 자기소개 따위는 없이 댓바람에 본론으로 들어갔다.

"너, 비밀 지킬 거야?"

아이는 비밀을 좋아한다. 렌지는 그 순간, 겐타가 좋아졌다. 즉시 옆에 자리를 잡고 양동이 안을 들여다보았다. 하지만 아직 아무것도 없었다.

"이 근처에서 장어가 잡혀."

"장어요?"

"큰비가 내린 다음 날, 강물이 부쩍 높아졌을 때를 노리면 돼.

바로 오늘이지."

"장어가 뭐예요? 나는 본 적도 없는데."

"장어 덮밥, 먹어 봤잖아?"

렌지는 그런 건 모른다고 고개를 갸웃거렸다.

"그럼 내가 잡아서 요리해 줄게. 기다려 봐."

두 사람은 침묵했다. 제방에 나란히 앉아 한 시간여를 강물만 지켜보았다. 나카강의 하류, 코앞에는 하카타 부두가 펼쳐져 있었다. 우뚝 솟아 오른 건물은 하카타 포트타워다. 나카강 하구에는 바다 생선인 문절망둑, 도다리, 농어, 이따금 가오리 등이 모여들었다. 하지만 나카스에서 장어가 잡힌다는 것을 아는 사람은 거의 없다. 비가 내리고 탁류가 소용돌이치면 장어 낚시에 절호의 타이밍이다. 겐타는 큰비가 내릴 때마다 들썩들썩 신이 났다. 하카타산 천연 장어구이를 맛볼 수 있기 때문이다.

나카스의 뾰족뾰족한 나무들로 둘러싸인 폭 좁은 제방은 이곳이 전국에서 손꼽히는 유흥가라는 게 믿어지지 않을 만큼 한가로운 비밀의 은신처였다. 공원을 찾는 사람도 없는 판에 그 끄트머리의 제방에 나오는 자는 아무도 없다. 그 앞은 수처리 시설이라서 철조망을 둘러친 진입 금지 구역이다.

"넌 왜 사람도 없는 이런 곳에 왔어?"

다시 한 시간쯤 지났을 때, 겐타가 불쑥 렌지에게 물었다.

"나카스에 대한 것은 뭐든 다 알고 싶어서요."

겐타가 껄껄 웃었다.

"초등학생이냐?"

"학교 안 다녀요."

겐타는 쓸데없는 질문은 하지 않는다. 그저 한 차례 고개를 끄덕였을 뿐이다.

"어디 사는데?"

"나카스."

겐타가 다시 껄껄 웃었다. 나하고 똑같구나, 라고 말한 순간, 낚시 줄이 팽팽해지더니 강바닥을 향해 쭉쭉 빨려들었다.

"엇, 왔다, 왔어. 장어가 물었으면 좋겠는데, 그건 올려 볼 때까지는 모르는 일이고."

겐타는 자리에서 일어나 두 다리를 버티며 줄을 조종하듯이 힘을 조절하며 당기기 시작했다. 렌지도 벌떡 일어나 강물 속을 들여다보았다. 팽팽히 당겨진 낚싯줄 끝의 탁한 물결 밑에서 검은 물고기 그림자가 흔들거렸다. 겐타가 힘껏 낚싯대를 들어 올리자 물 밖으로 장어가 몸을 내밀고 다음 순간에 철썩 물이 튀었다.

"장어야, 저거 봐!"

뭍으로 끌려 나온 장어가 거칠게 몸을 뒤챘다. 렌지는 처음 보는 장어에 할 말을 잃었다. 물고기인 줄 알았는데 느닷없이 물속에서 뱀이 나타나는 바람에 소스라치게 놀랐다. 물릴까 봐 허둥지둥 겐타 뒤로 숨었다. 천연 장어는 힘이 넘쳐서 이리저리 꿈틀거리며 땅바닥을 헤집었다. 겐타는 주머니에서 가늘고 긴 오래된 도마를 꺼내 바닥에 던졌다. 그러고는 낡은 장갑을 끼고 네 발을 짚더니 겨냥을 정해 장어를 단숨에 꾹 움켜쥐었다. 퉁퉁한 거구의 몸집에 수염까지 덥수룩한 어른이 네 발을 짚고 장어를 잡는 모습은 장관이었다. 장갑 사이로 튀어나온 장어의 머리가 좌우로 바쁘게 움직였다. 겐타는 '눈 못'이라는 날카로운 송곳 같은 도구를 렌지가 지켜보는 앞에서 장어의 눈과 아가미 사이에 찔러 넣었다.

"도마 끝에 구멍이 있지? 거기에 고정시켜야 해."

겐타는 눈 못과 함께 장어를 가늘고 긴 도마 끝에 꽂았다. 머리 부분이 꿰뚫린 장어가 도마에 길게 자리를 잡았다. 점점 더 거칠게 버르적거렸지만 단단히 고정되어 도망칠 수 없었다. 피가 튀어 장갑이 붉게 젖었다. 일단 장어는 놔두고 화로에 숯불부터 피웠다. 렌지는 거의 넋이 나간 채 거칠게 날뛰는 장어를 멍하니,

하지만 머뭇머뭇 지켜보고 있었다.

"산 채로 손질해야 맛있거든."

숯불이 달아오르자 겐타는 다시 주머니에서 정사각형의 전용 칼을 꺼내 익숙한 솜씨로 장어를 손질하기 시작했다.

"우선 아가미 밑에서부터 가운데 뼈까지 칼날을 밀어 넣어. 이거 봐, 이런 식으로 칼집을 넣는 거야."

망설임 없이 스윽 칼을 밀어 넣었다. 검붉은 핏물이 질척하게 흘렀다.

"깔끔하게 죽여 줘야지. 손질하는 사람이 어물거리면 칼날이 중간에 걸려서 장어도 더 힘들어져. 이런 때는 망설이지 말고 단숨에 칼을 당겨야 해."

겐타는 장어를 가만가만 누르면서 꼬리까지 칼날을 당겼다. 검붉은 피가 도마와 장갑을 더욱더 물들였다. 움직임을 멈춘 장어의 내장을 잽싸게 제거하고 이어서 등뼈를 익숙한 손놀림으로 발라냈다. 벌어진 배를 물로 씻어 내고 머리 부분을 잘라 낸 뒤 장방형으로 펼쳐 대나무 꼬챙이에 균등하게 꽂아 나갔다. 70센티미터쯤의 장어에서 세 장의 큼직한 토막이 나왔다.

"장어 피에는 독이 있으니까 불에 잘 구워서 먹어야 돼."

장어 토막을 종이 접시에 담고 플라스틱 통에 담아 온 검은 양념을 끼얹었다. 석쇠를 화로 위에 얹고 껍질 쪽을 아래로 해서 펼쳐진 장어를 굽기 시작했다. 잠시 뒤 고소한 연기가 피어올랐다. 겐타가 씨익 웃으면서 "맛있겠지?"라고 말했다. 렌지는 머뭇머뭇 고개를 끄덕였다. 맛에 대해 물어봤자 한 번도 먹어 본 적이 없어서 나카강의 뱀은 어떤 맛인지 상상도 되지 않았다.

"뱀을 먹어도 돼요?"

"뱀이 아니야. 장어라니까."

주걱으로 검은 양념을 꼼꼼히 발라 가며 장어를 뒤집었다. 지긋이 구워서 양념을 바르고 다시 뒤집었다. 양념간장이 졸아드는 맛난 냄새가 자욱하게 퍼졌다. 렌지는 아침부터 아직 아무것도 먹지 못했다. 장어 해체는 무서웠지만 자꾸만 배에서 꼬르륵 소리가 났다. 겐타가 캠핑 백에서 보온통을 꺼내 따듯한 밥을 종이 접시에 담았다. 갓 구워 낸 장어를 적당히 잘라 밥 위에 척척 얹고 거기에 다시 양념과 산초 가루를 뿌린다. 그 종이 접시와 나무젓가락을 렌지에게 건넸다. 낚아 올리자마자 마구 몸을 뒤치던 장어가 생각나 렌지는 선뜻 손을 대지 못했다. 그러거나 말거나 겐타는 나무젓가락으로 솜씨 좋게 장어를 갈라 밥과 함께 입에 넣었다. 부스스한 머리와 덥수룩한 수염으로 뒤덮인 얼굴이 미소로 바뀌었다. 부릅뜬 눈에 누렇고 큼직한 이가 수염 속에서 드러났다.

"우와, 진짜 맛있다!"

겐타가 큰 소리를 내질렀다. 그러고는 왜 안 먹느냐는 얼굴로 렌지의 눈을 들여다보았다. 눈꼬리가 가늘게 휘어졌다. 렌지는 더 이상 참을 수 없었다. 뱀이라도 상관없어. 덥석 한 입 베어 물었다. 그야말로 최고의 맛이었다. 겐타가 껄껄 웃었다. 렌지도 저절로 웃음이 터졌다. 두 사람은 그렇게 친구가 되었다.

2006년 7월

7월 1일에 장식 신여가 일반인에게 공개되는 것과 동시에 15일에 걸친 하카타 기온 야마카사 축제가 펼쳐진다.

쥬오 거리에 장식 신여를 모셔 두는 가건물을 짓기 시작한 6월 중순부터 렌지는 벌써 마음이 들썽거렸다. 아카네와 마사카즈가 잠이 든 옆을 살그머니 빠져나와 매일 아침 쥬오 거리 근처로 나갔다. 올해는 꼭 바로 앞에서 구경할 거라고 햇살이 비쳐 드는 길거리에 서서 결심하곤 했다.

그때마다 신여가 내달리는 용맹한 광경을 되짚어 보았다. 그의 작은 머릿속에 신여를 떠멘 어른들의 힘찬 모습이 낙인처럼 찍혀 떠나지 않았다. 렌지는 양지쪽에 서서 도로 한복판에 우뚝 솟은 가건물을 올려다보았다. 맨땅에 10미터 남짓한 기둥 네 개를 세워 지어진 가건물 안에 장식 신여가 앉혀진다. 공개 날까지

긴 장막으로 가려져 안을 볼 수 없다. 정면 천막에는 '나카스 류流'라고 큼직하게 적혀 있었다.

기온 야마카사 축제가 언제부터 시작되는지 어린 렌지는 날짜를 알지 못했다. 아카네와 마사카즈에게 물어봐도 "이제 곧 할걸?"이라는 애매한 대답밖에 나오지 않았다. 결코 놓쳐서는 안 된다. 그래서 렌지는 아침 일찍 일어나 신여를 앉혀 둔 가건물 근처를 어슬렁거렸다. 그리고 어느 날 용기를 내어 신여를 경호하는 긴 핫피 차림의 아저씨에게 다가가 물어보았다. 그가 렌지의 머리를 쓰다듬으며 알려 주었다.

"10일부터 15일까지 날마다 신여가 나카스 전역을 뛰어다닐 거야."

렌지는 유원지에도 동물원에도 가 본 적이 없었다. 오락거리라고는 알지 못하는 어린아이에게 기온 야마카사는 동경의 축제이자 끝나지 않는 꿈이기도 했다.

10일이 되자 용맹한 신여를 구경하려고 나카스 유흥가에는 엄청난 사람들이 몰려나왔다. 렌지는 고쿠타이 거리 인도에 구름처럼 인파가 몰린 것을 보았다. 가키야마 신여가 이곳을 통과하는 게 틀림없다. 렌지는 잔뜩 별렀다. 키가 작아 군중 속에 섞이면 앞이 보이지 않는다. 그래서 작년에는 결국 낭패를 보았다. 키가 약간 자라기는 했지만 아직 여섯 살이다. 생각다 못해 길모퉁이 주차장 철조망에 기어올라 가기로 했다. 사람들이 끊임없이 모여들어 길가에서는 꼼짝달싹도 못할 정도였다. 뜨끈한 여름 바람이 나카스를 스쳐 갔다. 저녁 해가 비쳐 들어 고쿠타이 거리가 불그레하게 빛났다.

잠시 뒤, 쥬오 거리 쪽에서 샅바에 핫피 차림의 소년들이 달려왔다. 연도에서 박수가 터져 나왔다. 선도하는 청년이 달려갈 방향을 안내하고 있었다. 소년들은 '나카스 류'라고 적힌 나무 판을 떠안고 씩씩하게 달려갔다. 흥분한 렌지는 철조망에서 미끄러져서 급히 주차장 간판에 매달려 자세를 바로잡았다. 뒤를 이어 장정들이 잰걸음으로 고쿠타이 거리에 모습을 드러냈다. 고무창을 댄 검은 장화를 신고 바닥을 박차고 내달렸다. 어깨를 낮추고 몸을 앞으로 숙인 채 줄지어 선 용맹한 그들을 향해 거리 곳곳에서 구령 소리가 날아왔다.

렌지는 주차장 간판을 붙잡고 버티면서 겨우겨우 철조망 위로 다시 올라갔다. 신여를 떠멘 신여꾼들이 나타나자 거리는 온통 박수갈채에 휩싸였다. 샅바를 매고 짤막한 핫피를 걸친 장정들이 으쌰으쌰 구령을 내지르며 렌지의 눈앞을 늠름하게 통과해

갔다. 신여가 위로 아래로 거세게 흔들렸다. 앞쪽에 세 명, 뒤쪽에 세 명의 지휘자가 앉아 양팔을 내밀었다 당겼다 하면서 신여꾼을 응원하는 신기한 동작을 되풀이했다. 으쌰으쌰 외치는 우렁찬 목소리가 고쿠타이 거리 전체를 울렸다. 그 용맹한 광경이 렌지 마음속을 강하게 관통했다.

이윽고 신여는 고쿠타이 거리에서 나카가와 거리로 우회전했다. 신여꾼들이 힘차게 땅을 박차며 사거리에서 방향을 전환했다. 천 양동이를 든 젊은 청년들이 연도에서 차례차례 물을 뿌렸다. 포물선을 그리는 물의 비말이 석양빛에 반사해 허공에서 반짝반짝 덧없는 광채를 냈다. 렌지는 급히 철조망에서 내려와 관광객 사이를 뚫고 신여를 쫓아갔다. 물을 뿜어 올리며 나카스의 용이 질주했다. 렌지는 힘닿는 한, 마구 내달렸다. 야마카사의 청년들 사이를 빠져나와 오로지 거세게 뒤흔들리는 신여를 목표로 뛰었다. 신여꾼들의 힘찬 근육, 우렁찬 목소리, 그리고 나카스에 쏟아지는 햇빛 속으로 마음껏 뛰어들었다. 헉헉 숨이 찼지만 달리는 것을 포기하지 않았다.

도로 중간에서 신여꾼들이 차례차례 임무를 교대했다. 신여의 네 귀퉁이에 끼워진 쇠붙이가 이따금 바닥을 스치면서 불꽃이 튀었다. 물의 비말이 흩어졌다. 으쌰으쌰, 구령 소리가 주문처럼 울려 퍼졌다. 렌지는 달렸다. 신여와 함께 달렸다. 눈부시게 반짝이는 빛의 소용돌이 속으로, 선망하는 야마카사 신여를 따라 한없이 내달렸다.

2006년 8월

비번 날 저녁, 히비키는 나카스의 선술집 카운터에서 네기시와 함께 술잔을 기울이고 있었다. 네기시를 만나고 지난 일 년 남짓한 동안, 히비키는 망설이면서도 몇 번이나 상담을 하러 찾아갔었다. 네기시도 사무적인 설명만으로 끝내고 싶지 않았다. 히비키의 성실한 모습은 처음 일을 시작하던 무렵의 자기 자신을 꼭 닮았던 것이다. 물론 렌지 일도 내내 마음에 걸렸다. 공무원이라는 입장에서 벗어나 한 개인으로서 진지하게 히비키의 문의에 응해 주고 싶었다.

"평범한 가정이었다면 렌지는 지금 초등학교에 입학했겠지요. 어서 손을 써야 한다고 생각하면서도 제가 법률에 대한 지식도 부족하고……. 그런 이유로 내내 회피해 온 나 자신도 한심하네요. 게다가 바쁜 업무에 얽매여 시간을 낼 수 없으니 자꾸만 뒤로 미루고……."

"아뇨, 히비키 씨는 최대한 애를 썼어요. 너무 마음에 담아 둘 거 없어요. 어찌 됐든 시간은 걸리는 일이니까요. 우리야말로 답답한 심정이지요."

무호적 아동에 대한 정부의 대응에 네기시도 불만을 품고 있었다. 실제로 아동종합상담센터에서 취할 수 있는 조치에는 한계가 있었다. 결국 관청의 한 기관일 뿐이고, 최종적으로는 주위 사람들의 이해와 국민적 관심이 필요하다는 것도 잘 알고 있었다.

"히비키 씨 나이 때는 나도 기운이 넘쳤지요. 스물네 시간 일을 해도 생생했어요. 아이들을 구해 낸다는 믿음이 마음속에 있었으니까. 실제로 도움을 받은 아이도 아주 많았죠."

네기시는 맥주잔을 기울이며 스스로를 격려하듯이 말을 이어 갔다.

"그런데 요즘에는 그럴 기운이 사라진 것 같아. 왜 그런가 하면, 현실이 내 생각대로 흘러가지를 않더라고요. 아동 학대만 해도 항상 몇십 건을 떠맡아야 해요. 그뿐만이 아니죠. 가출, 비행, 등교 거부에 렌지 같은 무호적 아동, 주거지 불명 아동까지 센터에 들어오는 신고 내용이 복잡 다양해졌어요. 물론 나 혼자 일하는 건 아니지만, 센터 직원들이 모두 나서서 최선을 다해도 쉽게 문제가 해결되지를 않더라고요."

점점 목소리가 가라앉으면서 네기시는 자포자기에 빠진 듯 고개를 떨궜다.

"게다가 개인적인 중상 비방이 얼마나 많이 들어오는지. 실제로 불쾌한 일들을 숱하게 겪었어요. 그럴 생각이 아니었는데도 사람들은 이러니저러니 불만을 토로하니까요. 애초에 우리도 완벽한 건 아니잖아요. 저마다 할 말이야 있겠지만 개인이 할 수 있는 일이라야 뻔히 한계가 있는데 말이에요. 렌지의 경우도 내 자리에서 할 수 있는 만큼은 하겠다, 라는 게 실상이에요."

처음부터 속 깊은 얘기가 나오는 바람에 히비키는 맥주를 마실 새도 없이 조용히 듣고 있었다. 네기시는 아동종합상담센터가 떠안은 다양한 문제와 한계에 대해 둑이 터진 듯 토로했다. 이런 고충을 누구에게 얘기할 기회도 좀체 없었던 것이리라. 평소에 남의 얘기를 들어 주는 역할만 해 왔기 때문인지 그는 전에 없이 말수가 많았다. 그리고 그 각각의 한계에서 비어져 나와 희생되고 있는 게 렌지 같은 아이들이다, 라고 그의 얘기를 들으며 히비키는 생각했다. 모래를 움켜쥐어도 손가락 틈으로 줄줄 흘러내리는 모래 중의 한 방울처럼.

"렌지의 경우에는 부모가 주소 불명이에요. 외가 쪽은 선량한 분들인데 딸에 대한 배려 때문인지 뭔지, 적극적으로 나서려 하지를 않아요. 그러니 우리가 아무리 개입하려 해도 한계가 있죠. 렌지를 어떻게든 구해 주겠다고, 나도 좀 더 나이가 젊었다면 히비키 씨처럼 생각했을 거예요. 하지만 그야말로 변명 같지만, 떠맡은 건수가 너무 많아서 렌지 한 명에게 많은 시간을 내줄 수가 없어요. 그런 참에 히비키 씨가 나타났죠. 내가 오늘 여기에 나온 건 젊은 시절의 나를 다시 한번 마주하고 싶은 마음 때문이랄까요."

히비키는 드디어 맥주잔을 손에 들었다. 목까지 차오른 생각을 삼켜 버리듯이 단숨에 반절쯤을 마셨다. 초로의 남자가 긴 한숨을 내쉬었다.

"게다가 무엇보다 안 좋은 건 익숙해진다는 것이죠. 아동 학대에 대한 것도 업무 효율을 따져서 가장 심한 케이스부터 처리하게 되거든요. 순위를 매기는 거예요. 그나마 이 케이스는 아직 어떻게든 헤쳐 나갈 것이다, 아직은 괜찮다, 라고 넘겨 버리는 겁니다."

"렌지의 경우도 그렇습니까?"

히비키가 물었다. 네기시가 얼굴을 들고 히비키의 눈을 들여다보았다.

"그렇다고 해야겠죠. 그 아이는 강하니까 어떻게든 살아남을 힘이 있잖아요. 그러니 우리도 자꾸 뒤로 미루게 돼요. 당장 내일이라도 죽을 것 같은 아이부터 먼저 살려야 하니까. 그렇게 렌지 일은 뒤로 밀립니다. 변명 같지만 그게 실제 내 본심이에요."

히비키는 탄식을 흘렸다. 안타까운 심정이 고스란히 느껴져 대꾸할 말이 떠오르지 않았다. 렌지보다 더 위험한 처지의 아이가 또 있다는 것인가. 히비키는 점원을 불러 빈 잔을 내밀었다. 점원이 카운터를 향해 "맥주, 추가"라고 목소리를 높였다.

"렌지는 평생 호적을 갖지 못하게 될까요?"

히비키는 네기시의 옆얼굴을 향해 물었다. 입을 꾹 다물고 정면을 바라보는 그의 눈동자에 옅은 빛이 깃들었다. 그는 "아니, 그건 아니죠."라고 입을 열었다.

"호적 취득이 간단하지는 않지만, 전혀 불가능한 건 아니에요. 하지만 문제는 그 부모예요. 부모가 나서지 않는 한, 길이 열리지 않죠. 아니, 물론 법률적인 문제도 있어요. 상상 이상으로 호적 취득이 어려우니까. 하지만 그건 부모가 마음만 먹으면 뛰어넘을 수 있는 문제예요. 부모가 계속 그런 식이면 렌지가 아무리 원해도 현재로서는 가능성이 없어요."

바로 코앞에서 두툼한 문이 탁 닫힌 느낌이었다. 히비키가 고개를 떨구며 실망한 얼굴을 보이자 네기시도 마음이 무거워졌다.

"히비키 씨, 근데 학교에 다닐 수 있는 방법은 있어요."

엇, 하고 히비키는 저도 모르게 얼굴을 번쩍 들었다.

"렌지는 학군이 후쿠오카 시립 하카타 초등학교지요? 학령 아동은 주민 등록표를 바탕으로 정해지니까 주민 등록이 없는 렌지는 물론 취학 통지서나 취학 시 건강 검진 연락은 못 받을 겁니다. 하지만 정부 측에서도 무호적 아동 문제를 무시할 수 없는 상황이에요. 결국 학군의 학교에서 자체적으로 판단을 내리도록 할 모양이에요. 그러니까 하카타 초등학교 측과 협의가 되면 렌지도 의무 교육을 받을 수 있을 겁니다."

히비키의 눈빛이 초롱초롱해졌다. 그 학교의 전신인 나라야 초등학교는 히비키의 모교이자 할아버지와 아버지도 다녔던 곳이다. 현재 교감 선생님은 히비키의 은사님이다. 네기시의 얼굴을 보며 히비키는 깊숙이 머리를 숙였다.

"고맙습니다. 뭔가 희망이 보이기 시작하네요."

히비키는 다음 날, 곧바로 하카타 초등학교로 달려갔다. 법무국에 찾아가 법적인 해결을 시도하는 것보다 일단 렌지를 학교에 입학시키는 게 우선이라고 생각했기 때문이다. 학교에 보내기만 하면 자연히 주위에서도 나서게 될 것이다. 렌지의 부모도 뭔가 깨달을지도 모른다. 호적 취득을 위해 환경을 정비해 주는 게 우선 자신이 할 일이라고 확신했다. 그러자면 무엇보다 초등학생이라는 지위를 만들어 주어야 한다.

히비키의 담임 선생님이었던 가와모토 아키라 교감이 웃는 얼굴로 맞아 주었다.

"어서 와, 히비키. 아주 번듯한 청년이 됐구나."

그 웃는 얼굴이 바뀌지 않기를 기도하며 히비키는 조심스럽게 렌지 얘기를 꺼냈다. 가와모토는 얼굴에서 미소가 사라졌지만 그의 대답은 히비키의 기대에 부응하는 것이었다.

"각 자치 단체의 창구에 따라 대응이 제각각이라는 게 현재 무호적 아동에 대한 대처의 실상이야. 아직 정부 방침도 애매해서 확실한 방향성이 보이지 않아. 하지만 무호적 아동이 다수 존재하는 건 사실이잖아. 의무 교육의 경우, 아이가 있다면 호적이 있든 없든 학교에 다닐 수 있도록 하는 게 맞겠지. 우리 학교는 최대한 그렇게 해 주기로 방침을 세웠어."

히비키는 깜짝 놀랐다. 이렇게 가까이에 렌지의 편이 있을 줄은 생각도 못했다. 저절로 눈시울이 뜨거워졌다.

"그런 아이가 우리 학군에 있다면 물론 그 사정에 귀를 기울여야지. 걱정 마, 내가 힘을 써 볼 테니까."

히비키는 감격해서 깊숙이 고개를 숙였다.

2006년 10월

렌지는 주위에 사람이 없는 것을 확인하고 잽싸게 매직펜을 꺼내 그 자리에 웅크리고 앉았다. 나카스 신바시 다리 난간에 X 표시를 했다. 빗물에 씻겨 나가지 않도록 몇 번이나 덧칠을 했다. 나카스 쪽 다리 앞의 대리석 기둥 옆에도 아는 사람은 알아볼 만큼 또렷하게 표시했다.

오늘은 아침부터 나카스 주위의 다리를 하나하나 돌면서 난간과 기둥에 X표를 하고 다녔다. 렌지는 나카스를 자신의 영역으로 정했다. X표로 둘러싸는 것으로 자신의 세력권을 나타내는 것과 동시에 외부에서 들어오는 삿된 기운을 몰아내는 결계結界의 역할도 하게 된다. 매직으로 칠하면서 렌지는 강한 주문을 걸었다. 귀신이나 악마가 이곳을 넘어 제멋대로 침범하지 못하게 해 주세요, 그리고 다리 중간에서 사악한 것들은 모조리 멸하게 해 주세요, 라고 강하게 머릿속으로 외우면서 X표를 쳤다.

렌지는 어지간한 일이 없는 한 나카스를 벗어나지 않기로 했다. 초등학교는 나카스의 바깥쪽에 있고 안쪽에는 학교가 없다. 그래서 학교에 못 다니는 것을 나카스에서 나갈 필요가 없어서 좋다고 정당화할 수 있었다. 나카스에서 벗어난 지역을 렌지는 '외국'이라고 이름 지었다. 렌지는 아빠 엄마에게 들키지 않을 만한 곳에서 몰래 여권을 만들었다. 그게 어디에 사용되는지 자세한 것까지는 알지 못했다. 단지 언젠가 외국에 나가려면 여권이 필요하다고 누군가 얘기하는 것을 듣고 부쩍 관심을 가졌다. 길에서 주운 누군가의 명함 뒷면에 자신이 정한 국민 번호와 이름을 적었다. 모르는 사람의 이름이 적힌 앞면은 매직으로 검게 지워 버렸다.

후쿠오카시 아동종합상담센터나 외가에 갈 때는 앞으로 이 여권이 반드시 필요하다. 외국에는 학교가 있고 역과 공항이 있고 시 청사와 병원도 있다. 아동종합상담센터도 그쪽이다. 그야 외국이니까 어떤 시설이 있건 말건 내 알 바 아니다. 그곳에는 외국인이 정한 규칙이 있다. 권총을 소지해서는 안 된다는 규칙이나 사람을 죽여서는 안 된다는 규칙, 그리고 어린아이는 학교에 다녀야만 한다는 규칙…….

그건 모두 외국인들이 만든 것이다. 그들의 세계에서 국가 형태와 치안을 유지하기 위해 만든 규칙인 것이다. 렌지는 언젠가 나카스만의 독자적인 법률을 만들겠다고 마음먹었다. 나카스가 나카스이기 위해서는 한시라도 빨리 법률을 정비할 필요가 있다. 나카스에 학교는 필요 없다. 나카스에 외국의 법률은 적용되지 않는다. 나카스는 외국에 의한 어떤 영향도 받지 않는 독립된 국가여야 한다…….

렌지는 히가시 나카시마 다리에 자국 영토를 표하는 X를 그린 뒤, 중앙 분리대에 서서 양팔을 펼치고 하늘을 우러러보았다. 맑은 가을 하늘이지만 바람은 살갗을 때릴 만큼 강했다. 티셔츠가 바람을 머금어 둥그렇게 부풀고 바람의 손톱이 살갗을 할퀴었다. 다리 한복판까지 걸어가 그곳에서 눈을 감고 햇살을 느꼈다. 나한테는 나카스가 있다고 생각하면 전혀 고독하지 않았다. 집도 없다, 세계도 없다, 하지만 이렇게 풍성하고 멋있고 자유로운 나카스가 있다. 그렇게 생각하면 마음이 가벼워졌다. 렌지의 입가가 빙그레 풀어졌다. 어른들은 모두 다 입을 모아 왜 학교에 안 다니느냐고 물었다. 어째서 그런 바보 같은 질문들을 할까. 나한테는 학교 따위 필요 없는데!

어디선가 아이들의 목소리가 들렸다. 흠칫 놀라서 렌지는 하카타 쪽에 펼쳐진 외국을 돌아보았다. 책가방을 멘 아이들이 횡단보도를 건너고 있었다. 깔깔거리는 소리도 바람을 타고 이쪽으로 건너왔다. 렌지는 '외국'의 아이들을 잔뜩 흘겨보았다. 저곳은 X표 건너편의 세계다. 나의 나라와는 아무 인연도 아무 관계도 없는 자들이다. 그렇다면 창피해할 것도, 비교하며 괴로워할 것도, 두려워할 것도 없다. 렌지는 발길을 돌렸다. 다리를 되돌아와 나카스에 들어서자 마음이 턱 놓이면서 환하게 밝아졌다.

이어서 하카타강 북측 끝에 있는 오구로 다리에 X표시를 하고 있는 참에 부르는 소리가 들렸다.

"어이, 렌지."

몸을 일으켜 돌아보니 겐타였다.

그는 외국에서 막 돌아오는 중이었다. 식재료가 가득 든 비닐 봉투를 들고 있었다. 렌지는 두 팔을 펼쳐 겐타 앞을 가로막았다.

"여권을 보여 주십시오."

겐타는 재미있어하면서 껄껄 웃었다.

"저, 저는 밀입국인데요."

"흠, 좋아요. 이번에는 특별히 나카스국에 입국을 허락합니다."

"고맙습니다. 그런데 선생님은 여권을 갖고 있습니까?"

렌지는 그 질문에 환희했다. 드디어 여권을 보여 줄 수 있게 된 것이다. 서둘러 호주머니에서 반으로 접은 명함 여권을 꺼내 내보였다. 겐타는 놀라서 그것을 받아 들여다보았다.

"가토 렌지, 국민 번호 299346, 나카스국의 대통령."

겐타는 다시 껄껄 웃으면서 말했다.

"어이쿠, 대통령 각하, 제가 몰라 뵙고 큰 실례를 했습니다. 앞으로는 저도 여권을 소지하도록 하겠습니다."

여권을 돌려받은 렌지는 의기양양한 얼굴로 호주머니에 챙겨 넣었다. 그것은 렌지에게는 이 세상에서 자신이 확실하게 존재한다는 증명서에 다름 아니었다.

"그런데 각하, 여기서 뭘 하고 계셨습니까?"

"외국과의 국경에 내 나라라는 표시를 하고 있었어요."

겐타는 허리를 숙여 렌지가 가리키는 X표를 확인했다. 겐타는 그 아이디어에 감탄했다. 아이의 눈을 보며 크게 씨익 웃었다. 렌지는 다른 나라에서 들어오는 악마들을 틀어막기 위해 이곳에 X 표시가 필요한 것이라고 설명했다. 나카스를 지키기 위해서는 외국으로 통하는 모든 다리를 자신의 주문으로 지키는 수밖에 없다. 그러지 않으면 이 섬나라는 외국의 침략을 받을 것이다. 외국에는 무시무시한 문화와 사상과 법률이 있기 때문에 그것을 틀어막지 않으면 안 된다. 그런 얘기를 렌지는 어린아이다운 말투로 설명했다. 겐타는 웃는 것을 멈췄다. 어린 소년이 그렇게까지 생각했다는 것에 놀라서 입이 떡 벌어졌다.

"겐타 씨를 오늘부터 나카스국의 대신으로 임명합니다."

렌지가 선언했다. 겐타는 고개를 끄덕였지만 대답은 할 수 없었다. 그 대신 가슴에 손을 대고 직립 부동의 자세를 취했다. 렌지가 엄숙하게 경례를 했다.

"이건 밀수품입니다만……."

겐타가 슈퍼에서 사 온 소시지를 렌지의 눈앞에 쑥 내밀었다.

"밀수품?"

"외국에서 허가 없이 마음대로 갖고 들어온 물품이야."

겐타가 웃으면서 설명해 주었다.

임명식 뒤에 두 사람은 나카시마 공원의 겐타의 텐트로 돌아가 그가 밀수해 온 외국의 소시지를 함께 구워 먹기로 했다. 불을 피우고 소시지를 꽂이에 꽂아 슬슬 구운 다음에 덥석덥석 베어 먹었다. 아침부터 아무것도 먹지 못했던 렌지는 싱글벙글 웃었다.

"이 밀수품은 아주 맛이 있군요."

대통령답게 점잖게 고하는 것이었다.

2006년 11월

소프랜드가 줄줄이 들어찬 구역의 한 귀퉁이에 이제는 사용하지 않는 오래된 상가 빌딩이 있었다. 마사카즈의 호스트 클럽 단골 중 한 사람이 이 건물의 소유주였다. 나카스에서 주점 여러 곳을 경영하는 여자 사장이다. 그 오래된 빌딩에 새로 술집을 개점할지 아니면 철거해서 주차장을 만들지, 고민 중이었다. 공터에 무계획하게 증축을 거듭해 온 위법 건물인 데다 그대로 비워 두면 수상쩍은 자들이 들락거려 범죄의 온상이 될 우려가 있었다. 우선 건물 경비를 겸해 공짜나 다름없이 마사카즈에게 빌려주기로 했다. 통째로 굴러든 행운이었기 때문에 마사카즈는 그 제안을 좋아라 받아들였다. 하지만 전기는 들어오지만 욕실도 없고 배관이 망가져 물조차 나오지 않는 곳이다. 샤워는 러브호텔 쪽에 통사정을 해서 낮 시간에 쓰라는 허락을 받았으나 건물에서는 물을 쓰지 못하니 아카네는 몹시 못마땅한 얼굴이었다.

길 건너 세이류 공원에서 물을 길어 오는 일이 렌지의 몫으로 떨어졌다. 1.5리터 페트병을 두 손에 들고 공원과 새 집 사이를 몇 번이나 오락가락했다. 건물 꼭대기 층까지 비상계단을 타고 올라가야 했다. 그래도 임시 거처가 생겼다는 게 기쁠 뿐이었다. 사무실로 쓰이던 꼭대기 층에 살림을 차렸다. 문을 열면 사무실 외에 작은 방 여러 개가 있어서 렌지는 태어나 처음으로 자신의 방을 갖게 되었다. 이제 아빠 엄마가 껴안고 뒹구는 옆에서 실 끊긴 인형이 될 필요는 없다. 침대는 없지만 러브호텔에서 처분하려던 소형 매트리스를 얻어 왔다. 셋이서 물청소를 하고 쓸데없는 가구는 아래층으로 치워서 생활할 수 있는 환경을 마련했다. 물만 있으면 지금까지와는 비교가 안 될 만큼 천국 같은 거처였다. 실제로 렌지의 방 창문을 열면 눈앞이 주차장이고 그 너머 건물 위로 석양이 보였다. 매트리스 하나밖에 없는 휑한 방이지만 그래도 널찍했다. 벽도 바닥도 천장도 자신의 방이기 때문에 원하는 대로 쓸 수 있었다. 사무실로 쓰던 앞쪽 공간에는 책상과 의자가 있었다. 그 책상에 앉아 그림을 그릴 수도 있었다.

"책상이 죽 늘어섰으니까 어째 학교 같은데?"

아카네가 사무실 쪽을 둘러보며 말했다.

"여기서 공부하면 되겠네."

마사카즈도 웃으면서 말했다.

"학용품 정도는 사 줘야겠지?"

아카네가 마사카즈의 품에 안기면서 말했다. 렌지는 아무 말 않고 있었다. 무슨 말을 듣든 지금은 상관없다. 내 방이 생겼다는 기쁨이 훨씬 더 컸다. 흐뭇하게 벙글거리며 아빠와 엄마의 얼굴을 올려다보았다. 그러자 마사카즈가 갑자기 화를 내며 렌지의 머리통을 힘껏 쥐어박았다.

"뭐야, 그 표정? 무슨 불만 있어?"

렌지는 웃음을 멈추고 얌전히 고개를 저었다.

"왜 그래, 일일이 화낼 거 없잖아."

"내가 말이지, 죽을 만큼 고생해서 이런 그럴싸한 곳을 구해 줬는데 저 새끼가 코웃음을 치고 있잖아, 짜증나게."

마사카즈는 렌지를 밀쳐내고 자기 방으로 사라졌다. 아카네가 렌지 앞의 사무용 책상에 올라앉아 말했다.

"넌 물 좀 길어 와. 그리고 이건 용돈."

핸드백에서 5백 엔짜리 동전을 꺼내 쥐여 주었다.

"밖에서 저녁도 먹고 와. 엄마는 오늘 늦을 거야. 알았지?"

그렇게 말하는 엄마의 립스틱 색깔이 마음에 들지 않았다. 장어의 피 색깔이 떠올랐기 때문이다. 엄마도 저 탁한 강바닥 같은 데서 지내는 게 틀림없다고 렌지는 생각했다.

저녁나절, 렌지가 끙끙거리며 물이 든 페트병을 나르는데 이시마가 다가와 서툰 하카타 사투리로 말했다.

"렌지, 웬일이야, 그런 걸 들고?"

언제 봐도 그는 웃고 있었다. 웃지 않을 때조차 웃음으로 생긴 주름 때문에 웃는 것처럼 보였다. 사실은 무서운 사람인지도 모르니까 조심해, 라고 아카네는 이시마의 피부색이며 눈매만 보고 함부로 단정해 버렸다. 하지만 나쁜 사람이 아니라는 것을 렌지는 잘 알고 있었다.

"물 길어 온 거야?"

렌지는 이 근처로 이사했고 그 집에 수도가 없다는 얘기를 했다. 이시마가 피식 웃으며 놀리듯이 말했다.

"그래도 좀 인간답게 살게 됐네."

이시마가 호주머니에서 추잉 껌을 꺼내 한 개 내밀었다. 렌지는 낚아채듯이 입에 쏙 넣었다.

"너, 배고프구나?"

껌을 씹으며 렌지가 크게 고개를 끄덕였다. 잠깐만, 이라는 말을 남기고 이시마가 옆의 가게에 들렀다가 뭔가 들고 돌아왔다.

"이거 먹어."

큼직한 빵이었다. 안에 뭔가 튀김이 들어 있었다. 렌지는 고맙습니다, 라고 꾸벅 절을 했다. 이시마가 웃었다.

"인사 잘하는데? 응, 아주 착해."

이시마가 머리를 쓱쓱 쓰다듬어 주었다. 렌지는 껌을 뱉고 빵 봉지를 뜯자마자 크게 베어 먹었다. 크로켓이었다. 이시마의 얼굴에서 문득 웃음이 사라지고 미간에 주름이 잡혔다. 비가 걷힌 참이라서 도로는 납빛으로 빛났다. 그가 골목 끝으로 시선을 돌렸다. 어린 시절의 자신이 떠올라 버렸기 때문이다. 범람하는 초록빛 강, 비를 맞으며 고픈 배를 움켜쥐던 자신이었다. 갓난아이의 울음소리, 어머니의 고함 소리…….

렌지의 머릿속에는 먹는 것 말고는 아무 생각도 없었다. 열심히 씹을 때마다 튀김 특유의 감촉과 소스의 달콤함이 입 안에 퍼졌다. 이시마가 고개를 돌려 허겁지겁 크로켓을 먹는 렌지를 내려다보며 다시 웃음을 터트렸다.

"그렇게 맛있어?"

그 물음에 렌지는 급하게 입을 놀리며 연신 고개를 끄덕였다.

"주스는? 마실 것도 줄까?"

렌지는 다시 크게 고개를 끄덕였다. 이시마는 웃으면서 자동판매기에 동전을 넣었다. 뒤돌아보며 "이거?"라는 신호를 보냈다. 렌지는 갑작스럽게 콜라까지 마시게 된 것에 놀라서 선뜻 말이 나오지 않았다. 이시마가 버튼을 눌렀다. 큼직한 소리를 내며 콜라 페트병이 아래로 떨어졌다.

"진짜 좋아요!"

렌지는 꾸벅꾸벅 몇 번이고 절을 했다.

"그래, 나도 좋다."

이시마는 양아버지 밑에서 살았던 자신의 소년 시절을 떠올렸다. 친구가 한 명도 없었다. 말을 못해서 항상 혼자였다. 성인이 되자마자 양아버지가 세상을 떠났다. 일본 국적을 취득한 직후의 일이었다. 괜히 눈물이 글썽해져서 이시마는 서둘러 웃음으로 얼버무렸다.

렌지는 눈 깜짝할 사이에 콜라까지 마셔 버렸다. 그 작은 몸의 어디에 다 들어갔나 싶을 만큼 빠른 속도였다. 이시마가 놀란 얼굴을 해 보였다. 옆 가게의 삐끼들도 웃고 있었다.

"탄산이 올라올 텐데, 괜찮겠냐?"

"괜찮아요."

"이제 배부르지?"

"네."

"잘했네, 잘했어."

다음 순간, 렌지가 길거리에 울릴 만큼 큼지막한 트림을 했다. 이시마와 다른 삐끼들이 폭소를 터뜨렸다. 렌지는 창피해서 물이 든 페트병을 다시 껴안고 "이시마 형님, 고맙습니다"라는 말을 남기고 도망치듯이 그 자리를 떴다. 이시마는 그 뒷모습을 바라보며 입을 꾹 다물었다. 나카스에 내리던 비가 그치고 저녁나절의 햇살이 렌지의 앞길에도 쏟아지고 있었다.

영차, 라고 이시마는 혼잣말을 흘렸다. 손바닥으로 얼굴을 북북 문지르고 그 손을 따악따악 힘차게 치면서 다시 평소의 스마일을 만들었다.

2006년 12월

눈이 내리는 것도 아닌데 나카스의 겨울은 얼어붙을 만큼 춥다. 난방이 안 되어 아카네는 이불 속에서 나오고 싶지 않았다. 오줌이 마려워도 1층에 내려가 세이류 공원 공중화장실까지 가야 하는 게 너무도 짜증났다. 비상계단 층계참에 전용 요강을 준비해 긴급할 때는 거기서 볼일을 보기로 했다. 하지만 남자라면 또 모르지만 아카네에게는 열린 공간에서의 배설은 굴욕적이었다. 그래도 꼭대기에서 1층까지 내려가 볼일을 보고 다시 그 계단을 올라올 것을 생각하면 개처럼 싸는 게 더 편하다. 어차피 배설물을 버리는 건 렌지 담당이니까.

입김이 하얗게 나왔다. 커튼이 없어 아침 햇빛이 여지없이 눈을 찔렀다. 마사카즈가 뒤에서 껴안고 아카네의 머리칼에 얼굴을 묻더니 에이, 담배 냄새, 라고 툴툴거렸다.

"그럼 어쩌라고? 여기는 욕실도 없잖아."

마사카즈가 불쑥 아카네의 둔부에 허리를 들이댔다. 가볍게 저항했지만 잠옷 바지를 억지로 벗겨 냈다. 준비도 안 된데다 방광이 터질 것 같아서 아카네는 지금은 하기 싫어, 라고 거부했다. 마사카즈는 단단히 부푼 몸의 일부를 아카네의 부드러운 둔부에 들이대며 느물느물 웃었다. 옷이 스치는 소리, 아카네가 토해 내는 날숨 뒤에 마사카즈가 침을 삼켰다.

"오늘 병원에 갈 거야."

아카네가 칼칼한 목소리로 말했다.

"병원? 왜?"

"아무래도 생긴 거 같아."

마사카즈가 토해 낸 숨이 아카네의 입김과 저만치에서 한데 섞였다. 만화 대사의 테두리 같다고 아카네는 생각했다. 마사카즈의 딱딱해진 그것이 문득 멈춰 버렸다. 토해 내는 하얀 입김만 가로로 길게 뻗어 갔다. 아카네는 이불을 걷어차고 몸을 일으켰다.

"어디 가?"

"오줌. 못 참겠어."

아카네가 말을 던지고 휘청휘청 방을 나갔다.

2007년 1월

렌지는 겐타를 만나러 가는 길에 나카시마 공원 앞쪽 골목에서 책가방을 멘 한 여자애를 목격했다. 키가 자신과 거의 비슷한 여자애는 렌지를 보자마자 깜짝 놀란 얼굴을 했다. 두 사람은 길 한복판에서 저절로 멈춰 서서 마주하고는 서로의 얼굴을 지그시 바라보았다. 혹시 이 아이도 나카스에서 사는 건가, 라고 렌지는 의아했다. 그렇다면 이 섬에 사는 아이가 자기 혼자만이 아니라는 얘기다. 무인도에서 덜컥 인간을 마주친 듯한 놀람에 렌지는 심장이 두근두근 뛰었다. 그러자 여자애가 렌지에게 한 걸음 다가와 말했다.

"너, 나카스에서 살지?"

렌지는 순간 겁이 났지만 응, 하고 고개를 끄덕였다.

"어떻게 알았어?"

"엄마한테 들었어. 나카스에 또 한 명, 어린애가 있다고."

"너는 어디서 사는데?"

"나카시마마치. 저기 저 앞에 큰 주차장 있지? 그 옆의 맨션."

두 사람은 잠시 아무 말 없이 서로의 얼굴을 바라보았다.

"너, 학교 안 다니지?"

렌지는 경계하면서도 솔직하게 고개를 끄덕였다.

"호적이 없다는 거 진짜야? 그래서 학교에 못 간다던데."

"호적? 뭔데, 호적이?"

귀에 익지 않은 단어였기 때문에 렌지는 되물었다. 소녀는 눈이 둥그래졌다.

"호적이 뭔지 몰라?"

숨죽인 목소리였다. 렌지는 미지의 생물을 조우한 듯한 기묘한 혼란에 휩싸였다. 어떻게 이 아이는 나에 대한 것을 알고 있는가. 내가 왜 보통 아이들처럼 학교에 갈 수 없는지 이 아이는 알고 있다. 하지만 어떻게?

"어떻게 나를 그렇게 자세히 알아?"

"엄마한테 들었다니까."

"그럼 너희 엄마는 어떻게 나를 알아?"

"엄마가 나카스에서 룸살롱을 하거든. 거기에 너희 엄마가 가끔 온대."

렌지의 눈이 허우적거렸다. 그 시선을 따라가듯이 소녀의 눈이 쫓아왔다.

"나, 너 만나고 싶었어. 내내 언제 만날 수 있을까 기다렸어. 근데 오늘 드디어 만났네. 반가워."

렌지는 눈앞의 소녀를 빤히 쳐다보았다. 나를 만나고 싶었다고? 왜?

"왜? 왜 나를 만나고 싶었는데?"

"몰라. 그냥 네 얘기를 많이 들었거든. 나카스에서 태어난 아이가 한 명 더 있다고. 그 아이는 학교에 안 다니고, 다들 '한밤중의 아이'라고 한다고 했어."

소녀는 잠깐 머뭇거리다가 자기소개를 했다.

"내 이름은 히사나."

렌지는 소녀의 눈을 잠시 응시한 뒤에 똑같이 이름을 말했다.

"나는 렌지."

그 다음 날이 일요일이었기 때문에 렌지와 히사나는 미리 약속한 대로 점심시간 전에 세이류 공원에서 만났다. 두 사람은 나란히 공원 울타리 옆에 서서 햇빛을 반사하며 반짝이는 강물을 내려다보았다. 렌지가 긴소매 티셔츠에 목면 머플러만 두른 것을 보고 히사나가 물었다.

"안 추워?"

렌지는 대답 없이 웃음으로 얼버무렸다.

"우리 저기 캐널시티에 갈까? 진짜 따뜻한데."

히사나가 하카타강 맞은편의 거대한 쇼핑센터를 가리켰다.

"한 번도 가 본 적이 없는데……."

렌지가 머뭇거리며 떨떠름하게 말했다.

"진짜? 한 번도 안 가 봤어?"

히사나가 놀라서 렌지를 돌아보았다.

"가 보면 재미있어. 가게도 엄청 많고, 날마다 중앙 무대에서 신나는 공연도 해."

렌지의 얼굴빛이 흐려졌다. 호주머니에 손을 넣어 여권을 움켜쥐었다. 돈도 없고, 처음 가 보는 곳이고, 만난 지 얼마 안 되는 여자애와 그런 곳에 가기 위해서는 큰 용기가 필요했다.

"나는 나카스 밖으로 나가는 거 싫어. 저쪽은 야만스러운 외국이야."

렌지의 말에 히사나가 푸훗 웃음을 터뜨렸다.

"작은 다리 하나만 건너면 되잖아. 싫으면 금세 돌아오면 돼."

렌지는 강 건너편에 우뚝 솟은, 어린애의 마음을 끄는 참신한 디자인의 거대한 쇼핑센터를 새삼 올려다보았다. 히사나가 렌지의 얼굴을 들여다보며 말했다.

"너, 정말 재밌다. 나카스에 살면서 캐널시티에 가 본 적이 없다니. 게다가 강 건너는 외국이라고?"

"비웃는 거야?"

"설마. 너 같은 애는 처음이라서 너무 재밌어."

렌지는 미소 짓는 히사나의 눈을 빤히 바라보았다. 이 아이는 나카스에서 태어나고 자랐다. 말하자면 같은 나라 사람이다. 나카스에서 태어난 사람들끼리, 라고 생각하니 묘한 연대감이 느껴졌다. 이 아이와 함께라면 잠깐 나가 봐도 좋을지 모른다, 라고 렌지는 마음먹었다.

둘이서 캐널시티와 나카스를 연결하는 빨간 보행자용 다리를 건너갔다. 호화로운 외국 체인 호텔의 주차 공간을 통해 안으로 들어갈 때는 제복 차림의 호텔 직원과 눈이 마주쳤지만 히사나는 주눅 드는 일 없이 당당히 그 앞을 지나갔다. 렌지는 살짝 몸을 숙인 채 오로지 히사나의 뒤만 따라갔다.

계단을 올라 쇼핑센터 쪽으로 연결된 복도를 지나자 밖에서 볼 때는 알지 못했던 광경이 나타났다. 건물 내부에 거대한 통천장이 있었다. 빌딩들로 에워싸인 중정 같은 공간에는 운하가 흐르고 원형 무대가 있었다. 그 무대에서 뭔가 공연을 하고 있었다. 두 사람이 아래쪽 상황을 내려다보는데 느닷없이 운하에서 분수의 물기둥이 솟구쳤다. 렌지는 와아, 하고 저도 모르게 큰 소리를 내서 히사나의 웃음을 샀다.

"이쪽으로 따라와."

히사나는 빠릿빠릿하게 건물 안을 안내했다. 아기자기한 상점들이 줄줄이 이어진 구역을 지나 엘리베이터를 타고 아래층으로 내려갔다. 둘러선 사람들 사이를 뚫고 들어가 무대 위에서 펼쳐지는 매직 쇼를 구경했다. 사방이 건물로 둘러싸인 타원형 광장 위로 파란 하늘이 보였다. 여태까지 한 번도 본 적이 없는 신기한 풍경이 이어지고, 모두 화려한 옛날이야기 속 나라처럼 찬란한 호화스러움이었다. 이게 외국인가, 하고 렌지는 생각했다. 나카스의 스케일과는 완전히 차원이 다르다. 하지만 렌지에게는 나카스 쪽이 훨씬 더 마음 편한 공간이었다. 무대 주변에 모인 가족 일행은 하나같이 웃는 얼굴에 여유롭고 행복해 보여서 자신과는 크게 동떨어진 세계의 사람들이었다. 우스운 얘기와 동작을 펼치는 피에로의 쇼를 평화로운 가족들 옆에서 구경하기가 왠지 조심스러웠다. 렌지는 히사나 옆을 벗어나 광장 한구석의 벤치로 몸을 피했다. 히사나가 달려와 물었다.

"왜, 재미없어?"

"그냥 좀 피곤해서. 다들 즐거워하잖아. 나는 그런 거 별로 못 봐서 왠지 불안해."

히사나가 웃으면서 렌지 옆에 바짝 붙어 앉았다.

"왜 사람들이 너를 한밤중의 아이라고 해?"

"나도 몰라, 왜 그런 별명을 붙였는지."

"한밤중에 혼자 돌아다니잖아. 보통 아이들은 한밤중에 집 밖에 나오지 않는데."

"한밤중의 나카스가 가장 재미있는데?"

"무섭지 않아?"

"뭐가 무서워? 난 여기가 훨씬 더 무서워. 가족끼리 온 사람들, 어쩐지 불편해서."

두 사람은 동시에 푸훗 웃음을 터뜨렸다.

"나는 엄마랑 둘이서 살아. 아빠는 누군지도 몰라. 그래서 여기 처음 왔을 때, 너하고 똑같은 생각을 했어. 나도 가족끼리 온 사람들이 싫더라. 근데 이제 괜찮아. 너도 금세 익숙해질 거야."

렌지는 히사나의 눈을 들여다보았다. 옆으로 길쭉하고 반달처럼 가늘게 휘어진 눈이었다. 렌지는 호주머니에서 여권을 꺼내 히사나에게 보여 주었다. 둘은 어깨를 맞대고 여권을 들여다보았다. 히사나는 비웃지 않았다. 그 대신 눈을 반짝이며 말했다.

"나도 이거 갖고 싶어."

"그래? 좋아, 내가 발행해 줄게."

렌지는 흐뭇했다. 나카스국에 새로운 국민이 또 한 명 불어났다.

2007년 2월

'데노고이'는 나카스의 인기 호스티스였던 미타라이 야스코가 사고로 다리를 다치면서 자신이 원하는 시간에 자신의 페이스로 일하자는 생각으로 25년쯤 전에 나카스 4번지 복합 빌딩 1층에 개업한 주점 식당이다. 렌지는 요즘 매일같이 그곳에 들렀다. 손님이 없으면 카운터 한쪽에서 밥을 얻어먹었다. 누군가 있을 경우에는 야스코가 미리 준비해 둔 주먹밥이나 샌드위치를 받아 들고 돌아왔다. 렌지도 눈치가 빠삭해서 엄청 배가 고플 때 외에는 손님들로 북적이는 저녁 시간대는 피했다. 대체로 개점 직전의 오후를 노려 얼굴을 내밀었다.

"어휴, 내 고양이, 어딜 그렇게 쏘다녔어?"

갓 지은 밥에 밑반찬, 된장국, 그리고 그날그날 다르지만 돈가스나 생선구이 같은 요리가 한 가지씩 나왔다. 물론 돈을 내는 일은 없다. 아카네도 마사카즈도 모르는 일이었다. 야스코가 그토록 애지중지 키웠던 삼색고양이가 가출했을 때, 우연히 렌지가 찾는 것을 거들게 되었다. 삐끼 이시마가 그때 렌지를 야스코에게 소개해 준 것이다.

"내 고양이, 맛있어? 많이 먹어, 한창 클 나이인데."

야스코는 이시마에게서 렌지에 대한 얘기를 대략 들은 모양이었다. 좁은 지역이라서 아카네와 마사카즈가 무책임한 부모라는 건 이미 다들 알고 있었다. 하지만 렌지를 향해 쓸데없는 말은 일체 하지도 않고 묻지도 않았다.

"그 뒤로 정확히 1년이 지났네. 삼색고양이 대신에 우리 렌지가 나를 지켜 주게 됐어. 어때, 내 고양이, 언제까지고 내 곁에 있어 줄 거지?"

카운터 안에서 담배를 피우며 야스코가 빙그레 웃었다. 고양이 사진은 액자에 담겨 그녀의 등 뒤에서 조용히 빛을 내고 있었다.

렌지가 된장국을 떠먹는 참에 문이 열리고 눈보라와 함께 기모노를 걸친 초로의 백발 머리 남자가 안으로 들어섰다. 그는 렌지를 발견하자마자 야스코에게 물었다.

"어디 사는 아이가 여기에 와 있어?"

"이 근처 아이예요."

야스코가 답했다. 백발의 남자가 얼굴을 바짝 대고 렌지를 들여다보았다. 턱 양쪽이 튀어나온 사각진 얼굴에 입술은 두툼하고 눈썹은 굵고 새하얀 머리칼이 삐져 올라갔다. 겨울용 외투를 벗으면서 그가 렌지에게 직접 물었다.

"이 근처라니, 나카스에서 사는 게야?"

침방울이 렌지의 얼굴에 튀었다. 렌지는 얼굴을 돌리면서 네, 라고 대답했다.

"학교는? 오늘 쉬는 날인가?"

"학교 안 다녀요."

렌지의 말에 남자는 턱을 쭉 당기며 훑는 듯한 시선으로 끈질기게 캐물었다.

"몇 살인데?"

"지난달에 일곱 살 됐어요."

"그러면 초등학교에 입학했어야지."

남자는 그렇게 중얼거리고 입을 꾹 다물었다. 그러고는 한 차례 야스코를 돌아보았다. 두 사람은 몇 초 동안 시선을 주고받았다. 렌지는 마음속에서 그의 별명을 '두꺼비 아저씨'라고 지었다. 전에 생물 도감에서 본 두꺼비를 꼭 닮았기 때문이다. 두꺼비 아저씨는 렌지 옆에 자리를 잡고 팔짱을 척 꼈다.

야스코가 병맥주를 유리잔에 따라 두꺼비 앞에 내주었다. 그는 단숨에 반절쯤을 마시고는 누구에게랄 것도 없이 혼잣말을 중얼거렸다.

"한밤중의 아이라……."

렌지는 다들 입에 올리는 한밤중의 아이라는 암호가 마음에 들어 야스코의 눈을 흘끔 쳐다보았다. 야스코가 따스한 시선으로 괜찮다는 듯이 웃어 주었다.

"어디, 손금 좀 볼까?"

두꺼비는 그렇게 말을 건네자마자 거칠거칠한 글러브 같은 큼직한 손으로 렌지의 작은 손을 잡아당겼다. 손바닥을 들여다보는 두꺼비의 눈이 가늘게 휘어졌다.

"희귀한 손금이로군. 백만 명에 한 명의 손금이야. 너, 범상치 않은 인물이구나."

"정말이에요? 얘, 렌지, 다카하시 씨의 손금은 아주 딱 맞아."

야스코가 옆에서 말을 거들었다. 두꺼비의 이름이 다카하시라는 것을 알고 렌지는 왠지 재미있었다. '두꺼비 다카하시'라고 생각했다.

"학교에 안 다니면 평소에 어디서 뭘 하는고?"

다카하시는 렌지의 손을 놓고 유리잔을 들어 맥주를 벌컥벌컥 들이켰다. 야스코가 곁눈으로 몰래 렌지를 지켜보았다.

"이것저것 바빠요. 물도 길어야 하고요."

"뭐야? 물을 긷는다고?"

다카하시가 호쾌하게 웃었다. 야스코는 입가를 부드럽게 풀며 미소를 지었지만, 굳이 설명하지는 않고 빈 유리잔에 다시 맥주를 채워 주었다. 두꺼비는 카운터에 팔꿈치를 짚고 몸을 숙여 그 맥주를 들여다보았다. 예상치 못한 일이었지만 렌지와 다카하시가 이렇게 인연을 맺은 게 야스코는 흐뭇했다. 눈앞의 두 사람을 바라보니 저절로 입가가 벌어졌다. 그와 렌지의 만남은 이곳 나카스에서 생각할 수 있는 가장 자극적이고 흥미로운 일 중의 하나였다. 이 만남이 렌지에게 몰고 올 영향, 그리고 다카하시 쪽에 가져다줄 영향을 상상해 보았다. 할아버지와 손자만큼이나 나이 차가 나는데도 카운터에 나란히 앉은 두 사람은 이미 강한 자력으로 맺어져 있었다. 쌍방의 호기심이 신비한 인연으로 언젠가는 이곳 나카스에 뭔가를 만들어 낼 것이라는 예감이 들었다. 다카하시의 유지를 분명 렌지가 이어받을 것이라고 야스코는 몇 번이나 혼자 고개를 끄덕였다.

다카하시가 맥주잔을 잡고 말했다.

"하긴 학교에 다니는 것보다 일찌감치 사회를 배우는 게 더 낫지. 학교 따위, 변변찮은 곳이야. 남들보다 일찍 사회에 뛰어들어 돈을 많이 벌면 돼. 아저씨가 좋은 일자리를 소개해 주마. 근데 초등학교 정도는 졸업하는 게 좋을 게야."

그러고는 호쾌하게 웃음을 터뜨렸다. 두꺼비의 침방울이 뺨에 튀어서 렌지는 순간 눈을 감아 버렸다.

"학교는 다니기 싫어요. 사회에도 나가고 싶지 않아요."

렌지가 결연히 내뱉자 다카하시는 눈을 둥그렇게 뜨고 놀리듯이 말했다.

"그럼 어디로 가지? 세계로 가나?"

"나카스가 내 세계예요."

마음을 굳게 먹고 렌지는 대꾸했다.

그 또렷한 말투에 다카하시는 입이 헤벌어졌다. 그리고 소년의 눈 속을 꿰뚫듯이 노려보았다. 몇 초의 정적 뒤, 다카하시는 그만 항복이라는 듯 너털웃음을 지었다.

"좋아, 맘에 들었어. 이번 여름에 야마카사 신여에 태워 주마."

"야마카사 신여에? 정말요?"

응, 하고 다카하시가 힘주어 말했다.

"나카스 류의 신여야. 으쌰 으쌰! 나카스에서 살았다면 다 알지? 으쌰 으쌰!"

렌지는 깜짝 놀라 저절로 큰 소리로 부르짖었다.

"정말이죠? 꼭 태워 주실 거죠?"

"다카하시 씨는 야마카사 진흥회에서 아주 높은 분이야. 다카하시 씨의 말이라면 틀림없어."

다카하시가 으쌰 으쌰, 라고 연호하기 시작했다. 야스코는 장단을 맞춰 몸을 흔들며 호응했다. 렌지는 가슴이 벅차올랐다.

2007년 3월

렌지는 히사나를 나카스의 밤거리로 데려왔다. 호기심 강한 히사나가 한밤중의 나카스를 구경하고 싶다고 했기 때문이다. 히사나의 엄마는 매일 새벽 3시나 되어서야 집에 돌아왔다. 그래서 그 전까지 구경하기로 약속하고, 밤 12시에 나카시마마치에 있는 히사나의 맨션 앞에서 만났다. 우선 교통량이 많은 쇼와 거리를 지나 네온사인이 번쩍번쩍 빛나는 쥬오 거리로 들어갔다. 히사나는 이렇게 밤늦은 시간에 돌아다녀 본 적이 없었다. 자정이 지났는데도 조명이며 네온사인 간판이 휘황하게 켜져서 낮 시간의 쥬오 거리와는 전혀 다르게 눈부신 세상이 펼쳐졌다. 해 질 무렵에 회사 일을 끝내고 돌아가는 사람들로 북적이는 나카스와도 달랐다. 한밤중인데도 그보다 더 많은 사람들이 길거리를 가득 메웠다. 게다가 그 대부분이 술에 취해 사거리나 인도에서 왁자하게 떠들어 댔다. 택시가 손님을 찾으며 느릿느릿 서행 운전을 했다. 술 취한 회사원이 길거리에 누워 자고 있다. 대학생들이 인도 한 귀퉁이를 점거했다. 다들 웃고 있지만 여기저기서 싸움판을 벌리고 엉엉 울기도 하고, 아무튼 낮 시간과는 딴판으로 솔직하고 격한 감정에 휘둘리는 사람들이 길거리를 가득 메웠다.

"와아, 대단하다. 진짜 딴 세상 같아."

"캐널시티보다 더 북적거리지?"

히사나는 고개를 끄덕이며 번쩍이는 나카스의 네온사인을 홀린 듯 올려다보았다. 너무 예쁘다, 라고 연신 중얼거렸다. 두 사람은 취객 사이를 뚫고 중심부로 돌진했다. 몇몇 사람이 아이들이 밤늦은 시간에 돌아다니는 게 마음에 걸렸는지 두 사람을 가리키며 뭔가 숙덕거렸다. 어딘가 그 근처에 부모가 있겠지, 라는 누군가의 말소리도 들렸다. 렌지와 히사나는 서로 마주보며 왠지 웃음이 터져 버렸다.

히사나는 렌지 뒤에 딱 붙었다. 이 소녀에게 한밤중의 나카스는 재미있는 세계인 반면 뭔가 정체 모를 광기에 휩싸인 이계異界이기도 했다. 강한 호기심에 내몰리면서도 지금까지 본 적이 없는 기묘한 광경을 목격하고 흥분과 두려움이 교차했다. 자칫 렌지를 놓쳐 버릴 것 같아 종종걸음으로 뒤따라가 팔을 꽉 붙들었다. 렌지는 이따금 히사나를 돌아보며 괜찮으냐고 확인했다. 누군가를 걱정해 주는 일 따위 없었기 때문에 자신이 내뱉은 말에 스스로 놀라고 있었다. 히사나는 그때마다 렌지를 바라보며 응, 이라고 조심스럽게 고개를 끄덕였지만 렌지는 자신에게 꼭 달라붙은 이 소녀가 못내 걱정스러웠다.

여태까지 항상 혼자 지내 왔기 때문에 뒤에 붙은 그림자 같은 존재에 묘한 이질감도 느껴졌다. 귀찮기도 하고 기쁘기도 하고 번거롭기도 하고, 익숙하지 않은 탓에 답답하기도 했다. 하지만 기묘한 두근거림을 동반하는 뭔가 기쁜 감각……. 지금까지 한 번도 느껴 본 적이 없는 감각이었다. 누군가를 의식하고 걱정하는 마음, 누군가를 위해 행동하고 누군가와 함께하면서 자꾸 생각하게 되는 것에 마음이 뒤흔들렸다. 그런 모든 감정이 한꺼번에 소년의 작은 가슴속에 회오리쳤다. 그런 탓에 감정의 에너지를 미처 제어하지 못하고 일곱 살 소년은 가벼운 혼란에 빠졌다.

"렌지!"

누군가 부르는 소리에 돌아보니 가로수 아래 낯익은 사람이 서 있었다. 길거리에 나와 담배를 피우던 젊은 라면집 점원이었다. 남자는 운동화 바닥으로 담배를 비벼 끄고 이쪽으로 뛰어왔다.

"깜짝 놀랐네. 무슨 일이야, 이런 귀여운 여자애까지 데리고?"

"밤의 나카스를 안내해 주는 거예요."

"여자애가 이런 시간에 나돌아 다니면 안 되는데? 얘, 너 몇 살이야?"

주위에서 일하는 꽃집 아가씨와 길거리 가수, 삐끼 등이 우르르 모여들어 두 사람을 에워쌌다.

"일곱 살이에요."

히사나가 대답했다. 사람들이 깜짝 놀란 얼굴로 한 마디씩 했다.

"그러면 안 되지. 이 시간에 일곱 살 아이가 돌아다니면 절대 안 돼."

"왜 나는 괜찮고 얘는 안 돼요?"

렌지가 항의하자 그들은 난처한 얼굴이 되었다.

그중 가장 나이 많은 주점의 주인이 나서서 말했다.

"사실은 너도 밤에 돌아다니면 안 돼. 하지만 렌지, 넌 한밤중의 아이잖아."

다정하게 타이르는 말투였다. 라면집 점원이 뒤를 이었다.

"이 아이 부모가 걱정하는 것도 그렇지만, 혹시 경찰에서 데려가면 학교에 통보가 들어가게 돼."

히사나가 흠칫 놀라는 것 같았다. 렌지는 소녀의 얼굴을 들여다보았다. 두 사람의 시선이 얽혔다.

"렌지, 너와는 달리 이 아이는 학교에 다니잖아. 선생님께 꾸중 들으면 딱하지. 얼른 집에 데려다주는 게 좋아."

렌지는 고개를 떨어뜨린 채 혼잣말처럼 중얼거렸다.

"한밤중에 일곱 살 아이가 돌아다니면 선생님께 꾸중을 들어요?"

어른들은 입을 꾹 다물었다. 그때 꽃집의 젊은 아가씨가 나지막한 소리로 부르짖었다.

"경찰이 순찰을 돌고 있어!"

쥬오 거리 안쪽에서 2인조 경찰이 다가오는 게 보였다. 가로수에 올라가 왁왁거리는 대학생들에게 경고를 주고 있었다. 주점 주인이 반대 방향을 가리키며 말했다.

"이쪽으로, 얼른!"

"렌지, 문제가 되기 전에 빨리 이 아이는 집에 데려다줘!"

라면집 점원이 손을 내두르며 두 사람이 보이지 않게 가려 주었다. 렌지는 히사나의 손을 잡고 인파 속을 내달렸다. 히사나는 끌려가다시피 뒤쫓아 달리면서 생각했다. 이 아이는 여태까지

이 나카스의 밤을 혼자서 살아왔구나, 그래서 한밤중의 아이구나, 라고.

"미안해!"

히사나는 큰 소리로 사과했다. 렌지도 괜찮아, 라고 소리쳤다. 두 사람은 나카스에서 가장 폭이 넓은 쇼와 도로를 한달음에 건너 나카시마마치의 조용한 곳까지 내달렸다.

2007년 4월

이맘때쯤이면 날씨만 맑아도 나카스에 놀러 오는 사람이 급증한다. 추운 겨울이 끝나자마자 하카타 사람들의 발길은 당연한 듯이 나카스로 향한다. 덕분에 밤이 깊어 갈수록 문제를 일으키는 취객들로 파출소는 눈코 뜰 새 없이 바빠진다. 점잖은 취객 따위는 없었다. 나카스 파출소는 동물원 못지않게 맹수들의 소굴이 되고 만다. 파출소 근무 3년 차가 되자 히비키도 취객들을 다루는 방법을 슬슬 터득했다. 울면서 소리치는 자, 폭언을 쏟아내는 자, 끊임없이 얘기하는 자가 있는가 하면 폭력적인 인간도 있었다. 그런 성향에 따라 접하는 방식을 바꿔 나간다. 토닥토닥 달래며 얘기를 들어 주거나 때로는 거친 말로 응수한다. 흐느껴 우는 남자의 등을 쓸어 주기도 한다. 어떻게도 손쓸 수 없는 상태일 때는 본서에 연락해 호송용 차량을 요청한다. 주말이면 출동 횟

수도 부쩍 늘어났다. 하룻밤에 몇 번씩 오락가락하는 호송 차량 담당자들도 여간 고생이 막심한 게 아니다.

"여긴 정말 최전선 야전 병원만큼 끔찍하다. 잠시 쉴 틈도 없네. 죽을 지경이야."

호송 차량을 운전하는 담당자가 히비키를 향해 하소연했다. 취객의 등을 밀며 차량에 태우던 경찰도 어이가 없는지 피식 웃었다.

"전국에서도 손꼽히는 유흥가잖아. 날 밝을 때까지 앞으로 몇 번은 더 와야 할 거야."

히비키가 안타깝다는 듯이 말하자 운전 담당이 졸린 눈을 비벼 가며 쓴웃음을 지었다. 호송차 뒤쪽에서는 취객이 뭔가 고함을 치고 있었다. 히비키는 어깨를 으쓱 쳐들며 진짜 못 말려, 라고 혀를 찼다.

"그럼 이따 봅시다."

호송 차량이 출발했다. 사람들의 욕망에는 끝이 없다. 거리의 북적임도 사람들의 웃음소리도 밤이 깊어 갈수록 점점 더 기세가 붙었다. 히비키는 한 차례 기지개를 켜며 졸음을 쫓았다. 시계를 보니 새벽 2시를 지난 시각이었다. 잠시 눈 붙일 새도 없을 만큼 봄의 나카스는 활황을 보인다. 그래도 한 건 처리했으니 잠깐

누워 있자는 생각에 파출소로 돌아가려는 참에 로망 거리 쪽에서 렌지가 급하게 뛰어오는 게 보였다. 출입구 근처에 있던 경찰들도 알아보고 멈춰 섰다.

"싸움이 났어요, 이시마 씨를 죽이려고 해요! 경찰 아저씨, 살려 주세요, 빨리요!"

이런 시간에 왜 돌아다니느냐고 나무라기도 전에 렌지가 히비키의 팔을 잡아끌었다.

"죽일 거 같아요. 빨리, 빨리! 신바시 거리예요!"

경봉부터 챙겨야겠다고 몇 명이 일단 파출소 안으로 뛰어들었다. 히비키는 다른 경찰들과 렌지의 뒤를 쫓아갔다. 눅눅한 공기가 몸에 엉겨들었다. 술 취한 사람들을 차례차례 피해 가면서 앞서가는 작은 그림자를 따라 달렸다. 멀리서 고함 소리가 들렸다. 젊은 놈 여러 명이 한 명을 멍석말이하듯이 퍽퍽 치고 있었다. 벽 쪽에 몰린 자는 이미 서 있기도 힘든 모습이었다.

"거기, 당장 멈춰! 멈추지 못해!"

경찰이 우르르 달려들자 젊은 놈들이 순식간에 뿔뿔이 흩어졌다. 차도로 튀어나가 반대편으로 도망치려는 놈 하나를 히비키가 등 뒤에서 찍어 눌렀다.

"어딜 도망쳐? 경찰을 우습게 보고."

바닥에 깔린 젊은 놈이 버둥거렸지만 히비키는 그자의 머리를 팔로 눌러 꼼짝 못하게 했다. 다른 경찰이 무선으로 지원을 요청했다. 이시마는 길가에 쓰러져 있었다.

"형, 이시마 형! 죽으면 안 돼!"

렌지의 날카로운 목소리가 일대에 울려 퍼졌다. 주위에 모여든 사람들의 울타리가 점점 커져 갔다. 도망친 놈들을 잡는 것보다 이시마의 부상 치료가 우선이었다. 얼굴이 퉁퉁 부어 눈도 못 뜨고 있었다.

"저놈들, 요즘 새로 온 삐끼들이에요. 여기 규칙을 무시하고 이시마 씨 구역을 작살냈어요. 그래서 이시마 씨가 지난번에 불러서 혼을 냈대요. 그랬더니 오늘 여러 명이 몰려와 이시마 씨를 공격한 거예요."

렌지가 급히 호소하는 게 영락없이 이 근처 삐끼들의 말투였다. '구역을 작살냈다'라는 일곱 살 아이의 말에 히비키는 안타까운 심정이었다. 신바시 거리가 온통 소란스러워졌다. 근처 건물에서 차례차례 사람들이 뛰쳐나왔다. 사이렌을 울리며 구급차가 도착했다. 구급대원이 일제히 이시마를 에워쌌다. 지원 나온 경찰들이 구경꾼을 뒤로 밀어내고 있었다. 순찰차와 호송 차량이 도착해 체포한 놈들을 줄줄이 태웠다. 다른 경찰이 무선으로 도망친 자들의 특징을 전달하고 있었다.

구급대원들이 이시마를 신중하게 들어 올려 들것에 실었다. "이시마 형, 이시마 형"이라고 렌지가 연거푸 불렀다. 구급차로 달려가려고 해서 히비키가 등 뒤에서 어깨를 붙잡아 세웠다. 이시마는 눈이 감기고 입은 헤벌린 채 힘겹게 숨을 쉬고 있었다. 그 옆얼굴에 구급차의 빨간 불빛이 명멸했다. 들것이 구급차 안에 실렸다. 문이 닫히자 경찰과 구급대원의 움직임이 더욱 빨라졌다. 이시마를 부르는 렌지의 목소리가 소음에 지워졌다. 다시 사이렌을 울리며 구급차가 출발했는데도 주위는 더욱 소란스러워졌다. 구경꾼의 시선이 일제히 일곱 살 소년에게 쏟아지고 있었다.

"이시마 형!"

렌지는 소리 높여 부르짖었다. 뒤쫓아 가려는 렌지를 히비키가 힘으로 잡아 눌렀다.

"이런 시간에 돌아다니면 안 된다고 몇 번을 말해야 알아들어? 이번에는 부모에게 직접 데려가야겠다. 렌지, 지금 어디서 살고 있어?"

"나 혼자 갈 수 있어요!"

렌지가 흥분한 기색으로 소리쳤다.

"안 돼, 부모에게 인계해야지."

렌지가 히비키의 손을 힘껏 뿌리치며 돌아보았다. 그 눈이 붉게 물들었다. 금세라도 굵은 눈물이 뚝뚝 떨어질 것 같았다.

"경찰 아저씨……."

눈을 부릅뜨고 파르르 떨면서 렌지가 입을 열었다. 어깻숨을 몰아쉬며 히비키를 정면으로 노려보았다. 그리고 내뱉듯이 말했다.

"우리 아빠 엄마요? 이 시간에 아빠 엄마가 집에 있겠어요?"

2007년 5월

보고 싶을 때마다 만날 수 있도록 렌지와 히사나는 입체 주차장 간판 밑에 통신 메모를 끼워 두기로 약속했다. 그리고 둘이 처음 만난 이후로 거의 매일같이 함께 지냈다.

오구로 다리 앞까지는 반 친구들과 함께였지만, 나카스로 건너오는 아이는 히사나 한 명뿐이었다. 혼자만 방향이 다르기 때문에 히사나는 렌지 말고는 다른 친구가 없었다. 서로를 알자마자 두 사람은 금세 친해졌다. 히사나에게는 아버지가 없었다. 어머니에게 그 이유를 몇 번이나 물어봤지만 그때마다 화제를 돌려 버렸다. 어머니는 친하게 지내는 남자가 번갈아 가며 항상 곁에 있었지만, 어떤 남자도 히사나의 아빠는 아니었다.

요즘 히사나는 내 친아빠는 저런 식으로 눈이 핑핑 돌게 바뀌는 엄마의 남자들 중 누군가였는지도 모른다고 추측하게 되었다. 그렇게 생각하니 그 일은 별로 깊이 따져 보고 싶지도 않았다. 동시에 가족이라는 것에 더 이상 희망을 품지 않았다. 나라는 인간은 아무도 원치 않는데 이 세상에 태어난 존재인지도 모른다. 렌지의 소문은 그런 히사나에게 뭔가 큰 힘이 되었다. 한밤중의 나카스에서 혼자 씩씩하게 살아가는 아이가 있다, 어떤 아이일까, 하고 궁금해졌다. 호적도 없고 집도 없고 부모에게 방치된 채 달랑 혼자 한밤중의 나카스를 떠도는 아이. 만나 보고 싶다고 생각했다. 분명 언젠가는 만날 거라고 믿고 있었다.

깜빡 잊고 있었던 히사나의 여권을 렌지는 서둘러 만들었다. 국민 번호는 렌지가 좋아하는 숫자를 모조리 담았다.

"너의 국민 번호는 777123000이야."

히사나는 천진하게 기뻐하며 고마워, 라고 말했다.

"나카스국의 명예시민으로 임명합니다."

렌지가 경례를 올리며 선언하자 히사나는 만면에 미소를 띠었다. 세 번째 국민의 탄생이었다. 렌지는 히사나를 데리고 겐타 대신을 찾아가 소개해 주었다.

겐타는 히사나가 동포가 된 것을 축하하기 위해 나카시마 공원에서 바비큐 파티를 열어 주었다. 하카타국에서 밀수해 온 소시지와 돼지고기, 야채 등을 바비큐 그릴에 구웠다. 하지만 겐타가 건네준 고기 꼬치구이를 손에 움켜쥔 채 히사나는 선뜻 입에 넣지 못하고 머뭇거렸다.

"왜 안 먹어? 고기 안 좋아해?"

렌지의 물음에 히사나는 고개를 저으며 눈을 질끈 감고 한 입 베어 물었다. 그 즉시 입 안에 고소한 고기 향과 바비큐 소스의 달콤함이 퍼졌다.

"너무 맛있어!"

히사나가 저도 모르게 감탄의 목소리를 올렸다. 겐타와 렌지가 동시에 웃음을 터뜨렸다.

"그건 하카타국에서 밀수해 온 최고급 양고기야. 맛은 내가 보증하지. 잔뜩 준비했으니까 사양 말고 많이 먹어."

겐타가 말했다.

공원이 집과 가깝기도 해서 히사나는 철들 무렵부터 겐타의 존재를 알고 있었다. 엄마는 그런 사람 옆에 가면 안 된다고 단단히 단속하곤 했다.

"그 사람, 고양이든 개든 다 잡아먹는대. 너도 험한 꼴 당하고 싶지 않으면 절대 가까이 가면 안 돼. 알았지?"

하지만 그게 거짓말이라는 것을 히사나는 이제야 깨달았다.

그래서 마음속으로 '미안합니다'라고 겐타에게 사과했다. 그런 히사나의 얼굴을 들여다보며 겐타는 "왜, 할 말 있어?"라는 듯이 눈을 둥그렇게 떴다. 히사나는 살짝 고개를 젓고 "한 개 더 주세요"라고 졸랐다.

겐타가 나카강 제방의 낚시 포인트에서 장어 낚시를 시작했기 때문에 렌지와 히사나는 나카스 북쪽 끝에 자리한 수처리 시설을 탐험하기로 했다. 히사나는 물론이고 렌지도 그곳에 발을 들이민 것은 처음이었다.

"지금 나카스 지도를 만들고 있어. 근데 저 안에는 아직 가 본 적이 없어. 이 삼각 지대만 파악하면 지도가 완성될 거야."

철조망의 터진 틈새를 뚫고 두 사람은 조심스럽게 안으로 침입했다. '중부 수처리 센터 후쿠오카시 쓰키지마치 펌프장'이라는 간판이 서 있었다. 인기척은 없었다. 무인 시설인 걸까. 네모난 무뚝뚝한 건물 몇 동이 서 있었다. 나카스 북쪽 끝에 자리 잡고 있어서 동쪽은 하카타강, 서측은 나카강이다. 하지만 정확히 나카스 맨 끝의 뾰족 튀어나온 부분이라서 양쪽 강이 합류하게 된다. 그 자리에 하카타강 기계실이라고 적힌 작은 원통형 건물이 있었다. 렌지는 깜짝 놀랐다. 그 기계실 뒤에서 하카타 쪽으로 이어진 다리가 나타났기 때문이다.

"이런 다리가 있는 줄은 몰랐어!"

렌지는 얼른 뛰어가 봤다. 히사나도 뒤따라왔다.

여태까지 열여덟 개라고 생각했던 다리가 실은 열아홉 개였다니! 이건 나카스 주변 안내 지도에는 나오지 않는다. 렌지는 마치 신대륙을 발견한 듯한 경이로움에 휩싸였다. 다리는 시설 바로 앞쪽에서 막혀 있었지만 하카타 쪽에서는 나카스의 문까지 건너올 수 있었다.

"누구냐!"

등 뒤에서 소리가 들려 돌아보니 수처리 시설 작업원이었다. 급히 이쪽으로 뛰어오더니 "여기 들어오면 안 돼"라고 주의를 주었다. 히사나가 죄송합니다, 라고 사과했다. 작업원은 문을 열어 주며 얼른 나가라고 손짓을 했다. 별수 없이 렌지는 다리를 건너갔다. 차량으로 시설에 물건을 실어 올 때 이곳을 이용하는 모양이었다. 평소에는 굳게 닫아걸어서 일반인을 위한 다리는 아닌 것 같았다. 매우 희귀한 열아홉 번째 다리의 발견이었다.

"외국에 와 버렸네."

렌지는 다리를 다 건너자 어깨를 으쓱하며 쓴웃음을 지었다. 히사나는 멈춰 서서 좁은 골목길 끝을 빤히 보고 있었다. 뭔가 고민하는 기색이었다.

"왜 그래?"

렌지가 물었다.

"응, 바로 저기가 우리 초등학교야. 렌지, 화내지 말고, 혹시 한 번 둘러볼래?"

렌지는 갑자기 몸이 바짝 긴장했다. 학교 따위, 둘러보고 싶은 마음은 없었다. 하지만 초등학교라는 데가 어떤 곳인지 궁금하기도 했다. 게다가 가 보고 싶다는 말은 할 수 없었다. 기묘한 딜레마에 빠진 채 렌지는 움쭉달싹 못 했다. 히사나가 렌지의 옆얼굴을 가만히 바라보았다. 그의 앞쪽에 눈에 보이지 않는 투명한 벽이 우뚝 가로막고 있는 것 같았다.

금요일 저녁, 히사나를 따라 드디어 렌지는 하카타 초등학교 안에 들어갔다. 며칠 고민한 끝에 통신 메모에 '초등학교에 가 보고 싶다'라고 써 보낸 것이다. 몇 번이나 썼다가 찢어 버렸지만, 그래도 가 보고 싶은 호기심을 막을 수는 없었다.

현대적인 학교 건물이 넓은 운동장을 둘러싸고 있었다. 운동장에서는 방과 후에 남은 아이들이 여기저기서 뛰어놀았다. 렌지는 운동장 한가운데쯤에 서서 사방을 둘러보았다. 그동안 상상해 온 초등학교와는 뭔가 달랐다. 렌지는 좀 더 아담하고 가정적인 곳을 상상했는데 실제 초등학교는 아주 거대했다. 겐타가 텐트를 치고 사는 나카시마 공원보다 훨씬 더 넓다. 잘 다듬어진 정원과 교실들은 예상보다 훨씬 더 현대적이고 창문이 커서 나카스에서는 본 적이 없는 번듯하고도 위엄 있는 건물이었다. 수많은 아이들이 날마다 이곳에 오는 것이다, 라고 렌지는 생각했다. 아이들이 교실에서 어떤 공부를 하는지, 문득 궁금해서 견딜 수가 없었다. 그걸 히사나에게 물어보고 싶었지만 그런 말이 선뜻 입 밖에 나오지 않았다. 나만 왜 이곳에 다니지 못하는 걸까, 라는 생각에 비참해졌다. 그 바람에 나오려던 말을 저도 모르게 꿀꺽 삼켜 버렸다.

히사나는 렌지 옆에 다가와 얼굴빛을 살펴보며 신중하게 설명해 주었다.

"다들 교실에서 공부를 해. 1학년부터 6학년까지 학년별로 반이 나뉘고, 한 반에 서른다섯 명 정도야. 각 반마다 담임 선생님이 있어서 함께 지내는 거야."

렌지는 대답하지 않았다. 운동장의 아이들이 큼직한 공을 던지고 받으며 놀고 있었다. 모두 신이 나고 즐거워 보였다. 어떻게 저런 식으로 천진하게 즐길 수 있을까, 라고 렌지는 의아했다. 학교라는 데가 즐거운 곳인가. 아이들만의 세계가 학교라고 생각하니 갑자기 부러워졌다.

"재미있어?"

렌지가 불쑥 물었다.

"재미있을 때도 있고, 그렇지 않을 때도 있어."

히사나는 렌지를 자극하지 않도록 신중하게 말을 골라서 대답했다.

명랑한 차임벨 소리가 울렸다. 문을 닫으려는 모양이라고 렌지는 생각했다. 그때였다, 운동장 저 끝에서 한 남자가 렌지를 향해 종종걸음으로 다가오는 게 보였다. 사복 차림의 히비키라는 것을 깨닫기까지 몇 초쯤 걸렸다. 그가 코앞까지 다가왔기 때문에 렌지는 도망칠 타이밍을 놓쳐 버렸다. 히비키에 이어 교사인 듯한 사람도 뒤따라 달려왔다. 히사나가 "앗, 교감 선생님이야"라고 속닥거렸다.

"렌지, 네가 왜 여기에 와 있어?"

히비키가 눈을 둥그렇게 뜨고 물었다. 가와모토 교감도 곧바로 다가왔다. 히비키가 그를 돌아보며 말했다.

"선생님, 제가 말씀드렸던 그 아이, 렌지예요. 이렇게 덜컥 만나다니, 깜짝 놀랐네."

가와모토는 렌지에게 웃음을 건넸다. 하지만 렌지는 시선을 돌리며 열대어의 눈빛으로 변했다. 그가 이번에는 히사나를 향해 물었다.

"너는 우리 학교 학생이지? 렌지하고 친구였어?"

"네, 똑같이 나카스에서 살거든요."

히사나의 말이 끝나기도 전에 렌지가 냅다 뛰었다.

"엇, 렌지!"

당황해서 히사나가 급히 따라갔다.

렌지는 더 이상 그곳에 있을 수 없었다. 여기는 나의 세계가 아니야, 라고 생각했다. 스르륵 닫히는 교문을 지나 석양이 비치는 국도로 뛰어나가 전속력으로 나카스로 향했다. 한시라도 빨리 국경의 다리를 넘어 내 세계로 돌아가야 한다. 저곳은 아니다. 저곳은 외국이다…….

2007년 6월

히비키는 비번 날에 하루요시로 렌지의 외가를 찾아갔다. 초등학교에 다니도록 하기 위해서는 우선 아이의 친족이 행동에 나서 주어야 한다. 부모 쪽은 도무지 만나기가 힘들어서 일단 외가 쪽에 얘기해 보기로 했다. 그런데 그 집에 찾아가니 배가 불룩해진 아카네가 집 안에서 나타났다. 8월에 출산 예정이라 일을 쉬고 친정에서 요양 중이라고 했다. 히비키는 아카네와 그녀의 부모를 마주하고 지금까지의 경위를 자세히 설명했다. 한바탕 이야기를 마치자 아카네의 모친 긴코가 눈가를 훔치며 머리를 숙였다.

"남의 일에 이렇게 애를 써 주시니 참말로 고맙네요."

정작 아카네는 히비키가 얘기하는 동안에도 부루퉁하게 얼굴을 홱 돌리고 있었다. 그래도 히비키는 머뭇거리지 않고 렌지에게 반드시 의무 교육을 받게 해 주자고 계속 설득했다.

“다행히 하카타 초등학교는 수속만 하면 받아 주겠다고 합니다. 어떻습니까, 렌지를 위해 협력해 주시겠지요?”

그제야 아카네가 이쪽으로 몸을 돌리며 목소리를 높였다.

“왜 그래요, 대체? 렌지를 위해서라니, 부모는 우리예요. 경찰이 이렇게까지 나서는 건 이상하잖아요? 대체 무슨 꿍꿍이예요?”

아카네의 부친 데쓰조가 옆에서 작은 목소리로 머뭇머뭇 나무랐다.

“아니, 경찰이 무슨 다른 뜻이 있어서 그러는 게 아니잖아.”

아카네는 한숨을 내쉬며 다시 고개를 홱 돌렸다. 히비키는 포기하지 않고 물고 늘어졌다.

“렌지를 구해 주려는 겁니다. 그것뿐이에요. 호적 없이 앞으로 어떻게 살겠습니까. 의무 교육을 받을 수 있는 방법을 알았잖아요. 가족이 나서 주지 않으면 렌지는 학교에 다닐 수 없어요. 아카네 씨, 현재 교감 선생님이 마침 제 은사님이었어요. 그 선생님도 어떻게든 도와주고 싶다고 하십니다. 부탁드릴게요. 아이가 학교에 다닐 수 있게 해 줘야지요.”

히비키는 머리를 숙였다. 아카네는 그런 그의 뒤통수를 내려다보았다. 눈가가 붉으락푸르락했다. 이 얘기를 결코 받아들이려 하지 않았다.

"내가 나쁜 엄마라고 얘기하려는 거잖아요, 지금?"

테이블에 놓인 하카타 초등학교에 제출할 서류들을 아카네는 제 감정에 못 이겨 탁 밀쳐 버렸다. 결국 데쓰조가 그러지 말라고 고함을 쳤다. 히비키는 눈을 질끈 감았다.

"렌지는 내 아들이야. 경찰이 나서서 이러니저러니 참견하지 말라고!"

아카네는 내뱉듯이 소리치고 안으로 들어가 버렸다. 데쓰조가 흩어진 서류들을 주워 들면서 자신이 어떻게든 딸을 달래 보겠다고 말했다.

"히비키 씨가 이렇게 애를 써 주셨는데 죄송하네요. 헛수고가 되지 않게 나와 안사람이 어떻게든 학교에 보내도록 하겠습니다. 교감 선생님에게도 조만간 연락을 드리지요. 아카네가 말은 저렇게 해도 지금 임신 중이라서 예민한 것뿐이에요. 앞으로도 부디 힘을 좀 써 주세요."

히비키는 잘 부탁드린다고 렌지의 외조부에게 다시 한번 다짐을 하고 그 집을 나왔다.

하루요시의 주택가는 한가롭고 온화했다. 인근 초등학교 옆에 하루요시 공원이 있었다. 유아차를 끌고 나온 엄마들이 모여 담소하고 있었다. 아카네는 출산 후에 다시 나카스로 돌아가 밤일을 시작할 게 틀림없다. 그렇게 되면 갓난아기는 늙은 부모가 키우게 될 것이다. 히비키는 잠시 멈춰 서서 멀찌감치 젊은 엄마들을 바라보았다. 주변에 맨션과 연립 주택이 줄줄이 이어져서 유흥가인 나카스와는 다르게 상큼한 바람이 불었다. 나카스에서 불과 1킬로미터 거리인데도 하루요시는 다른 세상인 것 같았다. 그곳에는 가족이 있고 아이들이 살아가는 온화한 일상이 있었다. 초등학교의 차임벨이 울렸다. 어린 시절부터 귀에 익은 소리지만, 나카스에는 없는 풍경이었다.

렌지가 곤히 자고 있는데 마사카즈가 집에 돌아와 이불을 확 젖혔다. 술 냄새가 풀풀 났다. 취했다는 것을 금세 알았다. 그는 가슴팍에서 검게 번들거리는 쇳덩어리를 꺼내 빙글빙글 웃으면서 그것을 렌지의 이마에 들이댔다.

"야, 렌지. 이거 진짜 총이야. 기분이 어때?"

묵직한 총구가 렌지의 이마를 짓눌렀다. 술 취한 아버지의 눈은 치켜 올라가고 입은 벌어져 이가 드러난 게 마치 악마 같다, 라고 렌지는 생각했다.

"어떻게 이런 걸?"

"돈에 쪼들린 어떤 놈이 나한테 팔았어."

"진짜 총이야?"

"당연하지. 이거 하나만 있으면 무서울 거 없어. 에잇, 탕탕탕!"

마사카즈가 입으로 총소리를 냈다. 진짜 총인지 아닌지는 알 수 없었다. 건맨처럼 그것을 겨누고 연거푸 쏘는 시늉을 했다. 술에 취해 다리가 흔들거렸다. 총구가 렌지 쪽을 향할 때마다 이리저리 도망쳐야 했다.

"그런 거 갖고 있으면 경찰한테 잡혀가."

"왜? 너만 입 다물면 아무도 몰라."

마사카즈는 옆의 사무실로 가더니 낡은 신문지를 들고 왔다. 방 가운데 쪼그리고 앉아 권총을 신문지로 겹겹이 감쌌다.

"흠, 어디다 감춰 둘까."

그가 렌지에게 물었다. 찬찬히 보니 손이 떨리고 있었다. 그제야 비로소 아빠가 진짜 권총을 갖고 왔다고 깨달았다.

"저쪽에 쥐구멍이 있는데."

"어디, 어디?"

렌지가 사무실 한구석에 뚫린 지름 10센티미터쯤의 금 간 곳을 가리켰다.

"이거 쥐 소굴이냐? 아니지? 어쨌든 마침 딱 좋네."

마사카즈는 총을 그 구멍에 쑤셔 넣으면서 말했다.

"그걸 어디다 쓰려고?"

"나쁜 놈을 쏴 죽여야지."

"나쁜 놈?"

"나를 업신여기는 놈들."

마사카즈는 갑자기 렌지를 쿡 쥐어박으며 소리쳤다.

"야, 임마, 얼른 자! 언제까지 안 자고 꾸물거리는 거야?"

그러고는 자기 방으로 사라졌다. 렌지는 벽의 구멍 속에서 잠든 무기에 대해 상상했다. 나쁜 놈을 쏴 죽이는 것이라고? 나쁜 놈이란 누구일까. 나를 업신여기는 놈들? 가장 먼저 머릿속에 떠오른 것은 자신의 아빠와 엄마였다.

지진제地鎮祭가 끝나면 6월 중순경부터 나카스 중심부에는 장식 신여를 앉혀 두는 높이 10여 미터의 높직한 가건물이 들어선다. 하카타 기온 야마카사 축제의 맨 처음 시작은 1241년까지 거슬러 올라간다. 지금과 같은 형식으로 자리 잡은 것은 그 446년 후인 1687년이었다.

규슈 지역을 평정한 도요토미 히데요시는 1587년에 하카타

부흥을 계획하고 다이코太閤에게 토지를 분할하는 구획 정리 사업을 벌였다. 각 마을별로 '류流'라고 불리는 집합체가 형성되었다. 당시 번주 구로다 나가마사가 마을 가운데 섬이었던 나카스에 하카타와 후쿠오카 사이를 잇는 나카시마 다리를 건설한 1600년부터 나카스의 새 역사가 시작되었다. 시대가 흐르고 전후에 행정상의 의미는 상실했지만, 하카타 기온 야마카사 축제에는 현재 7개 마을의 '류'가 힘을 합쳐 번갈아 당직을 맡고 있다.

나카시마마치를 제외하고 나카스 전역에 해당하는 나카스 류는 옛 하카타의 바깥측에 위치하는 지역이다. 하지만 야마카사 축제를 위해 널리 문호가 개방된 것을 계기로 1949년에 야마카사에 처음 참석했다. 서일본 최대의 유흥가가 펼쳐진 젊고 힘찬 나카스 류의 등장은 축제의 발전과 진흥에 크게 공헌하게 되었다.

그날, 렌지는 두꺼비 다카하시와 야스코를 따라 신여를 앉혀 두는 가건물 건설 모습을 구경했다. 나카스에서 태어나고 자랐지만 렌지는 지금까지 한 번도 야마카사 축제에 참가한 적이 없었다. 마사카즈는 오래전에 딱 한 번, 호스트 선배의 권유에 야마카사에 참가했다고 한다. 하지만 너무 힘든 데다 상하 관계와 예법의 엄격함에 적응하지 못해 축제 때가 되면 "나는 어차피 하카타 사람도 아닌데 뭘"이라면서 몰래 피해 다니곤 했다.

야스코는 다카하시가 마을 총무를 맡은 나카스 4번지의 여성부를 인솔해 이맘때쯤에는 먹을 것을 만드는 일을 거들었다. 다른 류에서는 그 마을 아주머니들이 나서서 요리를 맡았지만 나카스는 원래부터 요리사가 많은 데다 주민이 적어 여성부 인원도 많지 않았다. 야스코는 마치 어머니처럼 여태까지 나카스 류를 떠받쳐 왔다. 야스코의 주점 식당에 모이는 젊은 남자들은 대부분 나카스 류의 신여를 떠멘 신여꾼들이었다. 다카하시와 야스코는 식당에 모여드는 그런 젊은이들을 친자식처럼 아끼고 사랑했다.

두 사람은 젊은 '아들' 한 명을 렌지에게 소개해 주었다. 나카스 4번지에서 작은 주점을 경영하는 구로타 헤이지였다. 다카하시는 그에게 렌지를 맡기겠노라고 선언했다.

"구로타, 이 아이는 그야말로 우리 나카스에서 태어나고 자란 귀한 몸이야. 나카스를 자기 세계라고 호언하는 믿음직한 소년이야. 어때, 신기하지 않나? 분명 머지않아 훌륭한 신여꾼으로 성장할 게야. 앞으로 자네가 이 아이의 뒤를 봐주도록 해."

"명심하겠습니다!"

렌지는 거무스름한 피부의 구로타 헤이지를 올려다보았다.

"반갑다, 잘 지내보자."

헤이지는 만면에 웃음을 띠며 가볍게 렌지의 어깨를 두드렸다. 렌지는 살짝 머리를 숙였다.

"그나저나 나카스에서 거주하는 사람이라야 얼마 되지도 않는데, 실제로 여기서 태어났다니 참말로 귀하신 몸이네."

헤이지가 렌지의 얼굴을 들여다보며 감탄한 듯이 말했다.

"집은 나카스 어디지?"

"1번지 쪽이에요."

"1번지? 거긴 소프랜드만 늘어선 곳이잖아. 그 근처에 주택이 있었던가?"

렌지가 야스코를 돌아보았다. 그녀가 대신 답했다.

"어디서 살든 상관없어. 어쨌든 이 아이는 우리 나카스에서 태어났어."

"넷, 알겠습니다!"

헤이지는 씩씩하게 응하고 다시 만면의 미소로 렌지를 내려다보았다.

"우리 식당은 저기 바로 뒤쪽이야. 지금 가 볼까? 난 혼자니까 렌지하고 놀아 줄 수 있어."

"헤이지, 아직도 여자 친구를 못 만든 게야?"

다카하시가 껄껄 웃으면서 농담처럼 물었다.

"그게 영 안 되네요. 여자는 포기했어요. 오로지 야마카사 축제에 이 한 몸 바치기로 했습니다."

모두 한바탕 웃었다. 다카하시가 웃음을 멈추고 허리를 숙여 렌지의 얼굴에 침을 튀겨 가며 말했다.

"무슨 일이 생기면 헤이지 형을 찾아가. 내가 소개했으니 너는 평생 여기 나카스에서 힘들 일은 없어. 다들 나서서 잘 돌봐 줄 테니까."

렌지는 고개를 돌려 우뚝 솟은 신여 가건물을 우러러보았다. 장식 신여가 공개되는 7월이면 나카스는 거친 에너지에 휩싸인다. 샅바에 핫피를 입은 장정들이 나카스를 가득 채운다. 물보라가 피어오르고, 수많은 청년들이 신여를 떠메고 사내다운 구령 소리와 함께 나카스의 골목골목을 내달린다. 그 첫날에는 소년들이 신여 앞을 달리게 된다. 렌지는 해마다 여름이면 선망의 눈빛으로 그 소년들을 바라보곤 했다. 나는 저런 일에 참여하지는 못 할 것이라는 체념과 함께. 저 용맹한 어른들의 선두를 달리고 싶다, 라는 희망과 함께. 그런 마음을 아카네에게도 마사카즈에게도 털어놓지 못했었다. 그런데 드디어 그 꿈이 실현될지도 모른다고 생각하니 렌지의 가슴은 조용히 떨려 왔다.

그 뒤로 렌지는 이따금 헤이지의 가게에도 찾아갔다. 15평 남짓한 작은 주점이었다. 유리문 너머로 안을 들여다보면 헤이지는 한창 개점 준비 중이라도 웃는 얼굴로 뛰어나와 렌지를 안으로 불러들였다.

"뭐 좀 먹을래?"

헤이지는 매번 환한 목소리로 "먹고 가, 먹고 가"라고 권했다. 렌지도 대개는 개점 전의 종업원 식사 시간을 노려 얼굴을 내밀었다. 형님 같은 사람들과 함께 식탁에 앉아 젓가락을 들었다. 아르바이트 두 명 중 한 명은 중국인, 또 한 명은 네팔 사람이었다. 말은 어눌하지만 그들도 순수하고 착했다. 렌지는 그곳에만 가면 마음이 편해졌다. 여러 형들과 농담을 주고받으며 가족처럼 한 접시의 요리를 먹는 게 너무도 흐뭇하고 좋았다.

식사가 끝나면 헤이지는 재료 손질을 종업원들에게 맡기고 골목에 나가 렌지와 캐치볼을 하며 놀아 주었다. 학생 때 야구부였고 후쿠오카 호크스의 열렬한 팬인 그는 가게에 항상 글러브와 야구공을 준비해 두었다. 캐치볼을 해 본 적이 없다는 렌지의 말에 자기가 가르쳐 주겠다면서 의기양양한 모습이었다. 공을 잡는 법, 던지는 법, 받는 법을 찬찬히 알려 주었다. 렌지는 날아온 공을 제대로 잡지 못했다. 그때마다 헤이지가 달려와 글러브 드는 방법이 잘못됐어, 라고 세심하게 고쳐 주었다. 등 뒤에서 껴안는 듯한 자세로 설명했다.

헤이지에게 잡힌 자신의 손을 내려다보며 렌지는 기묘한 감각에 휩싸였다. 곰처럼 거칠거칠한 헤이지의 손에 다정한 따스함이 담겨 있었다. 정성껏 가르쳐 주는 그의 옆얼굴을 바라보며 왜 아빠인 마사카즈는 나를 쥐어박고 때리기만 할까, 라고 생각했다. 공을 잡지 못했는데도 헤이지는 왜 나를 때리지 않을까, 라고 의아했다. 철들 무렵부터 아빠란 아이를 때리는 게 당연하다고 생각해 왔다. 짜증 난 엄마에게 얻어맞은 적도 많았다. 하지만 헤이지도 다카하시도 야스코도 자신을 때리지 않았다. 왜일까, 하고 렌지는 내심 고개를 갸웃거렸다.

"자아, 한 번 던져 봐."

헤이지가 웃으면서 말했다. 렌지는 힘껏 공을 던졌다. 그런데 지나치게 힘이 들어가 공은 그를 뛰어넘어 엉뚱한 방향으로 날아갔다. 게다가 그 공이 마침 순찰 중이던 히비키의 발치에 떨어지고 말았다. 렌지는 크게 혼이 날 것 같아 몸이 굳어 버렸다. 공을 집어 든 히비키가 히노 경사와 함께 다가왔다. 그러자 헤이지가 렌지 앞을 가로막으며 말했다.

"죄송합니다, 여기서 캐치볼을 하면 안 되는데."

히비키가 렌지를 넘어다보았다.

"렌지, 이 사람은 누구……."

"네, 저는 여기 주점 주인이에요. 나쁜 사람 아닙니다."

"그럼, 잘 알지, 야마카사 축제 담당자잖아요. 작년에 신여 떠멘 뒤에 함께 한잔했었는데?"

히노의 말에 헤이지도 그때 일이 생각났는지 얼굴에 웃음이 번졌다. 두 사람은 반갑게 악수를 하면서 그때는 고마웠어요, 아뇨, 아뇨, 저야말로, 라고 새삼 인사를 주고받았다.

"실은 4번지 원로 총무님께서 이 아이를 잘 돌봐 주라고 당부하셨어요. 나카스에서 태어나고 자란 귀한 아이니까 뭐든 도와주라고."

헤이지가 히노에게 설명했다. 히비키가 지그시 렌지를 보았다. 렌지는 저도 모르게 시선을 돌려 버렸다. 히비키가 이번에는 헤이지에게 물었다.

"원로라면 어느 분이지요? 좀 알아 두고 싶은데요."

"노포 요정 '치아키'의 다카하시 회장님입니다."

"아, 그분? 그렇다면 안심이죠."

히노가 웃는 얼굴로 고개를 끄덕이며 동의했다.

"야마카사 축제를 위해 열심히 뛰시는 지역 유지 분이잖아요. 저한테 간곡하게 얘기하시니 거절을 못하겠더라고요. 무엇보다 렌지는 나하고는 좋은 친구 사이예요. 캐치볼을 해 본 적이 없다고 해서 가르쳐 주던 참입니다."

"하지만 여기서는 안 돼요. 공원에서 하는 게 좋죠."

히노가 온화하게 충고했다. 헤이지는 머리를 숙이며 죄송합니다, 앞으로 조심하겠습니다, 라고 사과했다. 히비키는 환하게 웃는 헤이지의 옆얼굴을 바라보았다. 안심하고 렌지를 맡길 만한 사람이라고 생각했다.

2007년 7월

아카네가 출산에 대비해 하루요시의 외가로 갔기 때문에 렌지는 마사카즈와 둘이서 살았다. 하지만 그는 아내가 없는 틈을 노린 것인지 거의 집에 들어오지 않았다. 결국 렌지는 매일매일 혼자서 지냈다. 마사카즈에게 얻어맞는 일이 없어서 마음은 편했지만 모든 것을 혼자 해결해야 했다. 가진 돈은 없어도 밥이라면 야스코와 헤이지, 하루요시 다리 앞의 포장마차 등을 한 바퀴 돌면 그럭저럭 때울 수 있었다. 유일한 문제는 물이 나오지 않는다는 것이었다. 러브호텔 측의 양해로 샤워를 해결했었는데 부모도 없이 어린아이에게 빌려 줄 수는 없다고 지배인이 출입을 금지했다.

겐타에게 그런 얘기를 했더니 자기 맨션의 욕실을 쓰라고 열쇠를 내주었다. 에어컨 바람이 시원한 넓은 집 안을 둘러보고 렌지는 입이 떡 벌어졌다. 서측 벽은 천장까지 책장을 짜 넣었지만 그래도 남은 책들이 바닥 여기저기에 쌓여 있었다. 침실이 하나 있었지만 방을 오래도록 쓰지 않았는지 침대에는 시트도 없고 벌거숭이 매트리스 위에 벗어 던진 옷가지가 어지럽게 널려 있었다. 주방도 사용한 흔적이 없고 싱크대 위에는 캠프 때 쓰는 숯이며 휴대용 가스통만 줄줄이 서 있었다. 거실 한가운데 큼지막한 식탁이 털썩 자리를 차지했고 그 위에도 온통 책이었다. 창가에는 침낭과 텐트, 등산화며 등산용 삽 같은 아웃도어 용품이 방치되어 있었다. 애초에 집 안에서 누군가 생활한 흔적 자체가 눈에 띄지 않았다. 곰팡이 냄새가 풀풀 나서 렌지는 우선 창문을 열고 환기부터 했다.

북서쪽에 큼직한 창이 있고 거기서 나카시마 공원이 한눈에 내려다보였다. 수처리 시설과 공원 사이의 작은 풀덤불 녹지대에 겐타의 텐트가 보였다. 그는 웃통을 벗고 비치 의자에 누워 살갗을 태우고 있었다. 저 사람은 이렇게 멋진 집이 있는데 대체 뭐가 좋다고 공원에 나가서 살고 있을까. 렌지는 이상해서 견딜 수가 없었다. 나라면 여기서 한 걸음도 안 나간다, 죽을 때까지 여기 있고 싶다, 라고 생각하다가 저절로 웃음이 터져 버렸다.

렌지는 시선을 올려 나카스 건너편에 펼쳐진 만안 지구를 응시했다. 하카타 포트타워와 하카타 항구가 보였다. 아득히 저 너머에 펼쳐진 바다 끝에서 7월의 햇빛이 수평선을 눈부시게 그려내고 있었다. 렌지가 아는 한, 이곳은 나카스에서 가장 전망이 좋은 곳이었다. 렌지는 샤워뿐만이 아니라 겐타의 허가를 얻어 이따금 이 맨션에서 낮잠을 자게 되었다.

렌지가 집에 돌아가자 예전에 사무실로 썼던 방의 어둠 속에 웬 낯선 남자가 있었다. 탄탄한 체격으로, 사무실 한복판 책상에 앉아 둔탁한 눈빛으로 이쪽을 노려보았다. 렌지가 놀라서 멀뚱히 서 버리자 남자가 천천히 자리에서 일어서면서 물었다.

"아카네 아이냐?"

렌지는 고개를 끄덕였다. 그가 새삼 쏘아보는 바람에 렌지는 무서워서 멈칫 뒷걸음질을 쳤다.

"아카네는 어디 있어?"

"나도 몰라요."

"마사카즈는?"

"없어요."

"언제 돌아오지?"

"나도 몰라요. 어쩌다 들어와요. 뭔가 가지러 오거나 잠을 자러……."

그가 허리를 숙여 렌지의 얼굴을 찬찬히 들여다보았다. 생각지도 못하게 긴 시간 동안 그의 시선이 렌지의 얼굴에 쏟아졌다. 그동안에 렌지는 눈도 깜빡이지 못하고 옆으로 살짝 굴려 보는 게 고작이었다. 그가 고개를 들 때까지 빳빳이 선 채로 지그시 견뎠다.

"여기서 산다는 얘기를 듣고 왔어. 그건 틀림없지?"

렌지는 연거푸 고개를 끄덕였다. 그 남자의 눈은 납빛이었다. 빛을 토해 내는 게 아니라 그 암흑 속으로 빛이 빨려 들었다. 피의 온기가 전혀 느껴지지 않는 무서운 눈빛이었다. 불 꺼진 실내에 그가 토해 내는 숨소리만 울렸다. 끔찍할 만큼 긴 시간으로 느껴졌다. 할 수만 있다면 당장이라도 도망치고 싶었다. 하지만 꼼짝달싹할 수 없었다. 팽팽한 긴장감이 공간을 지배했다. 심상치 않은 폭위暴威가 느껴졌다.

"내 방에 가도 돼요?"

"무섭냐?"

"네."

렌지가 솔직히 말하자 그에게서 "그래, 가 봐"라는 허락이 떨어졌다. 하지만 옆을 지나가려는데 갑작스레 렌지의 멱살을 잡고 엄청난 힘으로 끌어당겼다. 숨을 멈추고 그의 눈을 피했다. 입김이 얼굴에 훅 끼쳤다. 비릿한, 생선이 썩는 듯한 냄새였다. 다시 긴 시간을 노려보았다. 조금 전처럼 필사적으로 숨을 참으며 견뎠다. 렌지의 얼굴을 확인하는 듯한, 핥는 듯한 시선을 퍼붓다가 드디어 움켜쥔 옷깃을 풀어 주었다. 너무 겁이 나서 렌지는 방으로 뛰어가 잠금을 눌러 버렸다. 불을 끈 채 매트 위에서 한껏 몸을 웅크렸다. 창문이 열려 있어서 빌딩 위로 구름에 가려진 달이 보였다. 정확한 모양까지는 보이지 않았지만 좁은 구름 틈새에 꼼짝 않고 숨어 있는 것만은 알 수 있었다.

다음 날 아침, 오줌이 마려운 것을 참을 수 없어 문을 빼꼼 열고 간밤에 남자가 앉아 있던 사무실 쪽을 살펴보았다. 비상계단으로 통하는 문이 활짝 열어젖혀져서 옆 건물의 옥상이 보였다. 머뭇머뭇 방문 밖으로 나와 둘러봤지만 남자는 사라지고 없었다. 책상 위에 담배꽁초가 있었다. 담배를 비벼 끈 흔적도 있었다. 밤늦은 시각까지 기다렸던 게 틀림없었다. 책상 위가 새까매질 만큼 꽁초가 수북이 쌓였기 때문이다. 렌지는 집을 빠져나와 비상계단을 단숨에 뛰어 내려갔다. 그리고 안전한 곳을 향해 내달렸다.

안타깝게도 날씨까지 좋지 않아 하늘에는 흐릿하게 구름이 껴 있었다. 태풍이 다가오는 모양이었다. 검은 구름이 나카스 상공을 온통 뒤덮었다. 그런데도 길거리에는 수많은 사람들이 놀러와 있었다. 야마카사 신여가 드디어 이동하는 날이다. 렌지는 간밤의 공포를 곱씹으며 나카스 파출소로 뛰어갔다. 유리문 너머로 들여다보니 안쪽 자리에서 히비키가 서류 정리를 하고 있었다. 간밤의 남자에 대해 얘기할 생각으로 들렀지만 과연 그런 말을 해 봤자 뭐가 어떻게 달라질까. 경찰 아저씨가 스물네 시간 나를 맡아서 지켜 줄까? 말도 안 된다, 라고 렌지는 고개를 저었다. 다른 경찰이 렌지를 알아보고 히비키에게 신호를 보냈다. 그가 고개를 들고 이쪽을 보자마자 하던 작업을 멈추고 만면의 미소를 지으며 문 앞으로 나왔다.

"헤이지 씨가 렌지를 신여에 태워 준다고 아침부터 신이 났던데?"

히비키는 길로 나와 장식 신여의 가건물이 우뚝 솟은 큰길을 바라보며 말했다.

"나도 이제 곧 일 끝나니까 잠깐 집에 들러 한숨 자고, 렌지의 씩씩한 모습을 보러 나갈 거야."

뭔가 하고 싶은 말이 있는 듯한 얼굴로 자신을 빤히 바라보는 게 마음에 걸려서 히비키는 재우쳐 물었다.

"왜 그래, 무슨 일 있었어?"

렌지는 어젯밤의 일을 하나하나 머릿속에 떠올렸다. 멱살을 잡혔을 때의 공포감, 잽싸게 방으로 도망쳐 문을 잠갔을 때의 두근거림, 언제까지고 거칠게 뛰던 심장, 그리고 그 남자의 비릿한 냄새……. 어디서부터 얘기해야 할지 망설이는 참에 히비키가 큰길을 가리키며 말했다.

"헤이지 씨라면 저기 대기실에 있을 거야. 어서 가 봐."

입 밖으로 나오려던 말을 렌지는 꿀꺽 삼켰다. 우선 오늘은 야마카사 축제부터 생각하자.

"오늘 나, 진짜 신여에 탈 거예요!"

렌지는 그런 말을 남기고 여름 냄새가 자욱한 쥬오 거리를 향해 힘차게 달려갔다.

대기실에는 핫피를 입고 샅바를 묶은 젊은이들이 모여 있었다. 흰색 핫피에는 '나카스'라고 먹물로 적혀 있었다. 흰 샅바에는 새끼줄을 끼웠다. 전원이 검은 부츠 같은 장화를 신었다. 탄탄한 근육의 늠름한 다리가 샅바 아래로 길게 뻗어 대지를 힘차게 딛고 있었다. 젊은이들이 선배를 에워싸고 귀를 기울였다. 간간이 "네엣!" 하는 우렁찬 대답 소리가 터져 나왔다.

그 젊은이들 속에 똑같은 차림의 아이들 모습이 있었다. 렌지보다 조금 나이가 많은 열 살 전후의 소년들이다. 어른들을 본떠 샅바에 핫피를 차려입은 게 천진하고 귀여웠다. '나카스 류'라는 붓글씨의 큼직한 나무 판을 껴안고 그중에서도 가장 키가 큰 소년이 아버지인 듯한 사람과 기념 촬영을 하고 있었다. 아버지가 아들의 어깨를 끌어안았다. 두 사람의 웃는 얼굴이 너무도 눈부셔서 렌지는 시선을 돌린 채 대기실 앞에서 한참을 머뭇거렸다. 자신에게는 애초에 없는 것들이 그곳에는 넘치도록 반짝이고 있었다. 아버지와 아들은 저런 신뢰 관계로 이어지는 게 보통인 걸까, 라고 렌지는 멍하니 땅바닥을 내려다보며 생각했다. 항상 마사카즈의 눈을 피해 슬금슬금 도망치며 살아가는 자신, 의미도 없이 얻어맞는 하루하루, 인간성을 부정당한 자신의 인생과는 전혀 다른 아름다운 것이 지금 눈앞의 부자에게서 환하게 빛나고 있었다. 깊은 한숨을 내쉬는데 누군가 등을 왈칵 껴안아서 돌아보니 헤이지였다.

"마침 잘 만났다. 자, 이거 입어."

헤이지가 내민 것은 어린이용 핫피와 샅바였다.

"저쪽에서 옷 갈아입자. 형이 샅바 묶는 거 도와줄 거야."

헤이지가 웃었다. 렌지도 기분을 풀고 네, 라고 대답했다.

눈앞에 장식 신여가 우뚝 솟아 있었다. 위에는 용맹한 무장 인형이 장식되었다. 신여를 장식하는 인형은 대대로 전통을 지켜온 하카타 인형 공예인들에 의해 만들어진다. 최대한 무게를 줄이기 위해 종이와 대나무 등을 썼는데도 그런 부드러운 소재로 만들어졌다는 게 믿어지지 않을 만큼 용감무쌍하고 늠름하고 약동감과 힘이 넘치는 형상이었다.

청년부는 연습에 여념이 없었다. 아직 경험이 일천한 새내기 신여꾼들에게 경험자 선배가 세심하게 순서를 가르쳐 주었다. 지도해 주는 쪽은 빨간 수건을 머리에 둘렀다. 헤이지는 몇 명의 젊은이를 마주한 채 밧줄을 봉에 둘둘 감고 실제로 어깨에 메는 시범 동작을 하면서 새끼줄의 올바른 사용법을 알려 주었다.

"잘 봐, 이렇게 새끼줄을 봉에 감고 단단히 힘을 줘서 잡아야 해. 어설프게 잡았다가는 크게 다칠 수 있어. 알겠지?"

"네엣!"

청년들이 힘차게 답했다. 평소의 헤이지와는 달리 근엄한 얼굴이었다. 야마카사 축제에 쏟는 헤이지의 진지한 열정이 느껴져서 렌지의 입가에도 저절로 힘이 들어갔다.

"혹시라도 옆 사람과 다리가 엉키면 어떻게 될까? 우르르 엎어져서 1톤이 넘는 신여에 깔렸다가는 단순한 부상 정도로는 끝나지 않아. 하지만 이 새끼줄에 바짝 붙으면 절대 넘어지지 않아. 즉 이 새끼줄은 목숨 줄이기도 해. 알겠나?"

네, 라고 다시 젊은 청년들의 대답 소리가 허공을 갈랐다.

교육을 마친 헤이지가 다가와 렌지의 등을 밀었다.

"다른 아이들에게 소개해 줄게. 가자."

"아니, 괜찮아요."

"왜? 사이좋게 지내면 좋잖아."

"나는 학교를 안 다녀서 서로 할 얘기도 없어요."

헤이지가 놀란 얼굴로 렌지를 내려다보았다.

"형, 저 애들도 나카스에서 살아요?"

"아니, 이제 나카스에서 사는 아이는 없어. 대부분 여기서 일하는 직원들의 아이들이야. 다들 하카타 시내 곳곳에서 왔지. 그러니까 신경 쓸 거 없어. 금세 친해질 텐데 뭘."

"그래도 나는 만화도 본 적이 없고 게임기도 없어요. 요즘 유행하는 거, 하나도 몰라요. 알아봤자 대화에 끼지도 못해서 창피하기만 할 거예요."

"뭔 소리야, 해 보기도 전에 도망치면 안 되지?"

헤이지가 드물게 화를 냈다. 렌지는 어물어물 그의 시선을 피했다. 그 뾰족한 옆얼굴을 지그시 들여다보던 헤이지가 렌지의 팔을 잡고 억지로 데려갔다. 고개를 푹 숙인 채 렌지는 어쩔 수 없이 따라갔다. 도망치고 싶었지만 그랬다가는 야마카사 신여에 탈 수 없게 된다.

"얘들아, 앞으로 여기 이 아이하고도 친하게 지내라."

헤이지가 아이들 앞에서 말했다. 소년들은 순하게 "안녕?"이라고 인사를 건넸다. 렌지도 슬쩍 머리를 숙였다. 아이들이 스스럼없이 주위로 다가드는 바람에 렌지는 저도 모르게 열대어의 눈이 되었다. 고학년 아이들이 어린 친구를 잘 이끌어 주려고 다정한 웃음을 건넸지만 렌지는 거꾸로 자신을 얕잡아 보는 것처럼 느껴져서 견딜 수가 없었다.

"어디 살아?"

"학교는 어디야?"

"몇 학년이야?"

저마다 질문을 던졌지만 하나도 대답할 수 없었다. 그저 무표정한 눈빛으로 노려보기만 했다.

"긴장했구나? 괜찮아, 우리가 옆에 있잖아."

"선두 주자라고 해도 그냥 저 나무 판을 들고 신여 앞을 달려가면 되는 거야."

"끝나면 장난감이랑 과자랑 불꽃놀이 폭죽이 들어 있는 복주머니를 나눠 준대."

고학년 아이들이 웃어 가며 얘기해 주었다. 하지만 렌지가 계속 대답하지 않자 다들 점차 입을 다물어 버렸다. 어색한 침묵이 흘렀다. 지켜보던 헤이지가 답답했는지 옆으로 다가와 렌지의 어깨를 껴안았다.

"그래, 됐다. 얘들아, 고마워."

그리고 아이들 틈에서 렌지를 데리고 나와 장식 신여 쪽으로 갔다. 잠시 그 뒷모습을 지켜보던 아이들은 다시 웃음을 되찾고 축제에 대한 화제를 주고받으며 그들만의 천진한 세계로 돌아갔다.

가건물 쪽으로 사람들이 줄줄이 집합했다. 흰 샅바에 하얀 핫피를 입은 신여꾼들이 가건물을 겹겹이 에워싸고 통일감이 있는 전통적이고 힘찬 장관의 풍경을 빚어냈다. 빨간 수건을 머리에 두른 선배들이 최종 점검에 들어갔다. 봉에 감은 새끼줄의 상태와 높이, 곳곳에 풀린 곳이나 문제점 등은 없는지 세심한 확인 절차가 이어졌다. 베테랑인 헤이지는 여기저기 불려 다니느라 정신없이 바빴다. 새로 들어온 신여꾼들이 차례차례 달려와 이건 어떻게 할까요, 저건 어떻게 할까요, 라고 헤이지의 지시를 청했다. 렌지는 일에 방해가 되지 않도록 일단 모퉁이 편의점 앞까지 물러서야만 했다.

"여기 있었구나?"

잠시 뒤, 낯익은 얼굴이 앞을 가로막고 섰다. 다른 사람들과 똑같은 샅바와 핫피를 입은 두꺼비 다카하시였다. 어깨가 넓고 키도 크고, 다른 청년들과는 다른 풍격과 관록이 배어 나왔다. 이마에는 빨간색, 흰색, 감색의 3색 수건을 두르고 있었다. 다른 사람들과는 다른 색깔인 것을 보면 가장 높은 사람을 위한 수건인 모양이라고 렌지는 짐작했다.

"이제 곧 시작할 게야. 마음의 준비는 되었나?"

렌지는 어금니를 악물며 크게 고개를 끄덕였다.

"오늘은 너를 신여에 태우고 오랜만에 내가 진두지휘를 맡기로 했어. 이거 봐."

그러면서 다카하시는 어깨에 십자로 엇갈려 맨 홍백의 띠를 가리켰다.

"진두지휘를 하는 사람만 매는 끈이야."

자랑스러운 듯이 알려 주었다. 그러고는 손에 든 지휘 밧줄을 렌지의 눈앞에 쑥 내밀었다.

"이걸 오른쪽으로 흔들면 신여도 오른쪽으로 돌게 돼. 왼쪽으로 흔들면 왼쪽으로 돌겠지? 위에 올라앉아 신여의 총 지휘자가 되는 거야."

헤이지가 달려와 이제 곧 시작이라고 말하고 렌지의 손을 덥석 잡았다. 그대로 돌아서서 몸을 낮추더니 렌지의 허리를 잡아 번쩍 들어올렸다.

"잠깐 갑시다, 갑시다."

청년들의 머리 위를 넘고 넘어 렌지의 작은 몸이 순식간에 신여 위로 옮겨졌다. 하늘이 부쩍 가까워지고 구름이며 높은 건물이 회전했다. 문득 깨닫고 보니 신여 위 인형의 발치에 쏙 들어앉아 있었다. 렌지의 심장이 거칠게 두근거렸다. 청년들이 신여를 빙 둘러싸고 자리를 잡자 주변은 열기에 휩싸였다. 그 중심에 내가 있다, 라고 렌지는 깨달았다. 평소에는 길가에서 멀찌감치 구경만 했던, 그토록 선망하던 신여 위에 올라앉아 있었다. 등 뒤에는 용감무쌍한 인형이 우뚝 솟았고 주위를 빙 둘러 신여꾼들이 에워쌌다. 오랜 꿈이 갑작스럽게 실현되는 바람에 제대로 숨도 쉬지 못할 만큼 흥분 상태에 빠졌다. 앞자리에 세 명의 어른들이 올라와 앉았다. 그 한가운데 자리는 두꺼비 다카하시였다. 그는 렌지를 돌아보며 변함없이 만면의 웃음과 함께 걸걸한 소리를 내질렀다.

"어때, 기분 최고지?"

'나카스'라는 유려한 의장의 흰 핫피와 샅바를 맨 장정들이 빈틈이 없을 만큼 촘촘히 신여 주위에 집합했다. 가건물 아래쪽에는 야스코가 있었다. 렌지에게 힘차게 손을 흔들었다. 다음 순간, 돌연 헤이지가 군중 한가운데로 뛰쳐나가 큼직한 소리를 올렸다.

"하카타 박수!"

그러자 장정들이 일제히 다리를 착 벌리고 익숙한 동작으로 양손을 앞으로 쓱 내밀었다. 전원이 헤이지의 지시에 따라 정확한 동작을 보였다. 그 한 사람 한 사람의 얼굴을 렌지는 둘러보았다. 신기할 만큼 모두가 똑같은 얼굴을 하고 있었다. 인격이나 개성이 사라지고 욕심이 사라지고, 오로지 신을 받들어 모시는 존재가 된 것 같았다. 그 자리의 모든 장정이 눈을 크게 부릅뜨고 미간에 힘을 주고 턱 끝은 다부지게 툭 내밀었다. 마치 신이 점토로 빚어 만든 토우土偶 같았다. 장정들 주위에 정체를 알 수 없는 영기靈氣 같은 것이 감돌았다. 평소에 나카스의 밤을 지배하던 탁하게 정체된 공기와 기척 따위는 전혀 없었다. 청징하고 신비한 기운이 뭔가 시작될 듯한 전조와 흥분을 수반하고 넓게 퍼져 갔다. 장정들 사이에서 흘러넘칠 듯한 열기가 솟구쳤다. 제각각이 아니라 전체로써 한 개의 정신 덩어리 같은 집합체가 되었다. 팽팽히 당겨진 긴장감이 렌지의 마음을 휘어잡았다.

다음 순간, 그 정적을 찢어 내듯이 헤이지가 뱃구레를 울리는 목소리를 올렸다.

"이야앗!"

그러자 길을 가득 채운 수백 명의 핫피 차림의 장정들이 똑같은 타이밍에 따악따악 하는 두 박자의 힘찬 박수를 쳤다.

"한 번 더!"

헤이지가 뒤를 이어 구령을 붙이자 다시금 따악따악, 두 박자의 손뼉이 울렸다. 마지막 구령이 떨어졌다.

"축하 3박수!"

손뼉이 따악딱 따악, 울렸다. 다음 순간, 장정들의 온몸에 기합이 들어갔다.

"출발!"

으르렁거리는 듯한 부르짖음과 그 기합에 떠밀려 가는 식으로 신여가 단숨에 위로 들리는가 싶더니 다음 순간에는 지금까지의 정적을 깨듯이 엄청난 속도로 내달리기 시작했다. 신여가 출발했다. 길거리를 메운 나카스 류 신여꾼들의 입에서 몇천 개의 불꽃이 광활한 하늘에서 일제히 폭발하듯이 거센 부르짖음으로 끓어오르고, 그것이 나카스 전체에 땅울림 같은 엄청난 에너지를 만들어 렌지의 꼬리뼈와 배 속과 뇌에 솟구쳤다.

마침내 신여가 쥬오 거리를 내달렸다. 렌지는 눈을 한껏 크게 뜨고 필사적으로 난간에 매달려 정면을 노려보았다.

신여를 떠메고 수많은 장정들이 달려갔다. 다시 그 너머에는 아까 만났던 아이들이 나무 판을 껴안은 채 뛰고 있었다. 길가에는 수많은 시민과 관광객이 몰려나왔다. 평소와 다름없는 도로인데도 바닥을 딛고 걸을 때와는 눈에 들어오는 게 전혀 달랐다. 시야의 좌우로 익숙하게 봐 왔던 거리 풍경이 휙휙 지나갔다. 신여 후미 쪽에는 등을 밀어 주는 수많은 핫피 차림의 장정들이 있었다. 그들은 여섯 개의 봉을 떠메고 줄줄이 하나로 이어졌다. 모두가 낮은 자세로 몸을 숙이고 앞자리 사람의 허리를 밀며 내달렸다. 여섯 개의 봉 후미에는 신여꾼에 미처 끼지 못한 좀 더 많은 젊은이들이 군중과 함께 따라서 달려오고 있었다.

렌지는 다시금 주위를 둘러보았다. 앞줄과 뒷줄로 나뉘어 장정들이 봉을 떠메고 있었다. 좌우에도 신여꾼들이 있었다. 그들은 지나치게 힘을 써서 이 세상 사람이라고 생각되지 않을 만큼 엄청난 형상이 되어 모든 정력을 쏟아부어 이 무거운 신여를 떠메고 있었다. 근육과 새끼줄과 봉, 신여 바닥이 쓸고 가는 땅이 서로 뒤섞여 렌지의 시야에 혼돈을 만들어 냈다. 입을 벌려 헉헉거리고 눈을 부릅뜨고 하늘을 노려보면서도 신여꾼들은 힘겨운 수행에 도전하는 수행승의 표정으로 신여를 떠메고 배 속에서 터져 나온 주문을 외우는 것이었다.

"으쌰 으쌰!"

"으쌰 으쌰!"

"으쌰 으쌰!"

신여 위에는 앞자리에 세 명, 뒷자리에 세 명의 어른들이 앉아 지휘 줄을 똑같은 동작으로 휘두르며 구령을 내질렀다. 그 구령 소리에 맞춰 신여꾼의 움직임이 질서를 잡아 갔다. 앞자리 원로 세 명의 움직임이 점점 속도를 높여 갔다. 길가로 뛰어든 청년들은 천 양동이를 휘둘러 대량의 정수淨水를 신여꾼들을 향해 힘차게 뿌렸다. 오른쪽에서도 왼쪽에서도 차례차례 물의 비말이 쏟아졌다. 열기와 비말과 거칠게 날뛰는 장정들의 외침과 위아래로 내두르는 땅울림의 열기 속에 렌지는 있었다.

"으쌰 으쌰!"

"으쌰 으쌰!"

"으쌰 으쌰!"

문득 깨닫고 보니 렌지도 함께 소리를 지르고 있었다. 다카하시와 함께 앉은 앞자리의 세 명은 땅바닥에 고인 신여꾼들의, 혹은 나카스 전체의 에너지를 길어 올려 신여가 달려가는 쪽을 향해 강한 파동을 날렸다. 뒷자리의 세 명은 신여를 밀어 주는 수십 명의 후미 신여꾼들의 에너지를 회수하고 나카스 전체의 기운까지 모아들여 앞쪽으로 흘려보냈다. 렌지에게는 엄청난 기세로 이동하는 이 신여가 나카스의 온갖 에너지를 빨아들였다가 다시 토해 내며 앞으로 앞으로 나아가는 생생한 한 마리의 용인 것 같았다. 이 용을 조종하는 이들은 더 이상 인간이 아니라 그 용의 육체의 일부이자 나카스 자체와 한 몸이었다.

두꺼비 다카하시는 평소의 다카하시가 아니었다. 그의 구령은 하늘로 올라가 이 정체를 알 수 없는 괴물을 조종하는 기수였다. 늙은 두꺼비가 자신의 힘을 뛰어넘는 힘에 지배되어 마치 전혀 다른 생물처럼 하늘의 뜻에 의해 춤을 추며 신여를 움직이고 있었다. 그의 등 전체에서 방출되는 하얀 김은 땀이나 열기가 아니라 신여의 영혼 그 자체였다. 렌지는 다시 뒤를 돌아보았다. 그리고 또 돌아보았다. 나카스는 살아 있다, 라고 실감했다. 이 세계는 뭔가 인간의 지혜로는 파악조차 할 수 없는 엄청난 영력에 의해 지배되고 움직여진다는 것을 깨달았다.

"으쌰 으쌰!"

"으쌰 으쌰!"

"으쌰 으쌰!"

"으쌰 으쌰!"

"으쌰 으쌰!"

"으쌰 으쌰!"

렌지는 무장 인형 앞에서 벌떡 일어섰다. 그리고 하늘을 향해 팔을 뻗었다. 비구름으로 뒤덮인 하카타 하늘의 중심을 향해 렌지는 피뢰침 같은 자세가 되었다. 손끝에 천공에서 다양한 영력이 쏠려 들어왔다. 쏟아져 내리는 영력을 렌지는 온몸으로 받아들였다. 신여가 붕 떠올랐다. 길가에서 구경하던 군중이 와아아 일제히 함성을 내질렀다. 누군가가 고함을 쳤다.

"떴다, 신여가 떴어!"

하지만 신여꾼들은 아무도 신경 쓰지 않았다. 그들의 정신은 하나로 뭉쳐지고 그들의 육체는 바퀴가 되었다. 온몸의 근육을 동력으로 삼아 엄청난 속도로 내달리는 것이었다. 그들의 귀에는 자신들의 구령 소리밖에 들리지 않았다.

"으쌰 으쌰!"

"으쌰 으쌰!"

"으쌰 으쌰!"

"으쌰 으쌰!"

"으쌰 으쌰!"

"으쌰 으쌰!"

야마카사 신여 행사가 끝나고 각 마을별로 대기실에서 친목회가 열렸다. 대기실 테이블에는 역시 요리사가 많은 동네인 만큼 다양한 반찬과 생선회, 튀김, 초밥까지 차려져 나왔다. 신여꾼들이 저마다 맥주잔을 손에 들고 건배를 했다. 청년은 선배와 원로의 잔에 공손히 술을 따른다. 전통적인 예의범절과 인간관계를 배우는 자리이기도 했다. 전국에서도 손꼽히는 유흥가인데도 나카스가 무법 지대로 떨어지는 일이 없는 것은 야마카사 축제를 통해 인간의 상하 관계와 상호 간에 지켜야 할 예의가 대대로 이어져 온 덕분이었다. 친목회에는 나카스의 각 마을을 결속한다는 의미도 담겨 있었다.

렌지는 조금 떨어진 자리에 서 있었다. 손에 든 복주머니에는 장난감이며 과자가 잔뜩 들어 있었다. 너무 좋아서 차마 안을 확인하지 못했다. 실제로 신여에 타 봤다는 흥분까지 더해져 거의 공황 상태에 빠져 있었다.

"내 고양이, 괜찮은 거야?"

야스코가 곁으로 다가와 렌지의 어깨를 다독였다. 한 차례 침을 꿀꺽 삼키고 네, 라고 고개를 끄덕였다. 저쪽에서는 헤이지가 젊은 청년들에 둘러싸여 거듭 건배를 외쳤다. 두꺼비 다카하시도 나이 든 임원들과 함께 첫날의 성공을 축하했다. 야마카사 축제는 오늘부터 마지막 신여 행사까지 연일 빡빡한 일정으로 진행된다. 벌써 한쪽에서는 내일 아침 6시에 새벽의 나카스 거리를 내달리게 될 신여를 준비하고 있었다. 잠깐 눈을 붙이고 곧장 으쌰 으쌰 구령을 내지르며 달리지 않으면 안 된다.

"내일 아침에도 보러 올 거지?"

야스코가 물었다.

"네, 꼭 보고 싶어요."

렌지는 고분고분하게 응했다.

"그럼 맛있는 거 먹고 얼른 자야겠네. 여기는 장정들 술자리니까 저쪽에서 우리 둘이 밥 먹을까?"

야스코와 근처 양식당으로 이동했다. 렌지는 돈가스카레를 사

달라고 했다.

"아이구, 내 고양이가 맛있는 걸 많이 알고 있구나."

야스코가 웃으며 말했다.

집에 가 보니 불이 켜졌고 웬일로 마사카즈가 돌아와 있었다. 술에 취한 그는 렌지를 보자마자 책상을 내리치며 욕을 퍼부었다.

"넌 어딜 그렇게 싸돌아다녀!"

곁에 있던 빈 페트병을 집어 렌지를 향해 홱 내던졌다.

"물이 떨어졌잖아, 물이!"

안쪽 침실에서 낯선 여자가 나왔다. 급하게 걸쳐 입었는지 셔츠 앞 단추를 채우고 있었다. 헤벌어진 앞깃 사이로 젖무덤이 슬쩍 얼굴을 내밀었다. 렌지는 시선을 돌려 버렸다.

"마사카즈, 난 그만 갈게."

"아냐, 괜찮아. 이 녀석은 저쪽 방에서 잘 거니까."

"그래도 좀 그렇잖아."

"아니, 내가 괜찮다는데 뭔 잔소리야!"

마사카즈가 책상을 발로 걷어찼다. 의자가 넘어졌다. 렌지는 바닥에 떨어진 페트병을 주웠다. 술 취한 마사카즈가 벌떡 일어섰지만 비틀거리다가 다시 의자에 털썩 주저앉았다.

"아무것도 못하는 주제에……."

여자가 투덜투덜 중얼거리자 마사카즈는 책상에 놓인 재떨이를 집어 벽에 내동댕이쳤다. 그대로 비틀비틀 렌지에게 다가와 머리칼을 왈칵 잡아채 질질 끌고 다녔다.

"애한테 왜 그래?"

여자가 큰 소리로 나무랐다. 하지만 마사카즈의 손은 멈추지 않았다. 보다 못한 여자가 두 사람 사이에 파고들었다. 하지만 마사카즈는 이번에는 여자의 뺨을 올려쳤다. 겁에 질린 얼굴을 향해 연거푸 주먹을 날렸다. 여자가 쓰러지고 코피가 흘렀다. 렌지가 마사카즈에게 덤벼들었지만 그대로 내동댕이쳐져 바닥에 나뒹굴었다. 그래도 벌떡 일어나 아빠에게 맞섰다. 마사카즈는 다시 한번 아이의 몸을 내동댕이쳤다. 렌지는 문 쪽으로 구르다 벽에 등을 세게 찧어 버렸다.

"때리지 말라니까! 아직 어린애잖아!"

여자가 마구 소리쳤다. 마사카즈는 분노가 가라앉지 않았는지 제 앞에 있는 책상을 쓰러뜨렸다. 거친 소리가 울리고 여자가 비명을 지르며 문 쪽으로 도망쳤다. 마사카즈가 쓰러진 의자까지 들어 올려 렌지를 향해 내려치려던 바로 그때, 열린 문의 어둠 속에서 한 남자가 나타났다. 렌지는 고개를 돌려 검게 그을린 얼굴의 그 남자를 올려다보았다.

"이놈은 또 뭐야?"

마사카즈가 술 취한 눈으로 남자를 노려보았다. 그는 성큼성큼 마사카즈 쪽으로 다가가 의자를 낚아채고, 휘청 넘어지려는 마사카즈의 턱에 주먹을 날렸다. 둔탁한 소리와 함께 마사카즈가 뒤로 벌렁 넘어졌다. 한 방에 입이 터졌는지 피가 흘러서 얼굴을 뻘겋게 물들였다. 피가 바닥을 적시자 여자가 크흑 하는 비명을 올렸다.

"아카네 어디 있어? 너, 내 얼굴 잊지 않았지?"

마사카즈의 술 취한 눈이 큼직해지더니 한순간에 바짝 얼어붙어 공포에 휩싸인 얼굴로 변했다.

"아카네 어딨냐고, 이 새끼야!"

달아나려는 마사카즈의 등을 향해 남자가 구둣발을 날렸다. 마사카즈는 균형을 잃고 나동그라졌지만 몸을 뒤집더니 바닥을 북북 기어 벽 쪽으로 팔을 뻗었다. 숨겨 둔 권총을 찾고 있는 것이었다. 구멍은 바로 코앞에 있었지만 다시 남자의 뾰족한 구두끝이 날아왔다. 정확히 겨냥해 마사카즈의 머리를 인정사정없이 내리찍었다. 둔탁한 소리와 함께 비명 소리가 울려 퍼졌다. 검붉은 피가 흘러나왔다. 그래도 남자는 힘을 늦추는 일 없이 연속으로 찍어 내렸다. 정말로 죽겠다, 라고 렌지는 생각했다. 여자는 아무 소리도 못하고 몸을 돌려 도망쳤다. 계단을 뛰어 내려가는 하이힐 소리가 한밤의 나카스에 울렸다.

제2장

2016년 8월

젊은 남자들이 뒤엉켜 주먹질을 하고 있었다. 외국인 폭력배들 간의 싸움이었다. 흥분한 자들의 귀에 익숙하지 않은 억양의 고함이 주위에 퍼졌다. 길이 막혀 오도 가도 못하는 차량들은 연거푸 클랙슨을 울렸다.

"이봐, 뭐 하는 짓이야! 다들 멈춰!"

럭비부 출신의 이케다니 경사가 경봉을 휘두르며 돌진하고, 히비키와 다른 경찰들도 그 뒤를 따랐다. 젊은 남자들은 삼삼오오 뿔뿔이 도주하기 시작했다.

문득 주변을 둘러본 순간, 히비키는 구경꾼들 틈에서 낯익은 젊은 청년을 발견했다. 밤업소에서 일하는 걸까, 염색한 앞머리가 한쪽 눈을 가리고 있었다. 피부는 창백하고 병적으로 바짝 마른 데다 몸에 달라붙은 슬림한 검정색 재킷을 입고 있었다. 히비키는 소란통의 한가운데서 멀거니 서 버렸다. 그리고 잠시 뒤, 기억의 흐릿한 구름 위로 섬광처럼 한 줄기 빛이 쏟아졌다.

"렌지……?"

오래도록 봉인해 둔 나카스에서의 온갖 다양한 일들의 기억이 히비키의 뇌 속에서 플래시백처럼 엄청난 속도로 명멸을 거듭했다. 견딜 수 없어서 히비키는 연거푸 눈을 깜작거렸다. 초점이 흐려지고 둔한 아픔이 느껴져 히비키는 주춤 뒤로 물러서면서 고개를 저었다. 그러자 기억의 늪에서 이미지 하나가 얼굴을 들더니 스윽 일어섰다.

"히비키, 왜 그래?"

이케다니의 목소리가 그를 퍼뜩 현실로 데려왔다.

"응? 아니, 아냐."

말을 건넨 다음 순간, 눈앞의 청년이 입가를 풀며 웃었다. 한쪽 입가만 슬쩍 올리는, 어딘가 사람을 얕잡아 보는 웃음이었다. 둔탁한 아픔과 함께 히비키의 기억이 과거의 한 시기와 접속했다…….

2016년 9월

히비키는 보육원 교사로 일하는 연인 나쓰키와 나카스 강변의 단골 카페에서 마주앉아 있었다. 나쓰키는 이곳 나카스의 민간 어린이집에서 일하고 있다. 두 사람은 처음에는 그다지 내키지 않았던 중매를 통해 서로 알게 되었다. 양가 부모님이 작전을 짜서 어느 날 불쑥 둘의 만남을 주선했던 것이다. 낯선 사람과의 식사에 떨떠름한 얼굴로 불려 나온 나쓰키도, 당직을 마치고 한숨 자고 일어나자마자 반강제로 끌려 나온 히비키도 그게 선보는 자리라는 말을 듣고는 너무 황당해서 파르르 화를 냈다. 이런 일을 벌인 부모에게 각자 크게 항의했다. 그래도 그게 인연이 되어 두 사람은 부모의 작전과는 별개로 결국 교제를 시작했다.

"정말 그 아이였어?"

"틀림없어. 그새 훌쩍 자란 렌지였어."

둘의 대화 속에는 처음 사귀던 무렵부터 이따금 렌지가 등장하곤 했다. 나쓰키는 업무상, 나카스의 밤업소에서 일하는 엄마들과 그 아이들에 대해 잘 알고 있었다. 그래서 히비키가 들려준 어린 렌지의 일이 아무래도 마음에 걸렸다.

2007년에 일어난 폭력 사건으로 마사카즈는 뇌에 큰 손상을 입었다. 의식이 돌아온 뒤에도 중대한 장애가 남아 일상생활을 하기가 어려운 처지가 되었다. 지금은 고향 기타큐슈의 친가에 들어가 살고 있었다. 체포된 아카네의 남편은 교도소로 보내졌다. 그 뒤, 렌지는 아카네와 함께 소리도 없이 나카스를 떠나 행방조차 알 수 없었다.

기동대로 이동하기 전에 히비키는 한 차례 아카네의 하루요시 친정집에 찾아갔었다. 아카네는 없었지만 어린 딸 토마를 데쓰조와 긴코가 키워 주고 있었다. 외조부의 양녀로 이름을 올려서 토마에게는 호적이 있었다. 무엇보다 궁금했던 렌지의 행방에 관해 데쓰조는 고개를 가로저었다. 아카네가 데려갔는데 행선지도 모르고 연락조차 없다고 노부부는 연신 고개를 저을 뿐이었다. 남편이 교도소에 들어갔는데도 아카네는 보복이 두려워 자취를 감춰 버렸다. 마사카즈가 장애인이 된 것에 큰 충격을 받아 나카스에는 얼씬도 못하고 일자리마저 잃어서 멀리 떠난 것이라고 늙은 부모는 설명했다.

히가시구 치하야에 소재한 제1기동대로 이동한 뒤로 히비키는 방향이 정반대인 것도 있어서 나카스 쪽에 나가는 일은 부쩍 줄었다. 네기시 기치지로도 그 이듬해에 퇴직했고, 은사 가와모토도 비슷한 시기에 다른 지역의 초등학교 교장으로 승진해서 떠났다. 히비키는 새로운 업무로 바쁜 하루하루를 보내느라 더 이상 렌지의 행방을 찾아다닐 수 없었다. 그 폭력 사건으로 인해 모든 것이 달라지고 말았다.

"그러면 렌지가 나카스에 다시 돌아온 거네?"

나쓰키가 물었다.

"나도 이제 막 파출소에 부임한 참이니까 아직 자세한 건 모르겠어. 그새 9년이나 세월이 흘렀잖아. 당시에 렌지를 알고 지냈던 사람들도 나카스를 떠난 경우가 꽤 많을걸."

히비키는 창밖의 메이지 거리를 내다보며 말했다. 지난 9년 동안 나카스도 변화를 거듭했다. 다리 건너편으로는 '돈키호테'가 보였다. 요즘 외국인 관광객에게도 큰 인기가 있는 그 대형 쇼핑 체인점은 어린 렌지가 사방을 뛰어다니던 그 무렵에는 이곳 나카스에 없었다.

"하지만 분명 렌지였어. 그 녀석, 분명 나카스로 돌아올 거라고 예감은 했었어."

"그래, 나는 얘기로만 들었을 뿐이지만 틀림없이 돌아왔을 거야."

"하지만 대체 어디에 있지? 이렇게 좁은 섬인데."

나쓰키도 히비키의 시선을 따라갔다. 여름이 물러가자 푹푹 찌던 열기도 사라지고 어느새 가을 기운이 역력했다. 바람이 세차게 부는 날이었다. 하이힐을 또각또각 울리며 한껏 멋을 부린 젊은 여자가 버스 정류장으로 달려갔다. 가을의 방문을 알리는 어딘가 쓸쓸하고 아련한 햇살이 나카스를 평소와는 조금 다른 애수 띤 색감으로 물들였다. 두 사람의 시야 끝에 역사 깊은 유흥가가 어쩐지 외로운 기척을 풍기며 길게 뻗어 있었다.

히비키는 당직 날이면 순찰을 나간 길에 렌지와 친했던 이들을 찾아다녔다. 하지만 세이류 공원 주변의 소프랜드 거리에서 삐끼로 일하던 이시마는 눈에 띄지 않았다. 이시마를 마지막으로 본 것은 그가 삐끼들 간의 싸움으로 반죽음 상태가 되어 구급차에 실려 갔을 때였다. 렌지가 파출소에 뛰어와 도움을 청했었다. 그때 조금이라도 신고가 늦었다면 이시마는 자칫 사망했을 것이다. 우선 그 이시마를 찾아내면 렌지의 소재도 알 수 있을지 모른다. 히비키는 소프랜드 거리의 새로운 삐끼들을 한 명 한 명 불러 세워 이시마에 대해 물어보았다. 하지만 젊은 삐끼들은 그런 사람은 모른다고 고개를 저을 뿐이었다.

렌지 가족이 한때 빌려 살았던 러브호텔은 한참 전에 철거해서 시티 호텔로 탈바꿈했다. 4번지에 있던 헤이지의 주점은 라면 체인점으로 바뀌었다. 가게 안을 들여다보며 종업원들에게 헤이지에 대해 문의해 봤지만 여기서도 그 행방을 알아내지는 못했다. 나카스 거리의 이미지는 변함이 없는데도 9년의 부재 동안 그 내부는 크게 변해 있었다.

신입 경찰 오카다가 히비키에게 물었다.

"항상 누구를 그렇게 찾고 다니시는 거예요?"

히비키는 입을 꾹 다문 채 실눈을 뜨며 웃기만 했다.

하루요시 다리 근처의 포장마차들도 자주 둘러보고 다녔다. 시간이 흘러도 그 주변에는 수많은 관광객들이 모여들어 예전과 다름없이 곳곳에 줄을 서서 기다릴 만큼 성황이었다. 모자를 발밑에 놓고 댄스를 펼쳐 보이던 어린 렌지의 모습이 머릿속을 스쳐 갔다. 낯익은 포장마차 주인이 눈에 띄어서 인사를 건네고 렌지에 대해 물어보았다.

"아, 그 꼬맹이?"

포장마차 주인이 개점 준비에 바쁘게 동동거리면서 히비키를 흘끗 쳐다보았다.

"기억이야 나지. 근데 요즘에는 통 못 봤어. 벌써 세월이 한참 흘렀잖아. 그 아이도 부쩍 컸을 텐데 말이야."

나카강에 걸린 다리 위에서 강물을 내려다보던 렌지가 머릿속에 떠올랐다. 다리는 당시 그대로였고 배경에 별다른 변화도 보이지 않았다. 하지만 그곳에 렌지의 모습은 없었다. 그 열대어의 눈을 한 꼬마는 더 이상 존재하지 않았다.

쇼와 거리의 분리대 위에도 렌지는 없었다. 고쿠타이 거리에도, 데아이바시 거리에도, 세이류 공원에도. 나카스 쥬오 거리는 여전히 무슨 축제인가 싶을 만큼 북적북적해서 학생이며 회사원들이 왁자지껄 떠들며 돌아다녔다. 하지만 소란스러운 사람들 틈새를 누비듯이 질주하던 한밤중의 아이는 눈에 띄지 않았다. 히비키는 사거리 한복판에 우두커니 서서 힘없이 주위를 둘러보았다. 어린 남자애는 사라져 버렸다. 그 때문인지 여전히 이토록 수많은 사람들이 넘쳐나는데도 나카스에 아무도 없는 것만 같았다. 넓디넓은 유흥가 한복판에 서 있어도 히비키에게는 아무 소리도 들리지 않았다. 마치 진공 같은 정적이 사람들 사이를 가득 채우고, 느린 속도로 촬영한 영상처럼 모두가 어색한 동작으로 시간의 틈새를 오가고 있었다. 히비키는 눈을 감고 귀를 기울였다. 그러자 어린 렌지의 숨결이 귓가를 간질이며 다가왔다.

"나카스 사람들, 경찰 아저씨 말처럼 나쁜 놈 아니에요. 다 착해요."

그날의 낭랑한 렌지의 목소리가 어디선가 들려오는 것 같아서 히비키는 깜짝 놀라 등 뒤의 골목길을 돌아보았다. 하지만 회오리바람에 휩쓸려 날아오른 쓰레기와 마른 낙엽만 떠 있을 뿐, 그곳에 렌지의 모습은 없었다.

물이 나오는 게 영 시원찮다. 하지만 그건 어제오늘 시작된 일이 아니었다. 렌지는 자루가 긴 화장실용 브러시로 변기에 눌러붙은 오물을 박박 문질러 씻어 냈다. 느닷없이 문이 벌컥 열려서 뒤를 돌아보니 선배 호스트 마사토가 느물느물 웃으면서 들여다보고 있었다. 인기 있는 호스트는 '넘버'라는 호칭을 얻고 청소 등의 잡무가 면제되었다. 출근 시간도 특별 대우를 받는다. 클럽 입장에서 넘버야말로 꽃인 것이다. 그중에서도 마사토는 최고로 손꼽혔다. 렌지는 변명하듯이 빠른 말투로 양해를 구했다.

"청소 금방 끝납니다. 잠깐만 기다리시면 돼요."

"야, 너 아직 미성년이지? 다들 숙덕거리던데? 아직 한참 어리잖아."

마사토가 렌지의 옆얼굴을 노려보며 말했다. 렌지는 묵묵히 작업을 계속했다.

"뭐야, 내 말을 무시하는 거야?"

렌지는 다시 마사토를 돌아보며 자세를 낮춰 말했다.

"저, 스무 살이에요. 늘 멍해서 어리게 보이는 모양이죠. 이것저것 배울 것도 많은데, 앞으로 잘 부탁드립니다."

마사토가 지그시 렌지의 눈을 들여다보았다. 렌지는 열대어의 눈이 되었다. 자신을 놀린다고 생각했는지 그가 렌지의 멱살을 잡고 자신의 코앞까지 끌어당겼다. 컬러 콘택트렌즈를 넣어 반짝이는 물방울이 맺힌 듯한 마사토의 파란 눈이 바짝 다가왔다.

"좋아, 가르쳐 주지, 여기서 선배에게 건방지게 굴면 어떻게 되는지."

"네."

마사토는 잡았던 멱살을 힘껏 밀쳐 버렸다. 렌지는 벽에 부딪혀 균형을 잃고 변기 속에 손을 짚고 말았다. 그래도 곧바로 일어나 머리를 숙였다. 마사토가 양동이를 걷어차는 바람에 쏟아진 물이 렌지의 바지를 적셨다. "저 녀석, 이 근처 조직폭력배들과 친한 사이야. 조심해야 돼"라고 처음 이 클럽에 입사했을 때 동료가 충고해 준 적이 있었다. 마사토가 자리를 뜨자 렌지는 한참 이나 열대어의 눈으로 자신의 발밑을 응시했다. 하지만 마음이 가라앉자 다시 변기 청소를 시작했다.

영업시간이 다가올수록 클럽은 다급하게 돌아간다. 특히 신입은 준비에 쫓겨 이리저리 뛰어다녀야 했다. 개점 직전에는 대표와 간부 호스트를 에워싸고 미팅이 시작된다. 매상이 적은 호스트에게 간부들이 일장 연설을 했다. 마사토를 보고 배우라고 대표가 꾸짖었다. 렌지는 한 달 전쯤부터 이 호스트 클럽에서 일을 시작했다. 이런저런 잡일을 도맡으며 호스트 클럽의 매너 등을 배우는 꼴찌 견습생에 지나지 않았다.

나카스에서도 손꼽히는 호스트 클럽이다. 실은 마사카즈가 오랜 동안 일했던 클럽의 사장이 경영하는 또 다른 가게였다. 렌지가 기억을 더듬어 그 사장을 직접 찾아갔고 제발 일하게 해 달라고 부탁했던 것이다.

"너, 몇 살이야?"

"열여섯 살입니다."

"그럼 안 돼. 생김새가 핸섬해서 열심히 하면 인기는 있을 것 같다만."

"나이라면 괜찮습니다. 호적이 없어서 조사할 방법도 없으니까요."

사장은 렌지의 어린 시절을 잘 알고 있었다. 한때 그의 클럽 탈의실에서 더부살이를 한 적이 있었다. 어린 렌지는 쫄래쫄래 개점 전의 클럽 안을 뛰어다니곤 했다. 사장은 볼 때마다 그런 렌지에게 과자든 주스든 챙겨 주었다. 아카네는 물론이고 그 끔찍한 폭력 사건에 대해서도 그는 잘 알고 있었다. 결국 사장의 재량으로 렌지는 클럽 점장과 면접 절차를 치렀다.

"말수가 너무 적어. 그래서야 고객에게 사랑을 받을 수 있겠냐? 벌이가 시원찮으면 아무리 사장과 아는 사이라도 계속 일하기는 어려워. 핸섬한 것만으로 호스트 일을 할 수 있는 게 아니라고. 고객의 기분을 풀어 주면서 웃음을 주고 행복을 줘야지. 그게 호스트 클럽의 가장 중요한 역할이야. 어때, 네가 그런 걸 할 수 있겠어?"

렌지는 네, 열심히 하겠습니다, 라고 대답했다.

클럽은 부유한 여성 고객과 인기 호스티스들로 연일 붐볐다. 우선 넘버들에게 지명이 들어온다. 신입이나 인기 없는 호스트는 술을 따르거나 쇼핑 등의 심부름으로 뛰어다녀야 했다. 가장 어린 렌지에게 청소에서부터 뒷설거지까지 온갖 잡무가 떨어졌다. 그걸 렌지 혼자서 해치워야 했다. 이 클럽은 상하 관계가 특히 엄격하고 확실한 계급이 형성되어 신입은 말대꾸는 물론, 같은 자리에 앉는 것도 일일이 허가를 얻어야 했다. 힘차게 대답하지 못한 렌지에게 건방진 신입이라는 딱지를 붙이고 대놓고 여기저기서 부려먹었다.

"얘는 너무 어리잖아. 혹시 미성년인 거 아니야?"

근처 주점에서 일하는 단골 호스티스가 렌지를 보며 물었다. 손에 든 유리잔에 얼음을 넣고 있던 렌지에게 마사토가 눈짓으로 대답을 재촉했다.

"스무 살입니다."

렌지는 그렇게 답했다.

"고등학생 정도로 보이는데? 진짜 스무 살이야?"

다른 여자가 반쯤 놀리듯이 물었다. 렌지는 마사토 옆에 앉은 여자 손님과 눈이 마주쳤다. 오늘 찾아온 여자들이 일하는 룸살롱의 사장 다키모토 유코였다. 매섭고 야무진 눈썹에 반듯한 콧날, 그리고 갈쭉한 동양적인 눈매가 인상적인 여자였다. 유코는 상품의 가격을 매기는 듯한 눈빛으로 렌지를 머리에서 발끝까지 훑어보았다. 그 시선을 렌지는 강하게 의식했다. 마사토가 웃고 있는 틈을 노려 유코의 시선을 허공에서 사로잡았다. 신입 호스트로서는 매우 위험한 행동이었지만 렌지는 그런 밀당을 줄곧 연습해 왔다. 유코가 화장실에 가려고 일어섰을 때는 먼저 나가 문을 열어 주었다. 유리잔이 비자마자 가장 먼저 술을 따라 주고 가장 먼저 물수건을 건네주면서 자신을 어필하는 것을 잊지 않았다. 그때마다 2초쯤 눈빛의 만남을 가졌다. 그 횟수는 유코가 찾아올 때마다 점점 늘어나 이윽고 일상적인 것이 되었다. 시선을 마주치는 소통에 일단 성공하면 렌지는 다시 태연한 얼굴로 묵묵히 일에 열중했다.

유코는 나카스에서 크게 성공한 경영자 중 한 사람이었다. 젊은 호스티스들과는 풍격 자체도 다르고 나이의 연륜이 기품 있게 배어 나오는 여성이었다. 그녀의 마음을 사로잡는 게 호스트로서 큰 경험이 될 거라고 렌지는 자신에게 되뇌고 있었다.

마사토는 다른 누구보다 렌지를 심하게 부려먹었다. 사소한 심부름으로 번번이 뛰어다니게 하는 것에서 우월감을 느끼고 있었다. 렌지와 마사토 사이에는 비교가 안 될 만큼 계급 차이가 있었다. 그런데도 동료들 앞에서 렌지에게 물수건을 내던지고 심부름을 위해 뛰어가는 참에 발을 걸어 넘어뜨리고 얼른 대답하지 못할 때마다 꼬맹이라고 놀려 대며 웃음거리로 삼았다.

“재는 호스트가 어떤 일인지도 모르는 녀석이에요. 고객을 즐겁게 해 주기는커녕 대화도 제대로 못하지, 농담도 못하지, 세상이 어떻게 돌아가는지 하나도 모른다니까요. 뭐, 완전 웃음거리죠. 저런 얼뜨기가 겁도 없이 호스트를 하겠다고 덤비다니, 진짜 말도 안 돼."

"어머, 그래도 귀엽잖아. 소년 같은 분위기가 아주 매력적이야."

나이 지긋한 호스티스가 말했다. 여자 손님들이 렌지의 얼굴을 쳐다보며 물었다.

"너, 혹시 아직 동정인 거 아냐? 괜찮으면 이 누나가 졸업시켜 줄까?"

렌지는 턱을 슬쩍 쳐들고 되물었다.

"졸업이라니요?"

즉각 마사토가 렌지의 머리통을 쥐어박으며 나무랐다.

"어휴, 맹하긴. 그러니까 네가 꼬맹이 소리를 듣는 거야!"

테이블을 둘러싼 사람들이 일제히 웃음을 터뜨렸다. 하지만 유코만은 웃지 않았다. 렌지는 잽싸게 그녀를 응시하며 2초 동안 눈빛의 만남을 이어 간 뒤, 태연한 얼굴로 시선을 돌려 빈 유리잔에 술을 만들기 시작했다.

어느 날, 드디어 렌지에게 지명이 들어왔다. 대표가 이름을 부르자 모두가 놀라서 렌지를 돌아보았다.

"렌지, 다키모토 유코 고객님의 지명을 받았습니다."

렌지와 단둘이 있고 싶다고 대표에게 신청한 사람은 유코였다. 자기 손님을 빼앗긴 게 못마땅한 마사토는 렌지를 무섭게 노려보았다. 들어온 지 얼마 안 된 신입이 넘버의 손님을 가로챈 것이었다. 다른 호스트들은 얼굴에 드러내지는 않았지만 마사토의 사나운 성격을 알고 있는 만큼 눈을 내리깔고 흘끔흘끔 렌지를 쳐다보았다. 신입이 선배의 손님을 받아서는 안 된다는 규칙은 없었다. 하지만 그런 일은 드물었기 때문에 대표도 조용히 지켜볼 수밖에 없었다. 렌지는 안쪽 개인실에 앉자마자 유코에게 말했다.

"나, 마사토 씨의 손에 죽을지도 몰라요, 유코 씨가 나를 지명하는 바람에."

유코는 그런 렌지의 눈을 빤히 쳐다보았다. 신입 호스트가 갑작스럽게 자신에게 솔직한 심정을 토로해 주는 게 어쩐지 후련하고 재미있었다. 저절로 가슴이 설레고 웃음이 새어 나왔다.

"재미있는 소리를 하네? 근데 마사토라면 정말 그럴지도 모르겠다. 걔 형이 야쿠자 출신이거든. 조심하는 게 좋을 텐데, 무섭지 않아?"

"아뇨, 너무 무섭죠. 그래도 원하신다면 앞으로도 지명해 주세요."

유코가 웃음을 멈추고 다시 빤히 바라보았다.

"앞으로도 지명해 주시면 저도 그런 것쯤은 참고 견딜 수 있어요. 오래전부터 만나 뵙고 싶었으니까."

간결하게 제 할 말을 하는 그 깊은 눈 속에 뭔가 황량한 공간이 펼쳐져 있었다. 유코는 거기에 홀려들었다. 지금까지 만난 나카스의 다른 호스트들과는 어딘가 달랐다. 시시한 농담을 늘어놓지도 않고 일부러 웃기려고 하지도 않았다. 그렇다고 괜히 센 척하는 것도 아니었다. 오랫동안 룸살롱을 경영해 온 유코는 이 젊은 호스트에게 흥미를 느꼈다. 자신의 가게에 찾아오는 다양한 분야의 이른바 성공한 사람들 중에도 이 청년처럼 미지의 천진함을 갖고 있는 자는 없었다. 한편으로 그 눈 속 깊은 곳에 무슨 생각을 하는지 알 수 없는 교묘한 야심까지 숨겨져 있었다.

"다음에 너를 지명해 줄 수도 있고, 대표에게 얘기해서 너를 지켜 줄 수도 있어. 그럴 경우, 너는 교환 조건으로 내게 뭘 해 줄 거야?"

유코는 턱을 당겨 슬쩍 올려다보면서 청년의 본심을 탐색했다. 렌지는 유코의 눈을 똑바로 마주보았다.

"진심으로 만나셔도 괜찮아요."

그렇게 말하고 렌지가 하얀 이를 내보이며 너무도 귀엽게 웃었기 때문에 유코는 한순간 바짝 긴장하고 말았다. 그것은 환영처럼 그야말로 한순간의 일이었다. 렌지가 내뱉은 그 말이 유코의 마음에 찌릿하게 울렸다. 진심으로 만나도 괜찮다, 라는 건 무슨 뜻일까. 어쨌든 마치 은혜를 베풀겠다는 듯한 그 오만한 표현에는 사람을 끌어당기는 힘이 있었다. 이 아이를 진심으로 만나면 어떻게 되는 거지? 유코는 머릿속으로 상상을 굴리며 저도 모르게 얼굴을 붉혔다.

렌지는 그렇게 유코의 마음속에 들어서는 데 성공했다. 그녀는 대표를 불러 몇 마디 귀엣말을 했다. 그 모습을 다른 호스트들이 멀리서 지켜보았다. 마사토는 못마땅한 얼굴로 혀를 차고 있었다.

폐점 후, 마사토가 탈의실에서 렌지를 불러 세웠다. 다른 호스트들은 불온한 분위기를 눈치 채고 총총히 빠져나갔다. 그중 한 명이 대표에게 달려가 상황을 알렸다. 마사토는 렌지를 방 한구석으로 몰아세웠다. 그는 열 살쯤 연상인데다 키도 컸다. 입이 부루퉁하게 튀어나오고 눈매가 험악해져 있었다. 깡패가 시비를 걸듯이 으르대며 렌지를 노려보았다.

"이 새끼가 신입 주제에, 간덩이가 부었어?"

그러고는 렌지의 뺨을 후려쳤다. 메마른 소리가 탈의실 안을 울렸다.

연거푸 뺨따귀를 얻어맞았다. 결국 렌지는 몸을 틀어 싸울 태세를 취했다. 그때 등 뒤에서 말소리가 들렸다. 대표가 차가운 목소리로 마사토를 불러냈다. 제기랄, 하고 내뱉으며 그는 발길을 돌렸다. 분노로 파르르 떠는 그 어깨를 대표가 잡아채며 귀에 대고 뭔가 말했다. 여전히 렌지를 무섭게 노려봤지만, 잠시 뒤에 얼굴이 바짝 굳으면서 시선이 허우적거렸다. 렌지는 대표가 그에게 어떤 말을 했는지 알고 있었다. 유코는 렌지가 귀띔해 준 대로 대표에게 말했을 터였다.

"이 아이에게 무슨 일이 생기면 나도, 우리 애들도, 두 번 다시 이 클럽에 올 일이 없을 거예요."

렌지는 열대어의 눈으로 마사토의 등짝을 응시했다. 대표가 자리를 뜨자 그는 발밑의 재떨이를 힘껏 걷어찼다. 어깻숨을 몰아쉬며 잠시 뭔가 생각에 잠겼지만 그대로 뒤돌아보는 일도 없이 탈의실을 떠났다.

2016년 11월

거의 매일 저녁마다 유코가 클럽에 찾아와 지명해 준 덕분에 렌지의 매상이 훌쩍 뛰어올랐다. 클럽에 들어오고 불과 석 달 만에 렌지는 넘버에 진입하는 데 성공했다. 대표가 한숨처럼 이런 말을 내뱉었을 정도였다.

"넘버에 오르자마자 지명이 더 많아졌어. 부쩍 아우라가 더해진 것 같아. 석 달 전에 비하면 완전히 딴사람이 됐잖아."

유코뿐만이 아니라 다른 고객들도 재미있어하면서 너도나도 렌지를 지명해 주었다. 유코가 렌지에 대해 나카스의 밤 업계에 소문을 내 준 덕분이었다. 게다가 넘버에 오르면서 전담 스타일리스트와 헤어 디자이너가 손을 대 주자 원래부터 갖고 있던 렌지의 화사함이 꽃피듯이 환하게 드러났기 때문이었다.

렌지는 유코와 이탈리안 레스토랑의 카운터에 나란히 앉아 있었다. 클럽 밖에서 단둘이 만나는 건 처음이었다. 렌지에게는 고급 이탈리안 레스토랑이라는 곳도 처음이었다. 두 사람은 건배를 나누었다. 유코는 옆에 앉은 렌지를 미소를 지으며 바라보았다.

"넘버, 축하해."

"모두 유코 씨 덕분이에요."

렌지는 클럽에서처럼 적극적으로 유코의 눈을 쳐다보는 일 없이 어딘가 수줍어하는 척해 보였다. 그게 의외였기 때문에 유코가 물었다.

"어머, 왜 그래?"

"그렇게 빤히 쳐다보시니까 어떻게 해야 좋을지 모르겠어요."

"뭐야, 클럽에서는 그렇게 적극적이었으면서?"

유코는 올해 마흔두 살이다. 호스티스 시절에 한 차례 결혼한 적이 있지만 지금은 독신이었다. 그녀는 저도 모르게 렌지 쪽으로 몸을 기울이며 말했다.

"너에 대해 좀 더 알고 싶어. 아직 난 아무것도 모르잖아."

한순간 렌지는 자신의 일을 어디까지 솔직하게 말해야 할지 망설여졌다. 이 사람은 내게 무엇을 원하는 걸까, 라고 생각했다. 내 처지를 그대로 밝히면 냉큼 떠나 버릴까. 어떤 반응이 돌아올지 궁금하기도 했다.

"나의 뭘 알고 싶은데요?"

"우선 실제 나이부터."

"열여섯 살."

"역시 그렇구나?"

유코는 피식 코웃음을 치며 말했다.

"미성년일지도 모른다고 생각하긴 했지만, 그래도 열여섯 살이라니 놀랍네. 아들 같은 나이잖아. 너, 아주 어른스럽다?"

렌지는 몸을 낮추며 감사하다는 인사를 건넸다.

"그거, 경험은 있어?"

"경험이라니, 무슨……."

"어휴, 남녀 관계를 가져 본 적이 있느냐는 얘기야."

렌지는 어리둥절한 듯 웃는 얼굴로 얼버무렸다. 유코도 덩달아 웃음이 터졌다.

"너무 야한 질문이잖아요."

주문한 성게알 파스타가 나왔다. 성게알 베이스에 진한 생크림 소스를 버무린 파스타였다. 여태까지 렌지가 먹어 본 것은 토마토케첩 맛의 편의점 파스타뿐이었다. 하지만 눈앞의 파스타는 하얀색에 잔멸치와 들깻잎이 곁들여졌다. 얼른 먹고 싶었지만 포크와 스푼의 사용법이 서툴 것 같아 유코의 손을 보면서 따라 하기로 했다.

“너는 뭔가 보통 남자와는 달라. 그게 뭔지 알고 싶어. 어째서 이렇게 어른스러운지, 어째서 그렇게 어두운 눈빛인지.”

유코가 유혹하는 듯한 눈짓을 했다. 고개를 갸우뚱하며 어서 얘기해 줘, 라는 표정을 지었다. 렌지는 망설이다가 한 차례 한숨을 떨구고 아마도, 라고 입을 열었다.

“학교도 안 다니고 여기 나카스 유흥가에서 자랐기 때문일 거예요.”

“고등학교를 안 다녔어?”

“초등학교도. 학교 교육이라고는 받아 본 적이 없어요. 정확하게는 받을 수가 없었죠.”

미소를 짓고 있던 유코의 눈빛이 흠칫 긴장했다.

“이런 얘기, 아무한테도 한 적이 없는데 유코 씨에게만 털어놓을게요. 나, 애초에 호적 자체가 없어요.”

유코의 얼굴이 한순간에 팽팽해졌다. 미간에 힘이 들어가고 설마, 라는 짧은 말이 튀어나왔다.

포크와 스푼 사용법은 엉망이라도 배가 고파 더 이상 견딜 수가 없었다. 렌지는 “먹어도 되죠?”라고 양해를 구하고 포크를 들었다. 접시를 당겨 파스타 한가운데 꽂고 빙빙 돌려 그대로 입 속에 넣었다. 생각지도 못한 진한 풍미가 입 안 가득 퍼져서 저절로 우와, 맛있다, 라는 탄성이 흘러나왔다. 그다음부터는 멈출 수가 없어서 호스트라는 것도 잊고 옆자리의 유코도 잊은 채 걸신들린 아이처럼 입에 몰아넣었다. 유코는 아이처럼 먹어 치우는 렌지의 모습을 조용히 바라보며 호적이 없다는 것에 대해 생각해 보았다.

"호적이 없다니, 그럼 일본 국적도 없는 건가?"

"아뇨, 부모가 모두 일본인인데도 호적이 없어요."

엄청난 기세로 접시를 싹 비우고 유리잔에 남은 스푸만테 와인으로 입을 헹궜다. 정말 맛있어요, 라고 렌지는 흡족하게 웃는 얼굴이 되었다.

"아버지는 호스트, 어머니는 호스티스였어요. 어머니는 기타큐슈에 남편이 있었는데 새로 사귄 남자, 즉 우리 아버지와의 사이에 내가 태어났나 봐요. 자세한 건 모르지만 그래서 출생 신고를 안 했대요."

유코의 기억 밑바닥에 걸려드는 것이 있었다. 미간에 주름을 잡고 그 흐릿한 기억을 더듬었다.

"근데 어머니의 남편이 기타큐슈에서 쫓아왔어요. 벌써 9년

전 일이지만, 그때 아버지가 반쯤 죽다 살아났죠. 겨우 목숨은 건졌는데 장애인이 되어서…….”

“아!”

유코는 비로소 그 사건이 생각나 숨을 헉 삼켰다. 렌지가 왜 그러냐고 물었다. 유코의 시선이 허우적거리며 허공을 방황했다. 렌지의 엄마 아카네는 처음 호스티스 일을 시작했던 시절의 동료이자 나중에 유코가 개업한 룸살롱에도 자주 들락거리던 친구였다. 나카스에서 태어난 아들 얘기를 했었던 게 이제야 생각났다. 그게 이 아이였다니…….

“왜 그래요? 마치 유령이라도 본 듯한 얼굴을 하시고.”

유코는 입 안에 고인 침을 꿀꺽 삼킬 수밖에 없었다. 할 말을 찾아봤지만 선뜻 입 밖에 나오지 않았다.

“아, 이런 일이 다 있네.”

종업원이 렌지의 빈 잔에 스푸만테를 따라 주었다. 기포가 유리잔 바닥에서 뽀그르르 올라왔다. 조명을 받아 빛 방울이 덧없이 반짝였다. 렌지는 그 거품 하나를 눈으로 따라잡았다. 생겼다가 한순간에 사라지는 거품의 다급한 움직임이 마치 이곳 나카스 사람들 같다고 생각했다. 미소 짓는 렌지의 옆얼굴을 보며 유코는 자신이 아카네를 알고 있다는 말을 해야 할지 말아야 할지,

내심 고민스러웠다. 당시 아카네는 클럽 일을 끝내고 돌아가는 길에 그쪽 단골들을 이끌고 유코의 룸살롱에 들르곤 했다. 그 속에는 렌지의 부친이 아닌 또 다른 남자들도 있었다. 아카네의 호쾌한 웃음소리가 귓속에 되살아났다. 그녀가 룸살롱에서 신나게 놀아 댈 때, 이 아이는 홀로 집을 지키고 있었던가.

"유코 씨."

렌지가 부르는 바람에 옛 기억을 더듬던 유코는 당황해서 입을 꾹 다물었다. 시선이 얽혔다. 맑은 눈빛이지만 그 속에는 마치 수영장처럼, 예상보다 훨씬 더 깊은 위험한 데가 있었다. 유코는 고개를 저었다. 자신과 렌지 사이에 보이지 않는 벽이 세워질까 봐 부모 쪽과 교류가 있었다는 것은 그냥 가슴속에 넣어 두기로 했다.

"응, 왜?"

퍼뜩 정신을 차리고 되물었다. 렌지가 파스타를 가리키며 말했다.

"그거 안 드실 거예요?"

"아, 먹을래?"

"남기면 아깝잖아요, 제가 먹을게요."

렌지가 유코의 접시를 자기 앞으로 가져갔다. 이쪽의 새 포크까지 가져가 파스타 한가운데에 꽂았다. 입 안 가득 파스타를 몰아넣은 그에게 물었다.

"요즘 어디서 살아?"

"나카스에 아는 사람의 맨션이 있어서 거기서 더부살이 중이에요."

"내내 거기서?"

"그렇죠, 벌써 몇 년째인지……. 5, 6년쯤 됐을 거예요."

렌지는 파스타를 꿀꺽 삼켰다. 급하게 몰아넣었더니 배가 불룩해져서 결국 반쯤 남기고 포크를 내려놓았다.

"근데 언제까지고 신세를 질 수는 없잖아요. 아버지가 호스트로 일할 때, 내 손님이 많아지면 돈도 꽤 많이 번다는 얘기를 했던 게 생각났어요. 그래서 옛날에 아버지가 일했던 클럽의 사장님을 찾아간 거예요."

냅킨으로 입을 닦고 렌지는 유코를 마주보았다.

"이래저래 도움을 받기만 하고 저는 아무것도 갚아 드릴 게 없네요. 어떻게 하면 좋을까요? 유코 씨를 위해 제가 뭔가 할 수 있는 게 있을까요?"

유코의 눈을 빤히 바라보며 그렇게 물었다. 유코는 턱을 살짝 당기고 그 시선을 경계하며 전에 들었던 '진심으로 만나셔도 괜잖아요'라는 말을 머릿속에서 새삼 곱씹었다. 진심으로 만나면 어떻게 될까. 유코는 말도 안 된다고 내심 쓴웃음을 지었다. 이 아이는 겨우 열여섯 살인데…….

렌지는 그 순간 히사나를 생각하고 있었다. 고객에게서 엄청 맛있는 파스타를 대접받았다는 얘기를 얼른 들려주고 싶었다. 게다가 그게 빨간색이 아닌 하얀 파스타다. 언젠가 히사나를 이곳에 데려오고 싶다. 그런 상상을 하며 혼자 빙그레 웃었더니 유코도 흐뭇해졌는지 렌지의 손을 꼭 잡았다. 흠칫 놀라 렌지는 저도 모르게 잡힌 손을 빼 버렸다.

"역시 미성년자구나? 진심으로 만날 수는 없겠네. 아들 같은 나이잖아."

"나이가 관계가 있어요?"

"관계가 있어도 크게 있지. 렌지, 네가 성인이 될 때까지 기다려 줄게."

"아직 4년이나 남았는데요?"

유코가 웃음을 터트려서 렌지는 그 틈을 노려 자못 진지하게 말했다.

"앞으로도 계속 지명해 주실 거죠? 열여섯 살이라고 실망하신 거 아니죠?"

유코는 잠시 고민하다가 렌지를 마주보았다. 그가 어금니를 악물고 유코의 눈을 꿰뚫듯이 날카로운 시선을 던졌다. 마치 그렇게 하면 여자가 넘어온다는 듯 확신으로 가득 찬 렌지의 그 눈빛에 유코는 다시금 마음이 흔들렸다.

"물론이지. 네가 좀 더 멋진 남자가 되는 날을 기대할게. 나는 그만큼 나이를 먹겠지만 그래도 열심히 몸매를 유지할 테니까 다른 손님에게 마음 주지 말고. 알았지?"

렌지는 고개를 끄덕이며 미소를 지었다.

고등학교 2학년도 이제 몇 달이면 끝이 난다. 담임 선생님과 여러 차례에 걸쳐 진학 상담을 했지만, 어떻게든 대학에 보내려는 교사와는 달리 히사나 본인은 여전히 망설이고 있었다. 히사나가 다니는 고등학교는 후쿠오카에서도 첫째가는 입시 명문고였다. 그중에서도 히사나는 특히 성적이 우수해서 학교 측에서는 반드시 일류대에 합격시키려고 혈안이 되어 있었다. 하지만 히사나에게 가장 중요한 것은 렌지와 함께하는 미래였다.

거의 매일 렌지가 살고 있는 겐타의 맨션에 찾아가 마치 우렁각시처럼 이런저런 집안일을 했다. 처음 한동안은 일주일에 두세 번 정도, 조심스럽게 방문했었는데 그 횟수가 시간이 가면서 점점 불어나 최근 2, 3년은 거의 날마다 렌지와 한 가족 같은 농밀한 한때를 공유했다.

벌써 6년여 동안을 히사나는 누구에게도 방해받는 일 없이 렌지와 함께 보내 왔다. 엄마는 항상 바빠서 집을 비우고 어쩌다 집에 있어도 서로 시간대가 달랐다. 게다가 복도를 끼고 각자 반대편에 방이 있어서 얼굴 마주칠 일도 없는 날이 대부분이었다. 볼일이 있을 때는 냉장고에 마그넷으로 메모를 붙여 두었다. 그때그때 필요한 돈은 히사나의 계좌로 입금해 주었다. 그 액수는 용돈의 범위를 뛰어넘어 렌지까지 먹여 살리기에 충분한 금액이었다. 딸을 누구보다 신뢰해서 상당히 큰돈을 직접 얘기해도 그 자리에서 군소리 없이 건네주곤 했다. 그 자금이 지난 6년여 동안 두 사람이 윤택하게 지낼 수 있는 재원이 되었다.

렌지가 방에 틀어박혀 좀체 밖에 나오지 않았던 은둔 시절에 히사나는 든든한 정신적 버팀목이 되었다. 폭력 사건 후, 렌지는 2년쯤 나카스를 벗어나 있었다. 그 기간 내내 히사나는 가슴이 미어질 만큼 걱정했지만 초등학생인 그녀는 어떻게도 할 수 없었다. 그리고 열 살이 되었을 때, 갑작스럽게 렌지가 돌아왔다. 그 소식을 히사나에게 전해 준 것은 겐타였다.

어린 히사나에게 그 폭력 사건은 너무도 참혹하고 끔찍한 현실이었다. 렌지를 위로해 주고 싶어도 열 살 소녀는 어떻게 해야 좋을지 알지 못했다. 그래서 무턱대고 샌드위치며 과자 등을 챙겨다 주었다. 자신이 할 수 있는 범위에서 어떻게든 도와주고 싶다고 어린 히사나는 생각했다. 아직 사랑이라고 이름을 붙이기에는 너무도 어린 여자아이의 더듬더듬 탐색하는 듯한 감정의 표류였다. 그런 마음은 머지않아 사랑으로 발전하기에 충분한 힘을 갖고 있었다. 처음에는 소소한 간식거리를 챙겨 가는 정도였지만 점차 만화책과 소년 잡지, 게임기 등을 들고 갔다. 그렇게 익숙해지자 어느새 집 안에 들어가 함께 시간을 보냈다.

하지만 성장하면서 말수가 부쩍 줄어든 렌지와 일상적인 대화는 잘 이루어지지 않았다. 그저 나란히 벽에 등을 기대고 창밖에 펼쳐진 후쿠오카의 하늘을 한 시간이고 두 시간이고 조용히 바라보곤 했다. 히사나는 노래를 잘해서 이따금 나직하게 불러 주었다. 학원에도 다니지 않고 가정 교사를 둔 적도 없지만, 유일하게 초등학교에 입학한 직후에 엄마가 잘 아는 음대생에게 개인 레슨을 받았다. 클래식 기타를 튕기고 있자 렌지가 관심을 보여서 운지와 악보 읽는 법을 가르쳐 주었다. 음감이 뛰어난 렌지는 일 년도 안 되어 초보자용 교본에 실린 곡 정도는 어려움 없이 연주할 수 있었다. 그렇게 두 사람의 기적 같은 동행은 음악을 매개로 어느 누구의 방해도 받는 일 없이 은밀하게 하루하루 이어졌다.

어느 날은 무슨 말을 해도 렌지가 대꾸조차 하지 않았다. 그래서 고이고이 보관해 온 나카스국의 여권을 꺼내 내밀었다. 명함을 주워 만든 여권에는 '나카스국'이라고 마치 태고의 동굴에 새겨진 벽화 같은 글씨가 춤추고 있었다. 렌지는 그 글씨를 손끝으로 훑으면서 그리운 듯 언제까지고 들여다보았다. 그 옆얼굴을 히사나는 몰래 지켜보았다. 큼직한 눈이 촉촉해져서 반짝이는 순간을 놓치지 않았다. 히사나도 일곱 살의 렌지를 다시 떠올렸다. 처음 길가에서 만났을 때의 감동은 잊을 수 없었다. 어린 자신 앞에 렌지가 불쑥 나타났을 때, 히사나는 이 세계의 가치관이 변하는 것을 느꼈다. 그때가 모든 것의 시작이었다.

조용한 시간이 흘러가는 가운데 렌지는 히사나야말로 이 세계와 자신을 이어 주는 유일한 가교라고 이해하기 시작했다. 그녀는 나카스에서 일어나는 온갖 일들, 이를테면 새로운 라면 가게가 생겼다느니 오래된 빌딩이 철거되었다느니, 하카타 돈타쿠 행사며 쥬오 거리의 북적거리는 하루하루까지 낱낱이 들려주며 방 안에 틀어박힌 렌지에게 일상의 소소한 즐거움을 실어 날랐다. 때로는 꽃모종을 심어 그 화분을 들고 왔다. 시들면 다시 새 꽃을 가져왔다. 히사나는 자신을 간호사 같은 역할이라고 생각했다. 분명 병원에서는 이런 식으로 돌봐 줄 거라고 상상하면서 마음의 문을 닫아 버린 환자의 간호에 몰두하는 나날이었다.

그녀의 헌신은 렌지의 마음속을 조용히, 그리고 착실히 치유해서 닫힌 문을 열어 나갔다. 누군가 곁에 있다는 것만으로도 마음이 편안해졌다. 그 안심감은 예전에 부모와 함께 살았던 무렵에는 느껴 본 적이 없는 것이었다. 겁을 낼 필요도 알랑거릴 필요도 없었다. 인격을 부정당하는 일 없는 안정된 평온으로 이루어진 세계였다. 창가에 앉아 하카타만의 하늘을 바라보고 있노라면 히사나가 뭔가를 들고 찾아와 "잘 지냈어?"라고 물었다. 렌지는 그 얼굴을 가만히 바라보았다. 언제라도 온화한 표정을 무너뜨리지 않았다. 내가 이 아이를 구해 내야 해, 라는 것만을 어린 히사나는 마음속에서 되뇌고 있었다.

겐타는 자신의 맨션을 제공했지만 그 밖에는 최저한의 식량을 넣어 줄 뿐, 렌지를 위해 별다른 행동에는 나서지 않았다. 단지 이따금 렌지를 낚시 친구로 불러냈다. 그 무렵 렌지에게는 나카강에서의 낚시가 외계와 접촉하는 유일한 기회였다. 혼자 살기 시작한 당초에는 남의 눈에 띌 만한 곳, 특히 유흥가 쪽에는 결코 발을 들이지 않았다. 그곳에는 그날 겪은 폭력의 광경과 냄새와 절망이 낙인처럼 찍혀 있었기 때문이다. 사람들의 눈길이 닿지 않는 수풀 속에 숨어 장어와 문절망둑어 같은 물고기를 잡고는 곧장 집으로 돌아왔다.

겐타는 히사나를 통해 그 사건에 대한 얘기를 들었지만, 쓸데없는 질문이라고는 한 마디도 하지 않았다. 그저 조용히 낚시를 하고 어련무던한 얘기, 이를테면 해가 평소보다 노란빛이 돈다, 강 수위가 평소보다 낮아졌다, 이 근처에서는 못 봤던 진기한 식물을 발견했다, 이상한 색깔의 지네가 있었다, 라는 식이었다. 그리고 나무들을 올려다보며 무성한 잎사귀에 대해, 나카스를 지나가는 바람의 습도 등에 대해 이야기했다. 렌지에게는 겐타도 히사나와 마찬가지로 곁에 있는 것만으로도 마음이 놓이는 존재였다. 그 옆에서 낚싯대를 드리우면 느긋한 시간과 공기의 흐름에 렌지는 표현할 길 없는 안도감과 평안함을 느꼈다.

겐타의 맨션에는 수많은 서적이 쌓여 있었다. 처음에는 그저 거치적거리는 네모난 종이 더미일 뿐이었지만 시간이 흐르면서 그중 몇 권이 렌지의 눈에 들어왔다. 낚시로 건져 올린 물고기를 번쩍 들고 활짝 웃는 남자가 표지 사진으로 올라온 책이 있었다. 바다낚시의 즐거움을 써 내려간 수필집이었다. 사진과 일러스트가 잔뜩 실려 있었다. 모르는 한자는 히사나에게 물어보았다. 때로는 히사나가 소리 내어 읽어 주기도 했다. 점점 자신의 힘으로 읽고 싶다는 마음이 들었다. 책을 통해 하나씩 지식을 얻을 때마다 예전에는 알지 못했던 능력이 쑥쑥 커 나가는 게 느껴졌다. 책을 통해 이 세계가, 이 지구가, 어떻게 성립되는지 알 수 있는 것이다. 그의 왕성한 호기심을 채워 주려고 히사나는 어느 날 사전을 들고 왔다. 초중학생 수준의 간략한 것이었지만 그 사전 덕분에 렌지의 어휘력은 비약적으로 향상했다.

렌지 안에 잠들어 있던 강한 호기심과 빠른 흡수력에 히사나는 눈이 둥그레졌다. 이따금 선생님이 되어 읽고 쓰기를 가르쳤다. 국어뿐만 아니라 역사와 수학, 물리, 화학 등, 히사나가 잘하는 분야, 그리고 렌지가 관심을 보이는 분야를 선정했다. 특히 한자는 집중적으로 연습했다. 차츰 한자에 익숙해지면서 렌지는 '읽고 싶다'라는 의지가 더욱 강해졌다. 동시에 두 사람은 그런 공부를 통해 한층 더 단단히 결속했다. 렌지는 히사나가 선생님이 될 때는 종순한 학생이 되었다. 그녀가 가르쳐 주는 세계의 조직적이고 복합적인 구조, 시간과 공간의 확장, 사랑과 도덕률 사이의 모순, 폭력과 증오의 연쇄, 역사와 인류의 진화, 문화와 문명의 차이 등을 알아 가는 것이 너무도 즐거웠다.

보통 아이들은 학교에서 이런 것을 배우는구나, 라고 실감했다. 한 교실에서 친구들과 함께 공부하는 건 어떤 느낌일까. 렌지의 물음에 히사나는 약간 난처한 얼굴을 하다가 "재미있어"라고 솔직하게 대답했다.

"근데 학교에 안 다니는 아이들도 아주 많아. 학교만이 전부는 아니야. 꼭 학교가 아니더라도 언제든 원한다면 따로 시험 쳐서 대학에 갈 수 있어. 포기하지만 않으면 얼마든지 가능해."

그렇게 격려해 주었다.

렌지는 그 의견에 귀를 기울였지만, 초등학교조차 다니지 못한 자신이 대학 진학이라니, 너무 비약한 얘기라서 현실적이 아니라고 내심 쓴웃음을 지었다.

히사나는 렌지의 강한 향학열의 이면에는 보통 아이들처럼 되고 싶다는 필사적인 바람이 숨어 있다는 것을 감지했다. 언젠가는 자신의 의지에 따라 학교에 다니게 될 거라고 예감했다. 그렇다면 기초 지식을 확실히 닦게 해 주는 게 내 역할이다. 시간의 완만한 추이 속에서 히사나는 렌지를 가르치는 것이 자신의 사

명이라고 느끼게 되었다.

긴 시간을 들여 한자를 배우는 과정에서 렌지는 그때그때 수준에 맞는 책을 골라 읽었다. 겐타가 수집해 둔 서적은 다양했다. 낚시와 여행 책이 특히 많았지만 종교와 정치, 역사에 관한 책도 첩첩 쌓여 있었다. 나카스 이외의 세계를 알아 나가는 데 그런 책들이 큰 도움이 되었다. 렌지는 그중에서도 고대의 신들에 대한 책에 주목했다. 세상 만물에 깃든 신, 자연 신앙, 정령 숭배 등에 관심을 보였다. 겐타가 열심히 읽고 메모해 둔 흔적이 남아 있는 책들이 특히 마음에 들었다.

"좀 더 필요한 건 없어?"

집에 돌아가기 전에 히사나는 매번 물어보았다.

"큰 한자 사전이 필요할 것 같아. 한자를 깊이 있게 공부하면 훨씬 더 전문적인 책도 읽을 수 있을 테니까."

렌지가 미안하다는 듯이 머뭇거리며 말했다.

"응, 알았어. 내일 또 올게."

그 말이 렌지의 마음속에 차곡차곡 쌓여 갔다. 내일 또 올게. 세상을 일절 거부하면서도 렌지는 히사나가 날마다 찾아와 주기를 간절히 원했다. 히사나와 함께하는 것이 렌지의 일상이자 일과였다.

"왜 나한테 이렇게 잘해 줘?"

렌지가 과거를 다시 떠올리며 물었다.

"학교 친구는 없어? 나한테 와 봤자 너무 따분하잖아."

말없이 미소를 지으며 히사나는 그런 렌지를 바라보았다.

"히사나, 넌 어떻게 그렇게 다정해?"

어린 시절의 렌지는 부모의 따스함이라고는 접해 본 적이 없었다. 하지만 혈육도 아닌 히사나는 그들과는 비교도 되지 않을 만큼 다정하게 대해 주었다.

"글쎄, 왤까? 나도 몰라."

히사나가 킥킥 웃으며 말했다. 렌지는 그 대답이 무척 마음에 들었다. 나도 모른다. 그 말이 진실이라고 생각했다. 인간에게는 이해를 뛰어넘은 감각이라는 게 있다. 알고 있는 지식 따위, 실제로는 그리 많지 않다. 이 세계는 그보다 훨씬 더 많은 알지 못하는 것들로 이루어져 있다. 나도 모른다, 라는 그 겸허함이 멋있게 느껴졌다. 높직이 쌓아 올린 저 책들 속에 과연 얼마나 정답이 들어 있을까. 오히려 나도 모른다, 라는 히사나의 대답 속에 진실이 잠들어 있다. 거짓 없는 정직함과 품이 넉넉한 다정함, 그리고 한없는 성의가 담겨 있다.

"난 그냥 네 곁에 있고 싶어."

"그냥 내 곁에?"

"응, 이렇게 네 곁에. 의미 같은 건 없어."

"왠지는 모른다고?"

"응, 몰라."

히사나의 얼굴에 빙그레 웃음이 번졌다. 렌지는 말할 수 없이 기쁜 감정에 휩싸였다. 얼굴에는 드러내지 않았어도 렌지 역시 그녀 곁에서는 마음이 편안해졌다. 왠지 모르지만 곁에 있고 싶었다. 히사나의 그 말은 렌지가 상상한 어떤 대답보다도 마음속을 적셔 주는 가장 올바른 정답이었다.

히사나가 물고 오는 이야기 중에서도 하카타 기온 야마카사 축제에 대한 것이 특히 흥미로웠다. 야마카사 얘기만 나오면 몸을 쓱 내밀며 귀를 기울이고 연거푸 질문을 던졌다.

"이번 신여 행사는 어땠어?"

히사나는 현장감 넘치는 표현을 위해 축제 모습을 생중계하듯이 몸짓을 섞어 가며 들려주었다.

"어때, 우리도 가 볼까? 사람 만나는 게 싫으면 내일 새벽 6시부터 아침 신여 행진을 봐도 되는데."

그때마다 렌지는 힘없이 고개를 저었지만 그래도 야마카사 축제 얘기만 나오면 반색을 했다. 하카타 돈타쿠가 아니라 오로지 하카타 기온 야마카사였다. 그의 관심을 끌기 위해 히사나는 휴대 전화를 최신으로 바꾸고 동영상 촬영에도 나섰다. 그걸 찍으려고 신여꾼을 따라 달리다가 넘어진 적도 있고 관광객과 부딪혀 혼이 난 적도 있었다. 그래도 열심히 행사 장면을 휴대 전화에 담았다. 렌지는 그 동영상을 수없이 보고 싶어 했다. 휴대 전화를 움켜쥔 채 내놓으려 하지 않았다. 한 번만 더, 한 번만 더, 라고 몇 번이고 재생을 부탁하곤 했다.

어느 날은 오래전에 지역 원로의 배려로 특별히 야마카사 신여를 타고 마음껏 나카스를 내달렸을 때의 일을 얘기하기도 했다. 두꺼비를 닮은 다카하시와 다정한 야스코, 든든한 헤이지에 대한 얘기도 술술 흘러나왔다. 렌지의 묘사는 놀랄 만큼 세세한 부분까지 선명하고 뚜렷해서 마치 사진을 보는 듯한 느낌이었다. 청년부의 도움으로 난생 처음 매 본 샅바의 감촉과 그 독특한 매듭 방법, 하카타식 샅바, 장식 신여, 인형의 역사적 의미와 모양새와 표정, 그곳에 적힌 문장, 각 마을별 행사의 루트, 신여꾼의 숫자와 누가 어떤 자리의 봉을 떠메는지, 그리고 여섯 개의 봉을 신여에 고정하기 위한 밧줄의 매듭, 두꺼비 다카하시가 가슴에 엇갈려 두른 홍백 띠에 이르기까지 그야말로 상세하게 기억하고 있었다.

히사나도 그가 들려주는 야마카사 얘기가 재미있었다. 경험한 대로 말하는 것인데도 렌지가 들려주는 야마카사 축제는 마치 공상 소설 같은 신비한 비현실감이 감돌았다. 그의 기억 속의 신여는 마치 하늘을 날아가는 것처럼 그려졌다. 신여의 봉을 떠메는 장정들은 산타클로스의 썰매를 끄는 순록이나 서부의 황야를 달리는 마차의 아름다운 갈기의 말 같았다. 나카스 좁은 골목골목을 빠른 속도로 이동하던 신여가 이윽고 길을 박차고 떠올라 우뚝 솟은 빌딩이며 네온사인이며 전봇대를 뛰어넘고 옥상과 비상계단의 층계참에서 구경하는 사람들의 놀란 얼굴을 내려다보며 수많은 신여꾼과 함께 용처럼 푸른 하늘로 휘익 솟구쳐 오른다. 으쌰 으쌰 구령 소리를 울리며 높이 올라가고 마지막에는 천공과 뒤섞여 우주의 별이 되기까지의 묘사는 압권이었다. 일곱 살 렌지의 눈에는 분명 그렇게 비쳤던 것이다.

히사나는 눈을 감고 그 공상의 광경을 상상하며 푹 빠져들곤 했다. 일곱 살 소년이 단 한 번 경험했던 일인데도 렌지는 그것을 자신의 기억 속에 영원의 이미지로 새겨 두었다. 어떻게든 밖으로 데리고 나가 실제 야마카사 축제 모습을 다시 지켜보게 해야 한다고 히사나는 결심했다. 그것만이 렌지를 세상 밖으로 불러내기 위한 유일한 방법이라고 굳게 믿었다.

열세 살 여름, 마침내 렌지를 야마카사 축제에 데려가는 데 성공했다. 낚시하러 가자고 불러내 길거리에 나선 참에 슬쩍 말을 건넸던 것이다.

"5분 뒤에 신여가 쇼와 거리를 지나갈 거야. 모처럼 나왔는데 멀리서라도 잠깐 구경해 볼까?"

그렇게 맨션에서 가장 가까운 신여 통과 지점으로 렌지를 끌고 갔다. 실제로는 5분 뒤가 아니었지만 몇 년째 집 안에만 틀어박혔던 렌지에게 기다리는 건 그리 힘들지 않다. 오히려 언제쯤, 언제쯤, 하고 간절히 기다리는 그의 마음속에 영원 같은 시간이 있었다. 오래도록 이 순간을 기대해 온 그 반짝이는 눈빛에 히사나는 깊은 감동을 느꼈다.

"어느 쪽에서 올까?"

렌지가 시선을 집중해 저 멀리 앞을 바라보며 말했다.

"아, 그럼 길 건너 쥬오 거리로 가 볼까? 훨씬 더 가까이에서 볼 수 있어."

두 사람은 큰길을 건너 나카스 중심부로 들어섰다. 관광객들이 이미 진을 치고 있었다.

"히사나, 저거 봐, 저거!"

렌지가 흥분한 기색으로 팔을 뻗어 가리켰다.

"천 양동이가 있지? 저건 신여가 이곳을 지나간다는 증거야."

"그걸 어떻게 알았어?"

"저 양동이 안의 물을 청년들이 번쩍 들고 신여를 향해 뿌릴 거야. 정수라는 것인데 그 물이 허공을 날아서 열이 바짝 오른 신여꾼들을 식혀 주는 거야."

"자세히도 아는구나."

"그리고 정수의 비말이 신여꾼들에게 기합을 넣는 역할을 하기도 해."

렌지는 땀을 닦아 가며 열심히 설명해 주었다. 히사나는 미소를 지으며 그의 해설에 귀를 기울였다. 오랜만에 열을 올리며 많은 말을 쏟아내는 렌지의 들썽들썽한 모습이 히사나는 흐뭇하기만 했다.

잠시 뒤 멀리서 장정들의 구령 소리가 들렸다. 목을 빼고 기다리던 관광객들이 경쟁하듯이 좀 더 잘 보이는 자리로 쏠리기 시작했다. 선발대로 달리던 신여꾼이 "위험합니다, 물러서세요"라고 큰 소리로 주의를 주었다. 신여가 이제 곧 도착한다는 신호였다. 청년들이 뛰쳐나와 길가에 놓인 천 양동이를 들고 두 발을 버티며 우뚝 섰다. 샅바 아래로 건장한 다리가 바닥을 향해 뻗어 있었다. 검은 장화는 바닥을 묵직하게 짚었다. 그 직후 으쌰 으쌰 하는 소리가 어디에서랄 것도 없이 들렸다. 땅울림처럼 우렁찬 소리였다. 렌지의 손이 파르르 떨렸다. 눈을 부릅뜨고 입을 꾹 다문 채 길 끝을 응시하고 있었다. 그러자 신여가 저만치 사거리 모퉁이를 돌아 불쑥 시야에 출현했다. 렌지의 흥분이 정점에 달했다. 신여가 바로 눈앞을 지나갔다. 양동이의 물이 힘차게 흩뿌려져 상공에 무수한 빛 방울을 만들었다. 참을 수 없었는지 렌지가 몇 걸음 썩 내딛으며 큰 소리를 질렀다.

"으쌰! 으쌰!"

히사나는 흠칫 놀랐지만 그 달궈진 흥분을 보며 행복한 감격에 젖었다. 렌지의 빛나는 눈동자에 희망이 남아 있었다. 그것은 참으로 아름다운 삶의 광채였다. 됐어, 라고 히사나는 생각했다. 이제 괜찮아.

그리고 열세 살의 그날을 경계로 어른 키만큼 자란 렌지는 다시금, 하지만 경계심 가득한 채로 한밤중의 어둠과 소란스러움에 몸을 숨기고 바깥 세계로 조금씩 발을 내디뎠다.

렌지는 가장 먼저 야스코의 식당 '데노고이'를 찾아갔다. 개점 전 가게 안에서 칠십대 중반에 접어든 그녀가 혼자 묵묵히 준비를 서두르고 있었다. 부쩍 커 버린 렌지를 야스코는 처음에는 알아보지 못했다.

"미안합니다, 아직 가게 열 준비가 안 됐어요."

문 앞에 우뚝 선 채 돌아가지 않는 젊은이에게 그녀의 시선이 멎었다. 젊은이는 미소를 짓고 있었다.

"오래간만입니다. 저, 알아보시겠어요?"

야스코는 저도 모르게 들고 있던 빗자루를 놓아 버렸다.

"아아, 내 고양이, 내 고양이가 돌아왔구나!"

야스코의 떨리는 목소리에 렌지는 긴장했던 얼굴이 풀리며 환하게 웃었다.

헤이지는 후계자가 없던 다카하시의 요정에 처음에는 평범한 요리사로 들어갔다. 나카스에서 규모로 일이 위를 다투는, 서른 명이 넘는 요리사가 일하는 노포 요정이다. 헤이지는 튀김 담당에서부터 시작했다. 그러다가 다카하시 사장의 강한 의향에 따라 바로 이듬해에 후계자로 지명을 받고 경영진에 이름을 올렸다.

헤이지는 야스코가 데려온 렌지를 보고 잠시 할 말을 잃었다. 자신보다 키가 훌쩍 커 버렸다. 말을 듣고 보니 예전 얼굴이 보였지만, 만일 길에서 스쳤다면 분명 알아보지 못했을 것이라는 말이 저절로 튀어나왔다. 그는 반가움에 렌지를 덥석 끌어안았다. 야스코도 헤이지도 그새 나이를 먹었지만 인품도 풍모도 옛날 그대로였다.

"다카하시 회장님은 작년에 돌아가셨어."

헤이지가 다정한 표정 그대로 뜻밖의 부보를 건넸다. 렌지는 놀랍고 안타까워서 눈을 질끈 감아 버렸다. 벌써 9년의 세월이 흘렀으니 어쩔 수 없는 일인지도 모른다. 신여 앞자리에 앉아 지휘 줄을 휘두르던 건장한 두꺼비 다카하시의 모습이 뇌리를 스쳤다. 야스코가 눈물을 글썽이며 중얼거렸다.

"세월이 야속할 뿐이지."

헤이지가 렌지의 눈을 들여다보며 물었다.

"이제 몇 살이 된 거야?"

"열여섯 살이에요. 이제 곧 열일곱입니다."

"아이구, 벌써 그렇게 됐어?"

옆에서 야스코가 친척 할머니처럼 기특해했다. 자신을 이토록 반가워하는 사람들이 이곳에 있다고 생각하니 렌지는 가슴이 뭉

클했다.

“그래서 요즘은 어떻게 지내지?”

“호스트로 일하고 있습니다.”

“여기 나카스에서?”

“네.”

“오, 그렇다면 내년에는 신여를 떠메야겠네.”

“엇, 정말로요?”

“물론이지. 이제 회장님의 뒤를 이어 내가 총무를 맡았거든.”

렌지는 너무 기뻐서 헤이지와 야스코를 향해 깊숙이 머리를 숙였다.

2016년 12월

모두가 바쁘게 돌아가는 연말, 나카스에 눈이 내리고 소리도 없이 쌓여 갔다. 이 지역이 흰 눈에 뒤덮이는 일은 드물다. 맨션으로 향하는 길에 히사나는 예쁜 경치에 발을 동동 굴렀다. 겨울 햇살이 눈가루에 반사해 덧없는 아름다움이 여기저기서 요정처럼 반짝였다.

이제 곧 렌지는 열일곱 번째 생일을 맞이한다. 히사나도 똑같이 열일곱 살이다. 두 사람은 오누이처럼 한 공간에서 시간을 보내 왔다. 하지만 그 이상도 이하도 아닌 묘한 관계였다. 히사나는 이따금 렌지가 자신을 어떻게 생각하는지 궁금해지곤 했다. 사춘기도 지나고 두 사람은 이미 성인 남녀의 몸을 갖고 있었다. 하지만 렌지가 곁에 있는 히사나를 이성으로 의식하며 바라보는 일은 없었다. 그녀 곁에서는 안심감을 느꼈지만 애정이라는 감정을 품은 적은 없었다. 애초에 그게 무엇인지도 알지 못했다.

히사나 쪽은 희미하나마 연정 비슷한 것을 품었다. 하지만 렌지가 어떤 행동에도 나서지 않으니 그녀도 전혀 그런 마음을 드러내지 못했다. 그 연정은 어쩌면 처음 만난 순간부터 눈처럼 조용히 내리쌓인 것인지도 모른다. 그동안의 모든 일이 하얗게 뒤덮여 두 사람이 살아가는 세계가 덧없는 아름다움으로 빛났다. 일곱 살 때 만나 지난 십 년 동안 히사나의 마음속에는 항상 렌지가 있었다. 그녀의 가슴과 둔부가 부풀어 부드럽고 유연한 몸이 된 지금, 무의식중에 그 감정은 의식 속에서 더욱더 커 나갔다. 그리고 어떤 존귀한 환상을 만들어 내기에 이르렀다. 그건 우정과는 다른 것이라고 요즘 비로소 자각했다. 렌지와 함께 있을 때만 느껴지는 감정, 행복감 위에 내리쌓이는 눈처럼 언제 어느 때 가뭇없이 사라질지 모르는 덧없이 아름다운 사랑이었다.

렌지가 바깥 세계로 나와 준 것은 반가웠지만, 혹시 다른 누군가에게 빼앗기는 건 아닌지 히사나는 요즘 조마조마한 마음이었다. 주점 아르바이트 같은 일이라면 그나마 괜찮지만, 호스트 클럽이라는 데는 어떤 곳일지 상상하기가 쉽지 않았다. 은근히 애를 태우며 밤늦도록 잠들지 못하는 날이 많아졌다.

겐타는 한참 전에 히사나에게도 따로 맨션 열쇠를 내주었다. 렌지가 집 안 청소에 소홀한 것 같으니 이따금 찾아가 거들어 달라고 부탁한 것이었다. 겐타의 맨션은 어느새 렌지의 물건들이 하나둘 불어났다. 히사나가 자주 드나들자 겐타는 자기 집인데도 점점 더 접근하지 않았다. 뭔가 필요할 때는 우편함에 '톨스토이, 전쟁과 평화'라는 식으로 메모지를 넣어 두면 렌지나 히사나가 챙겨다 주었다. 그가 수집한 책들은 점점 복도로 밀려나고 개인 물품은 장롱 속으로 들어갔다. 반대로 히사나가 날마다 들고 오는 다양한 물건들, 렌지의 덤벨과 요가 매트, 만화책, 게임기, 옷가지 등이 집 안을 점거했다. 그런 물건을 정리하고 관리하는 것도 히사나의 역할이었다. 그녀는 또 하나의 집에서의 일들이 너무도 즐거웠다. 겐타는 얼굴조차 기억나지 않는 아빠의 대역이고, 렌지는 오빠나 남동생, 때로는 미래의 남편이었다.

유일한 불만은 렌지가 자신을 어떻게 생각하는지 도통 알 수 없다는 점이었다. 좀 더 어릴 때라면 이런 관계도 괜찮았지만, 여성으로서 자각이 싹튼 열여섯 살 소녀에게는 한 지붕 밑에서 그의 시야에조차 들지 못한다는 게 괴롭기도 했다.

히사나는 호스트 클럽에 대해 몰래 검색해 보았다. 유튜브로 관련 영상을 확인하고 호스트가 주인공으로 등장하는 TV 드라마도 훑어보았다. 영상으로 보는 접객 장면은 소녀의 질투심을 부채질하기에 충분했다. 눈을 깜빡이는 것도 잊고 화면을 뚫어져라 보면서 여자 손님에게 술을 따르는 요즘 젊은 남자들에게 혼자 크게 분개했다.

크리스마스이브에는 호스트 클럽 일이 바쁘다고 부루퉁하게 말하는 바람에 히사나는 일단 꾹 참았다가 다음 날 낮에 선물과 케이크를 들고 맨션으로 갔다. 손수 짠 머플러를 아직 침대에서 자고 있는 렌지의 목에 둘러 주었다.

"응? 이거 뭐야?"

"크리스마스 선물."

머플러에 얼굴을 묻으며 렌지는 작은 목소리로 고마워, 라고 말하고는 다시 잠들어 버렸다. 렌지는 옷을 입은 채였다. 뭔가 냄새가 났다. 히사나는 침대에 올라가 네 발을 짚고 그의 몸에 코를 대고 개처럼 킁킁 냄새를 맡았다. 여자 향수 냄새인가? 엄마가 쓰는 향수와 비슷한 냄새라고 히사나는 생각했다. 간밤에 누군가 렌지를 끌어안았던 게 틀림없다. 이만큼 냄새가 밸 정도면 어지간히 친한 사이가 아닐까. 룸살롱 마담처럼 돈 많은 여자, 그리고 남자를 밝히는 여자인가.

이런저런 망상을 하는 사이에 히사나는 부아가 났다. 머릿속에 그리 좋지 않은 영상이 떠올랐다가 사라지고 다시 떠올랐다. 너무 괴로워서 한숨이 새어 나왔다. 자신이 짠 머플러를 목에 두르고 렌지는 태평하게 쿨쿨 자고 있었다. 히사나의 작은 가슴이 부글부글 끓고 어떻게도 분노를 진정시킬 수가 없었다. 저도 모르게 렌지의 엉덩이를 따악 내리쳤다.

"아얏, 왜, 왜 그래?"

"렌지, 누군가 좋아하는 사람 있어?"

히사나는 솔직하게 질문을 던져 보았다.

"아니, 없는데?"

렌지의 대답은 히사나를 한층 더 실망시켰다.

"누구를 좋아해 봤자 별 볼 일 없어. 괜히 번거롭기만 하지."

"누군가를 만나고 서로 사랑한다는 건 너무 멋진 일이야. 이 세상 수많은 사람들 중에서 단둘이서만 마음이 통하는 거라고. 인간으로 태어나 가장 대단한 일이란 말이야."

"아니, 전혀. 나는 어떤 사람도 사랑할 수 없어."

히사나는 대꾸할 말이 없었다.

"사람이 죄다 미운 거야?"

렌지의 미간이 꿈틀거렸다. 별수 없다는 듯 자리에서 일어나 기지개를 켰다.

"미워하고 말 것도 없어. 그냥 아무 기대도 안 하는 것뿐이지."

렌지는 문득 히사나의 얼굴을 들여다보았다.

"히사나, 넌 어떻게 사람을 믿을 수 있지? 사랑이라는 말, 난 진짜 모르겠더라. 사랑이란 게 대체 뭐야? 사랑한다면서 그 사랑으로 남을 죽이기도 하잖아. 사랑한다면서 태연히 거짓말도 하잖아. 사랑받은 적이 없어서 그런지 난 정말 모르겠어. 사랑이란 거, 그냥 구역질이 날 만큼 속이 메슥거려. 하지만 인간이나 이 세계를 미워한다는 건 아니야. 삐딱하게 보는 것도 아니고 원망하는 것도 아니고. 그냥 좋아지지 않는 것뿐이야. 죄다 거짓말 같아. 다들 입에 발린 소리들만 하잖아."

히사나는 절망적인 기분이었지만 렌지의 말도 일리가 있었다. 결국 괴로워져서 눈을 질끈 감아 버렸다. 자신이 렌지를 보살펴 온 지난 십 년은 대체 무엇이었는지, 알 수가 없었다. 어떤 날에도 그를 걱정하고 먹을 것을 챙기고 감기에 걸리면 옆에서 돌봐 주었다. 내가 그에게 해 온 일들이 단지 거짓말로 뭉쳐진 사랑이라는 것인가. 렌지의 그런 생각은 희망이라고는 없이 오로지 절망적이어서 맥이 빠져 버렸다. 히사나는 침대 위에서 렌지에게 등을 돌려 버렸다. 울고 싶었지만 울면 지는 거라고 생각하며 꾹꾹 참았다.

"그럼 호스트 클럽은 어떤 곳이야? 여자들이 젊은 남자를 원하는 곳?"

히사나는 연거푸 물었다. 아니지, 라고 렌지가 반론에 나섰다.

"여자들이 공주님이 되는 곳이야."

히사나는 엄마가 귀여운 공주 옷을 차려입고 머리에는 티아라를 꽂은 모습을 상상하고 저도 모르게 웃음이 터져 버렸다. 다시 몸을 돌려 렌지의 얼굴 앞에 바짝 다가가 캐물었다.

"돈 많은 아줌마가 너 좋아한다고 유혹하기도 해?"

렌지는 눈을 감은 채 응, 하고 대답했다. 히사나는 화가 나서 입이 툭 튀어나왔다.

"좋아한다고 직접 얘기한 적도 있고?"

"당연히 있지, 그게 내 일인데. 그런 말도 못 들으면 호스트로서 실격이야."

나는 왜 이런 한심한 녀석을 내팽개치지 못할까, 라고 히사나는 분개했다. 자신이 알지 못하는 렌지가 그곳에 있었다. 너무도 경박하고 꼴사나울 만큼 해학적이어서 실망감이 밀려왔다. 더 이상 질문조차 할 수 없었다. 혹시 누군가 좋아하는 여자가 있는 걸까.

렌지는 하품을 꾹 참는 얼굴로 말했다.

"아, 내가 좋은 거 보여 줄게."

그러고는 침대에서 내려섰다.

"뭔데?"

렌지가 침대 매트 아래 손을 찔러 넣더니 비닐 봉투를 끌어냈다. 어쩌면 크리스마스 선물일지도 모른다는 기대감에 히사나는 바짝 긴장했다. 지레짐작일지도 모른다. 하지만 크리스마스인데, 라고 생각하니 저절로 입가가 빙그레 풀어지고 시선은 렌지의 손을 따라갔다. 그가 봉투를 쑥 내밀어 히사나에게 안을 보여 주었다. 히사나는 저도 모르게 비명을 질렀다. 그건 권총이었다.

"어디서 난 거야, 이거?"

"예전에 아버지가 어디선가 가져와 집에 감춰 뒀던 거야."

히사나는 깜짝 놀라 입이 떡 벌어졌다. 태어나서 처음 본 권총은 TV에서 봤던 것처럼 멋진 물건이 아니라 압도적인 박력과 위압감을 가진 죽음 덩어리처럼 보였다. 등이 오싹할 만큼 무서웠다.

"전에 살았던 상가 빌딩이 어떻게 됐는지 마음에 걸려서 3년 전쯤인가, 히사나가 학교에 간 틈에 마음을 굳게 먹고 가 봤어. 그런 끔찍한 사건이 일어났던 곳이니까 물론 무서웠지. 근데 왠지 자꾸만 가 보고 싶었어. 내 방이 있었거든. 그곳이 어떻게 변했는지 확인하고 싶었어. 게다가 그 근처는 내 기억 속에 새겨진 장소였으니까. 근데 놀랍게도 아직 철거하지 않고 남아 있더라. 책상이며 의자는 사라졌지만, 휑한 방 자체는 그대로 남아 있고 벽의 구멍 속에 숨겨 둔 이것도 그 자리에 그대로 있었어."

"이런 건 파출소에 가져갔어야지."

"왜?"

"아니, 권총은 위법이잖아. 이러다 잡혀가는 거 아냐?"

"내가 호적이 없어서 금세 석방될걸?"

"뭐야?"

히사나는 킥킥 웃는 렌지의 눈을 멍하니 바라보았다.

"여기는 나카스야. 풀덤불에 이런 게 떨어져 있어도 아무도 놀라지 않아."

히사나가 설마, 하고 고개를 저었다. 농담이야, 라고 렌지는 소리 내어 웃었다.

"하지만 이게 나카스국의 중요한 무기가 될 거야. 외국에서 공격해 올 때 반격할 수 있잖아."

"그건 안 되는데……."

히사나는 검게 번득이는 강철 무기를 보며 반론에 나섰지만, 뒤를 이을 말이 미처 정리가 되지 않아 결국 꿀꺽 삼켜 버렸다.

"아, 그리고 이거."

렌지가 다시 두툼한 종이봉투를 꺼내 내밀었다.

"히사나 계좌에 이것 좀 넣어 주면 안 될까?"

"내 계좌에?"

렌지가 봉투를 열자 돈다발이 얼굴을 내밀었다.

"나는 호적이 없어서 통장도 만들 수 없어."

그러고는 만 엔짜리 지폐를 몇 장 빼내더니 히사나의 손에 쥐여 주었다.

"이건 크리스마스 선물이야. 네가 사고 싶은 거 사."

예전에 임시 수입이 생겼을 때 마사카즈가 했던 짓을 그대로 따라한 것이다. 만 엔짜리 지폐를 쥐여 주면 신이 나서 좋아했던 아카네의 얼굴을 머릿속에 떠올렸다. 하지만 히사나는 전혀 다른 반응을 보였다. 눈빛이 매서워지더니 몸을 파르르 떨면서 "이건 아니지!"라고 소리쳤다.

"말도 안 돼, 대체 뭐 하는 짓이야!"

험악한 표정으로 작은 주먹을 쥐고 렌지에게 덤벼들었다. 왜 화를 내는지 알 수 없었다. 히사나는 그대로 몸을 날려 렌지의 품에 폭 안기는 모양새가 되었다. 그 무게에 렌지는 뒤로 벌렁 넘어졌다. 그렇게 품에 안긴 채 한참을 떨어지지 않았다. 어떻게 해야 좋을지 몰라 히사나의 어깨를 껴안아 주지도 못하고 두 팔을 축 늘어뜨린 채 렌지는 열대어의 눈으로 천장을 올려다보았다. 히사나의 눈물이 목젖을 적셨다. 좋은 마음으로 한 일인데 왜 우는지 렌지는 이해할 수가 없었다.

2017년 1월

뼛속까지 얼어붙을 듯 차가운 한밤중이었다. 토해 내는 입김은 허옇고 들이쉬는 공기는 콧구멍에 쩍쩍 달라붙었다. 히비키는 밤 순찰 중에 한 청년과 마주쳤다. 그는 골목길에서 불쑥 뛰쳐나왔으면서도 태연한 척하면서 히비키 옆을 그대로 지나쳤다. 얼굴을 확인하려고 급히 돌아봤는데 청년은 교통량이 많은 메이지 거리, 게다가 신호등이 없는 곳을 도주하듯이 건너가 버렸다. 오카다 순경과 함께 순찰 중이었지만 히비키는 급거 행동에 나섰다.

"마음에 걸리는 게 있어. 나 먼저 갈게."

오카다를 남겨 두고 청년의 뒤를 쫓아가기로 했다.

"경사님, 어디 가세요? 나는 어떻게 하면 됩니까?"

뒤쪽에서 오카다가 목소리를 높였지만 히비키는 못 들은 척하고 영화관이 있는 맞은편을 향해 차량을 피해 가며 도로를 전속력으로 횡단했다. 급정지한 차량 운전자가 요란하게 클랙슨을 울렸다. 하지만 무단 횡단한 자가 경찰인 것을 보고 깜짝 놀란 얼굴을 했다. 뒤따라 달려오다 운전자와 시선이 마주친 오카다가 긴급 사태인 척하며 수신호로 정체된 차들을 보냈다.

렌지인 듯한 청년은 노래방과 영화관 사이의 인적 없는 골목길로 들어가 그다음 모퉁이에서 나카강 쪽으로 우회전했다. 히비키는 전속력으로 뛰어 나카강 강변길로 나갔지만 청년은 이미 보이지 않았다. 둘레둘레 주변을 둘러보는데 저쪽 차량 뒤편에서 불쑥 튀어나온 검은 그림자가 다시 골목길로 사라지는 게 시야에 잡혔다. 렌지인지 아닌지 확신하지 못한 채 히비키는 발길을 돌려 다시 추적에 나섰다.

"에잇."

1월 추위에도 한밤중의 쥬오 거리는 사람들로 북적거려 마음먹은 대로 이동할 수 없었다. 더 이상 렌지를 찾고 말고 할 상황이 아니었다. 사거리 한가운데서 히비키는 발을 동동 굴렀다. 하지만 이대로 포기할 생각은 없었다. 눈앞에 예전에 렌지를 여러 번 목격했던 데아이바시 거리가 펼쳐졌다. 어쩌면 그 근처를 본거지로 삼고 있는지도 모른다고 짐작하고 하카타 거리까지 주위를 살펴보며 달려갔다. 한겨울 나카스는 꽁꽁 얼어붙어 강가로 나가자마자 차가운 바람이 뺨을 후려쳤다. 추위 때문에 눈을 뜨기 힘들어 시야가 좁아졌다. 얼어붙은 바람에 귀에 들어오는 소리마저 멀어지고 자신의 헉헉거림만 들려왔다. 두개골 안쪽을 울리는 숨소리를 들으면서 히비키는 하카타 거리를 남북으로 왕복했다. 맞은편 언덕의 식당가에서 흘러나온 불빛이 하카타강 수면에 주렴처럼 빛의 띠를 드리우고 가만가만 흔들렸다. 히비키는 하카타 다리 중간쯤에 서서 몸을 숙여 강물을 내려다보며 나는 왜 이렇게 그 아이를 열심히 찾아다니는 건가, 하고 스스로에게 물었다. 피의 흐름마저 둔해졌는지 세상의 색채가 옅어지고 흑백의 적막한 풍경이 펼쳐졌다. 고막이 움츠러들어 주위의 소리가 더욱더 위축되었다. 토해 내는 입김만 하얗게 긴 띠를 그리다가 차가운 공기 속으로 서서히 사라졌다.

"어휴, 더 이상은 못 찾겠다."

히비키는 마침내 포기하고 내뱉듯이 혼잣말을 중얼거렸다.

이제 그만 파출소로 들어가자고 발길을 돌린 순간, 다리 저 끝에 서 있는 렌지가 눈에 들어왔다. 벌써 한참 전부터 그곳에 있었는지 침착한 태도로 이쪽을 보고 있었다. 히비키는 당황해서 멀뚱히 서 버렸다. 그리 가깝지 않은 거리였지만 이번에야말로 놓칠 수 없다. 스스로를 격려하며 렌지 쪽으로 신중하게 걸음을 옮겼다. 마치 망령의 부름을 받은 듯한 느낌으로 한 걸음 한 걸음 확인하면서.

"순찰 중이세요?"

렌지가 던진 그 말에 갑작스럽게 히비키의 고막에 나카스의 소란이 되살아나고 시야에 색채가 돌아왔다. 눈앞에는 오래전 그날의 소년이 청년이 되어 나타나 있었다.

"렌지, 역시 너였구나."

히비키는 소년 시절의 렌지를 다시 떠올렸다. 키는 못 알아볼 만큼 훌쩍 자랐지만, 검은 눈빛의 심도와 순도는 그때 그대로였다. 단지 어딘가 사람을 곁에 붙여 주지 않는 듯한 분위기가 더해져 있었다.

"지금 몇 살이야?"

"이제 열일곱 살이 됐어요."

오래전 그날, 본서에 들어온 신고를 받고 나카스 파출소의 경찰들이 가장 먼저 현장에 달려갔었다. 신고자는 렌지의 부친 마사카즈와 함께 있었던 호스티스였다. 하카타 경찰서에서 본대가 도착하기 전의 잠깐 사이에 히비키를 비롯한 나카스 파출소 경찰들은 사건 현장을 보존하는 임무를 맡았다. 피투성이가 되어 쓰러진 마사카즈 옆에 어린 렌지가 우두커니 서 있었다. 경찰이 도착하기 전까지 그렇게 아무것도 못한 채 곧 숨이 넘어가려는 아빠 마사카즈를 지켜보고 있었던 것이다. 곧이어 경찰차와 구급차가 줄줄이 도착하고 현장은 소란스러워졌다. 히비키는 소년의 어깨를 껴안아 구급차로 데려갔다. 아이는 눈조차 깜빡이지 않았다. 멍하니 열대어의 눈으로 밤하늘만 응시하고 있었다. 영락없이 어린애 마네킹 같았다.

"나카스로 돌아온 거야?"

주마등처럼 흘러가는 과거를 밀쳐내며 히비키가 물었다.

"경찰 아저씨, 그건 내가 할 말이죠. 나는 벌써 한참 전부터 나카스에 있었거든요?"

"진짜? 한참 전부터 여기 있었어? 가족은? 그때는 하루요시 외가에 있었잖아."

렌지는 쓴웃음을 지으며 아니라고 고개를 저었다.

"내내 여기에 있었어요. 잠시 엄마를 따라 나카스를 떠났지만 겨우 2년 정도예요. 엄마와 함께 살기가 힘들어서 열 살 때 다시 여기로 돌아왔죠. 그때부터 내내 나 혼자 살았어요."

"그때부터 내내 혼자였다고? 열 살 아이가 나카스에서 혼자 살았다니, 부모도 없이 어떻게?"

"어떻게든 살았으니까 지금 여기에 있겠죠."

렌지는 웃음기 없이 진지하게 말했다. 히비키는 대꾸할 말을 찾아봤지만 생각이 자리를 잡지 못한 채 목젖만 울리다가 사라졌다.

"아저씨는 그 파출소로 다시 오신 모양이네요. 어때요, 다시 나카스로 발령이 나서 좋았어요? 여기, 뭔가 달라졌어요?"

말을 마치고 입가를 풀며 렌지는 빙그레 웃었다. 히비키는 어금니를 악물었다. 다시 돌아온 것에 불만을 품었던 자신의 속내를 들켜 버린 느낌이었다.

"앞으로도 여기 나카스에서 살 생각이야?"

"네, 물론이죠."

"바깥 세계로 나가는 것도 좋잖아. 넓은 세계를 겪어 보면 삶이 달라질지도 몰라."

그러자 렌지가 소리를 내어 웃었다.

"그럼 아저씨는 왜 이런 좁은 섬으로 다시 돌아오셨어요?"

히비키는 말을 꿀꺽 삼켰다.

"넓은 세계라고 해 봤자 별것도 없어요."

렌지가 단언하듯이 말을 이어 갔다.

"세계, 세계, 하고 떠들면서 다들 밖으로만 나가고 아무도 제

발밑은 보려고 하지 않죠. 자기 자신도 모르면서 외국이니 세계니 가벼운 동경심만으로 떠드는 거예요. 실은 여기 이곳 나카스에 세계가 있는데 말이에요. 거의 모든 사연이 이곳에 다 있어요."

부쩍 커 버린 렌지의 말이었다. 히비키는 그다음 말을 꺼내지 못하고 멀거니 서 버렸다. 북풍이 불어와 뺨을 저미듯이 후려쳤다. 렌지는 하카타가와 강변길을 향해 걸음을 옮겼다. 히비키는 그런 그를 불러 세우지도 쫓아가지도, 그리고 움직이지도 못하고 그 자리에 우두커니 서서 멀어져 가는 청년을 지켜보았다.

히비키는 어린 렌지가 어떻게 이 나카스에서 여태까지 혼자 살 수 있었는지 의아하기만 했다. 겨우 일곱 살이었다. 한동안은 엄마 밑에서 지냈다지만 다시 혼자 나카스로 돌아와 지금까지 학교와도 사회와도 담을 쌓은 채 살아 냈다는 것에 당혹감을 느꼈다. 열 살에서 열한 살의 어린 시절, 혹은 열두 살에서 열세 살의 다감한 시기에 어디서 어떻게 뭘 먹고 무엇을 의지하며, 그리고 이를테면 이런 추운 겨울을 넘기며 살아왔을까. 그게 과연 가능한 일인가. 애초에 어디서 잠자리를 해결했을까. 끼니 정도는 나카스 사람들이 챙겨 주었다고 해도 개나 고양이도 아니고 이

도회지에서 미성년에 호적도 없는 아이가 벌써 몇 년을 버텨 냈다니.

히비키는 12년 전, 구청에 찾아갔을 때가 생각났다. 초등학교 은사였던 가와모토 교감 선생님의 배려로 나카스 학군의 하카타 초등학교가 그를 받아 주기로 했었다. 하지만 그 기쁜 소식도 끔찍한 폭력 사건 때문에 취소되고 말았다. 그 뒤로 렌지는 행방이 묘연해졌고 자신은 기동대로 이동 발령을 받았다. 어쩌면 나카스를 떠나는 것을 핑계로 렌지 문제를 내팽개치고 도망쳤던 것인지도 모른다. 그 당시 자신의 심정을 떠올리며 히비키는 지금이라도 늦지 않다고 생각했다. 여태껏 호적도 없이 혼자 살아온 미성년자에 대한 것을 세상에 알리고, 보통 사람다운 생활을 할 수 있도록 행동에 나서야 한다고 새삼 마음을 다졌다.

며칠 뒤, 연인 나쓰키에게 상담했다. 그녀는 보육사가 되기 전에 짧은 기간이나마 민간 육아 지원 프로그램에 참가한 경험이 있었다. 무호적 아동에 대한 심포지엄을 담당한 것을 계기로 이 문제에 깊은 관심을 가졌다. 히비키는 그녀와 함께 어떻게 하면 렌지에게 호적을 만들어 줄 수 있을지, 다시 알아보기로 했다.

"무엇보다 큰 문제는 바로 그 엄마야."

나쓰키가 말했다.

"어린애가 7년씩이나 혼자 살았다니, 이건 호적 문제 이전에 엄청 이상한 일이지. 그 부모는 왜 아이를 방치해 두지? 말이 안 돼. 아이가 집에 없으면 부모는 당연히 경찰에 신고를 했어야지. 친자식을 그렇게 방치하다니, 이건 범죄야. 우선 아동종합상담센터에 이런 사정을 다시 전달하고 분명한 조치를 해 달라고 요구해야 하지 않을까? 부적합 부모로 판정이 나면 친척 집이나 아동 시설처럼 적절한 환경에 맡기든지, 뭔가 응당한 조치가 내려질 거야. 하긴 이제 열일곱 살이면 아동 시설에 들어가기도 힘들겠네. 어쨌든 이건 제삼자인 히비키 씨가 직접 나서기보다 정부기관에서 행정적인 조치를 취해야 할 일인 것 같아."

둘이 똑같이 쉬는 날에 후쿠오카 법무국 호적과에 찾아갔다. 창구 공무원은 히비키와 나쓰키의 얘기에 진지하게 귀를 기울여 준 뒤에 말했다.

"그게 사실이라면 중대한 문제군요."

그리고 이어진 그의 말이 놀라웠다.

"하지만 무호적이라고 반드시 무국적인 것은 아니에요."

"그래요?"

히비키가 반사적으로 되물었다.

"부모는 둘 다 일본인이라고 하셨지요? 그렇다면 그 아이는 일본 국적을 갖고 있어요. 국적법 제2조에 따라 출생과 동시에 국적이 주어지니까요."

"좀 더 자세히 설명해 주실 수 있을까요?"

나쓰키가 옆에서 물었다.

"그 아이는 호적이 없으니 공적으로는 존재하지 않는 아이지요. 하지만 실제로 두 분이나 그 밖에 나카스에 사시는 분들이 그 아이의 존재를 알고 있습니다. 이를테면 후쿠오카시 아동종합상담센터 분들도 그렇고요. 즉 그 아이는 무호적 아동이지만 이제라도 부모가 신고만 하면 해당 관청에서 그의 존재를 파악하고 주민으로 등록해서 존재하지 않는 아이가 아니게 될 겁니다. 의무 교육을 받을 나이라면 서류가 발송되고, 그 나이를 지난 경우에도 중도 입학할 만한 학교 등을 찾아 줄 거예요. 학군에 따라서는 '무호적'이라도 주민 등록을 발행해 주는 경우도 있고요. 요즘은 예전과는 달리 상당히 폭넓게 받아들이고 있거든요. 뭔가 사정이 있어서 부모가 출생 신고를 하지 않는 바람에 무호적이 된 이 아이의 경우에도 당연히 방치해 두면 안 되는 케이스예요. 그 아이가 처한 환경에 대해 우선 센터에 상담해 보시는 게 좋겠습니다."

"국적을 가질 수 있다고요? 죄송하지만 무슨 말씀이신지 잘 모르겠어요."

히비키가 다시 질문했다.

"국적을 가질 수 있고 없고가 아니라 이미 국적이 주어져 있어요. 부모가 일본인이니까요. 단지 호적이 없어서 국적을 증명할 만한 서류가 없다는 것뿐이지요."

"아, 그렇군요."

나쓰키가 고개를 끄덕였다.

"현재 가장 큰 문제는 부모가 무호적 자녀의 존재를 공식화하기를 원치 않는다는 점입니다. 그러니까 부모를 설득해 출생 신고를 하도록 하는 게 선결 문제예요. 부모가 일본인이라는 명백한 자료와 아이와의 관계를 밝힐 수 있는 서류만 제출한다면 호적을 취득하는 수속은 가능합니다."

결국 다시 처음으로 돌아갔다. 호적을 갖기 위해서는 아카네를 찾아내 반드시 설득해야 하는 것이다.

밤늦은 시각, 나카스의 큰길과 마주한 사거리에 어린아이가 혼자 서 있었다. 출근하던 길에 렌지가 그 아이를 알아보고 멈춰 섰다. 편의점 불빛을 받으며 서 있는 아이 앞을 어른들이 지나쳐 갔다. 그 모습은 렌지 자신의 환영처럼 보였다. 아이는 고개를 돌려 열대어 같은 눈으로 주위를 둘러보았다. 대체 뭘 찾고 있을까, 라고 렌지는 생각했다. 그 무렵의 자신도 항상 뭔가를 찾고 있었다. 그건 어쩌면 행복한 가정이었는지도 모른다. 혹은 또래 아이들이 다니는 선망의 학교. 호적을 가진 또 하나의 자신이었는지도 모른다. 항상 호기심과 불안과 외로움을 달고 다녔다. 아이가 길을 오고가는 어른들을 올려다보았다. 그 눈동자 속에 거리의 불빛이 비쳤다. 저 아이에게도 분명 사연이 있는 게 틀림없다고 렌지는 짐작했다.

술 취한 회사원들이 아이를 발견하고 의아한 듯 다가갔다. 한 사람이 허리를 숙이고 어디서 왔느냐, 엄마는 어디 있느냐고 묻고 있었다. 아이는 뒷걸음질을 치며 미간을 찌푸렸다. 길 잃은 아이 아니야? 경찰에 신고할까? 저쪽에 파출소가 있었는데? 됐어, 순찰하는 경찰이 어련히 잘 알아서 할까…….

얼른 달려가 아이의 어깨를 안았다. 회사원들이 렌지를 쳐다보았다. 미안합니다, 라고 사과하자 그들은 괜찮아, 괜찮아, 라고 다시 왁자지껄 떠들면서 걸음을 옮겼다.

"얘, 여기서 뭐 하고 있어?"

"엄마 기다리고 있어."

아이는 환한 불빛의 편의점을 슬쩍 돌아보며 말했다.

"엄마가 언제쯤 오신다고 했는데?"

"나도 몰라. 날마다 깜깜할 때 와."

"엄마는 어디서 일하지?"

"저기 저 길 건너에서. 아저씨들한테 술 따라 주는 거."

"아빠는?"

"없어. 죽었어."

렌지는 놀라서 아이의 얼굴을 들여다보았다. 아이가 편의점 안을 가리키며 불쑥 말했다.

"나, 삼각김밥 먹고 싶은데……."

"삼각김밥 먹고 싶었구나? 좋아, 형이 사 줄게."

그때 등 뒤에서 누군가 말을 건넸다.

나쓰키는 아이 한 명이 모자라는 것을 깨닫고 얼굴이 새파래졌다. 유키가 없었다. 동료에게 잠든 다른 아이들을 맡겨 두고 밖으로 뛰쳐나왔다. 유키는 번번이 어린이집을 빠져나가곤 했다. 그것도 다른 아이들이 칭얼칭얼 떼를 쓸 때 그 번잡한 틈을 노리듯이 달아났다. 나쓰키는 계단을 뛰어 내려와 골목길로 들어갔다. 목요일 오후 9시, 쇼와 거리 앞 사거리까지 달려가 주위를 둘러보았다. 붐비는 행인들 틈으로 한 청년이 유키의 어깨를 안고 편의점 안을 들여다보는 게 눈에 들어왔다. 급히 그쪽으로 뛰어가며 소리쳤다.

"유키, 유키! 저기요, 죄송한데, 그 아이……."

잔뜩 긴장한 얼굴로 달려가자 청년이 이쪽을 돌아보았다. 나쓰키는 재빨리 유키를 낚아채 몇 걸음 물러서서 청년을 노려보았다.

"아뇨, 이 아이가 혼자 여기 서 있었어요. 아이 엄마세요?"

"엄마가 아니고 보육사예요."

"보육사?"

"어린이집에서 아이들 돌봐 주는 사람."

어린이집이라면 렌지도 전에 자주 들어본 적이 있었다. 밤업소에서 일하는 엄마들이 아이를 맡기는 곳이라고 누군가 말했었다. 그런 곳이라면 나도 가고 싶다고 생각했던 어린 시절의 자신이 떠올랐다. 마사카즈에게 얘기했다가 "이런 바보 새끼, 그럴 돈이 어디 있어?"라고 머리를 얻어맞았었다.

"유키, 마음대로 나가면 안 된다고 했지? 선생님, 진짜 걱정했어."

나쓰키가 유키를 나무랐다. 하지만 그 말에는 다정함이 담겨 있었다. 렌지는 진심을 담아 아이를 대하는 보육사를 멍하니 쳐다보았다. 그 시선을 깨닫고 나쓰키가 유키를 감싼 채 고맙다고 머리를 숙였다.

그대로 돌아가려는 보육사를 불러 세웠다. 유키가 렌지를 향해 필사적으로 팔을 휘저었기 때문이다.

"실은 유키에게 삼각김밥을 사 주기로 했어요. 괜찮으시면 다른 아이들 것까지 뭔가 좀 사 드려도 될까요?"

"아, 아뇨, 괜찮아요."

"나, 삼각김밥 먹을래. 형이 사 준다고 아까 약속했어."

유키가 발을 동동 구르며 말했다. 나쓰키가 단호하게 주의를 주었다.

"안 돼, 모르는 사람에게 뭔가 사 달라고 조르면."

"저는 괜찮습니다. 그보다 어린이집에 아이들이 모두 몇 명이에요?"

요즘 유행하는 옷차림과 머리스타일로 멋을 낸 청년의 모습을 나쓰키는 흘끗 살펴보았다. 화려한 겉모습과는 달리 착한 사람인지도 모른다. 열 명, 이라고 깜빡 대답한 뒤에야 안 되는데, 라고 반성했다.

"어디죠, 어린이집은?"

그에게 대략 장소를 알려 주고 나쓰키는 급히 자리를 떴다.

렌지는 편의점에서 아이들이 좋아할 만한 것, 삼각김밥과 과자와 주스 등을 골라 담아 큼직한 봉투를 안고 어린이집으로 향했다. 안으로 들어가자 어슴푸레한 가운데 담요가 깔렸고 아이들이 제각각의 모습으로 자고 있었다. 인사를 건네고 들여다보니 유키는 그새 잠이 들었다.

"아까는 고마웠어요."

나쓰키가 다가와 말했다. 편의점 봉투를 내밀자 미안하다는 얼굴로 받아들고 다시 머리를 숙였다.

"선생님들 드실 것도 같이 샀어요. 맛있게 드십쇼."

렌지는 목례를 건네고 어린이집을 나왔다. 나쓰키는 닫힌 문을 보며 잠시 멍해져 있었다. 저 청년, 아무래도 어디선가 본 것 같은데, 라고 생각했다.

탈의실에서 옷을 갈아입고 렌지는 동료들과 함께 클럽을 뒤로했다. 환하게 불을 밝힌 사거리에서 선 채로 잠시 손님들에 대한 잡담 등을 주고받다가 항상 하던 대로 혼자서 옆 골목으로 빠졌다. 쇼와 거리를 지난 참에 등 뒤에서 다가오는 인기척을 느끼고 경계하며 돌아본 순간, 발차기가 날아왔다. 균형을 잃고 비틀거리면서도 몇 명이나 되는지 순간적으로 확인했다. 예상을 훌쩍 뛰어넘는 인원이었다. 이건 보통 일이 아니라는 생각에 렌지는 쓰러지려는 몸을 가누며 잽싸게 골목길을 내처 뛰었다. 도망치는 것 외에는 도저히 상대할 수 없는 규모였다. 하지만 이번에는 여러 명이 앞길을 가로막으며 우르르 나타났다. 가장 먼저 덤벼든 자는 발로 차서 넘어뜨렸지만 순식간에 포위되어 오른쪽도 왼쪽도 빠져나갈 구멍이 없었다.

그들은 렌지를 가로등 아래 벽으로 몰아붙여 인의 장막을 만들었다. 이제는 돌파하는 수밖에 없다. 하지만 싸움에 익숙한 그들에게 빈틈이라고는 없었다. 날아오는 주먹을 피하며 렌지도 한 대 받아쳤지만 옆에서 달려든 자들에게 붙잡혀 연거푸 배를 걷어차였다. 급소를 피해 머리를 부여잡고 한껏 몸을 낮추는 게 고작이었다. 뒤로 떠밀려 벽에 등을 찧었다. 정수리를 맞았는지 가벼운 뇌진탕이 몰려왔다. 이대로 놈들의 손에 죽을 것 같아 다시 공격 태세를 취하려는데 어둠 속에서 "이봐, 잠깐!"이라는 매서운 소리가 들렸다. 한 남자가 다리를 절룩거리며 놈들을 헤치고 렌지 앞에 나타났다. 부옇게 흐려진 시야 안에서 그 목소리가 들려왔다.

"혹시 너는……?"

렌지는 시선을 집중했다. 겹겹이 흔들리는 풍경 속에 반가운 얼굴이 있었다.

바닥이 출렁거리고 다리가 휘청거려 자꾸만 넘어지려고 했다. 옆에서 부축해 주는데도 몇 번을 멈춰 서서 심호흡을 하며 하늘의 흐릿한 달을 올려다보았다. 이시마는 맨션까지 렌지의 어깨를 잡고 배웅해 주면서 생명의 은인에게 어처구니없는 짓을 했다고 거듭 사과했다.

"나도 이래저래 사정이 생겨서 삐끼 일은 못하게 됐어. 그래도 여전히 씩씩하게 나카스 변두리에서 이렇게 살고 있네."

온몸이 아파 렌지는 제대로 말도 할 수 없었다. 하지만 오래전의 일이 머릿속을 스쳐 갔다. 일곱 살 때의 그날, 렌지는 이시마와 함께 있었다. 왜 만났는지는 이제 기억도 나지 않는다. 하지만 신바시 거리의 붐비는 사거리에 둘이 함께 서 있었다. 갑작스럽게 낯선 자들이 주위를 둘러쌌다. 돌이켜 생각해 보면 남의 눈도 많은 장소였으니까 어쩌면 우발적인 사건이었는지도 모른다. 서로 치고받는 싸움이 시작되고 당황한 렌지는 위기에 빠진 이시마를 구하려고 수십 미터 떨어진 파출소까지 온 힘을 다해 뛰었다. 그때의 한 순간 한 순간이 마치 슬로 모션처럼 답답하게만 느껴졌었다. 구경꾼들이 몰려왔고 그중에서 이시마의 지인이 사람을 죽일 셈이냐고 발을 구르며 악을 썼다. 그러자 취객들도 나서서 주먹을 휘두르는 놈들에게 욕을 퍼부었다. 그들 덕분에 놈들도 이시마의 숨통까지 끊지는 못했다.

"그 사건 후유증으로 이쪽 다리를 못 쓰게 됐어."

이시마가 웃으면서 말했다. 엘리베이터 안에서도 렌지는 휘청 넘어질 뻔했다. 이시마가 불편한 다리로 버티면서 잡아 주었다.

"하지만 그때 그놈들, 한 놈도 남김없이 똑같이 앙갚음을 해 줬어."

집에서 기다리던 히사나가 놀라서 비명을 올렸다. 이시마가 렌지를 안고 침대까지 데려가 눕혀 주었다. 구급차를 부르겠다는 히사나를 가로막으며 렌지는 괜찮다고 손을 내저었다.

"그래도 뼈가 부러졌으면 어떡해? 어딘가 혈관이 끊겼을지도 모르잖아."

히사나가 걱정스럽게 말했다. 하지만 병원에 가면 의사에게 어쩌다 다쳤는지 얘기해야 한다. 이시마를 위해서도 경찰을 끌어들일 수는 없었다. 얼음찜질을 하면 이 정도는 금세 낫는다고 히사나를 설득했다. 얻어맞은 얼굴이 퉁퉁 부어 보기가 흉했다. 회복될 때까지 한동안 클럽 일을 나가지 못할 터였다.

"렌지, 정말 미안하다. 뒷수습은 내가 할 테니까 몸이 나으면 다시 평소처럼 클럽에 나가도 돼. 걱정할 거 하나도 없어."

이시마가 렌지의 귓가에서 속삭였다.

며칠 동안 꼼짝 못하고 내내 집 안에서 누워 있었다. 사흘이 지나자 차츰 통증이 가셨지만 얼굴의 붓기가 좀체 가라앉지 않았다. 히사나가 소염제를 사 오고 줄곧 곁에서 간호해 주었다. 렌지는 걸을 수 있게 되자 침대 밑에서 권총을 꺼냈다.

"앗, 설마 그걸로 복수를 하려고? 안 돼!"

히사나가 앞을 가로막으며 렌지를 노려보았다.

"그런 거 아냐. 너무 억울해서 연습 삼아 쏴 보려는 것뿐이야. 뭐랄까, 스트레스 해소를 위해서."

"사격 연습을 하겠다고?"

"응, 공원 끝의 수처리 시설은 이 시간에는 아무도 없어. 같이 갈래?"

아무래도 걱정스러워서 히사나도 따라가기로 했다. 자정 무렵, 두 사람은 나카스 북쪽 끝으로 향했다. 공원에 겐타의 텐트가 보였지만 그쪽에는 접근하지 않고 조심조심 지나쳤다. 수처리 시설의 철조망에 뚫린 작은 틈새로 몰래 안으로 기어들어 갔다.

"렌지, 관두자. 너무 무서워."

"괜찮다니까."

권총을 옷 속에 감추고 렌지는 나카스의 끝을 향해 나아갔다. 떨림이 멈추지 않았다. 이유도 없이 얻어맞았을 때의 공포와 분노가 솟구친 탓일까. 아니면 추위 때문일까. 그 모든 게 하나로 뭉쳐져 렌지를 덮쳤다. 턱이 덜걱덜걱 소리를 내고 호주머니에 넣은 손이 경련을 일으켰다.

"근데 렌지, 사격해 본 적 있어?"

"그런 걸 언제 해 봤겠어."

"총을 쏠 줄은 알아? 소리가 엄청 클 거 같은데."

"그야 총이니까 당연히 큰 소리가 나겠지. 애초에 이거, 총알이 있는지 없는지도 몰라. 진짜인지 위조품인지도 모르겠고. 아니, 그보다 총 쏘는 방법도 몰라."

렌지는 소리 죽여 웃었다. 수처리 시설의 문은 굳게 닫혔고 부지 안의 불은 모두 꺼져서 인기척도 없었다. 두 사람은 북쪽 끝에 섰다. 강이 합류하는 지점이다. 렌지는 제방에 설치된 철제 사다리를 타고 좁은 모래밭으로 내려갔다. 히사나는 위에서 감시하기로 했다.

"정말 할 거야? 사람들이 다 깨어날지도 몰라."

"괜찮아. 강 건너편에는 창고밖에 없어."

권총을 꺼내 이리저리 만져 보았다. 애초에 총알이 장전되었는지 아닌지도 알지 못한다. 안전장치가 어디 달렸는지도 모른다. 방아쇠에 손가락을 걸고 저 멀리 바다를 겨냥해 쏘는 시늉을 해 보았다. 의외로 묵직해서 단단히 잡지 않으면 총신이 자꾸 아래로 떨어졌다. 손이 덜덜 떨렸다.

"어때, 멋있지?"

렌지가 그렇게 물어본 다음 순간, 권총이 폭발음을 냈다. 펄쩍 뛸 만큼 큰 소리가 한밤의 하카타에 울려 퍼졌다. 총성은 강의 수면에 메아리쳐 겹겹이 동그라미를 그리며 세상으로 확산해 나갔다. 거센 충격에 렌지는 저도 모르게 권총을 떨어뜨린 채 균형을 잃고 엉덩방아를 찧었다. 히사나가 놀라서 히이익 비명을 올렸다. 손을 짚고 제방 아래 쓰러진 렌지를 내려다보았다.

"렌지, 괜찮아? 렌지, 렌지!"

모래 바닥에 넘어졌던 렌지가 부스스 일어나 히사나를 돌아보며 피식 웃었다.

"어휴, 깜짝 놀랐네."

손가락이 방아쇠에 가볍게 닿은 줄 알았는데 떨림 때문이었는지 생각지도 못하게 발사되어 버렸다. 얼굴에 매연 같은 게 훅 끼쳤다. 손등으로 닦아 내고 얼얼한 손바닥을 들여다보았다.

손가락이 바들바들 떨고 있었다. 그건 추위가 아니라 공포 때문이었다.

"정말 괜찮아? 다친 데 없어?"

"응, 다치지는 않았는데 좀 놀랐어. 이거, 사람 죽일 수 있는 거네."

렌지는 땅바닥에 떨어진 권총을 집어 들고 웃음기를 지운 채 어금니를 악물었다.

"히사나, 이런 건 나카스에 필요 없어. 아니, 이 세계에 무기 따위는 필요 없어. 너무 끔찍해. 이런 걸로 사람을 죽여서는 안 되지."

말을 마치자마자 들고 있던 권총을 온 힘을 다해 저 멀리로 던져 버렸다. 권총은 밤하늘을 날아올라 맞은편 언덕의 가로등 불빛을 받아 포물선을 그리며 강물 속으로 떨어졌다. 첨벙하는 귀여운 소리가 울렸다. 두 사람은 한참 동안 어두운 강 수면을 바라보았다. 다시 세상이 조용해졌다.

"춥다. 그만 가자."

렌지가 몸을 돌려 제방 위를 향해 철제 사다리를 오르기 시작했다.

렌지는 권총을 움켜쥐고 있었다. 그 총신이 여자의 부드러운 복부를 파고들었다…….

히사나가 가져온 진통제를 마셨지만 열이 떨어지지 않아 가위에 눌린 듯 연거푸 악몽을 꾸었다. 총으로 아카네를 쏘아 죽이는 꿈이었다. 너무도 생생한 충격 때문에 렌지는 번쩍 눈을 떴다. 온몸이 땀에 흠뻑 젖었다. 그러고는 한참 동안 잠이 오지 않아 결국 날이 밝기를 기다리기로 했다.

8일 뒤, 오랜만에 호스트 클럽에 나가자 마사토는 사라지고 없었다. 연락이 되지 않는다고 했다. 이시마가 뭔가 처리를 한 게 틀림없었다. 하지만 쓸데없는 상상은 않기로 했다. 진한 메이크업으로 얼굴의 멍을 감추고 테이블에 나갔다. 유코가 대체 어떻게 된 거냐고 캐물었다. 렌지는 길에서 넘어졌다고 거짓말을 했다. 그녀는 렌지에게 새 휴대 전화를 건네주었다.

"네가 너무 걱정돼. 그러니까 이 휴대폰, 항상 갖고 다녀."

전부터 휴대 전화를 갖고 싶었는데 신분을 증명할 방법이 없어 구입하지 못했었다. 새 휴대 전화의 Apple ID를 체크해 보니 '가토 렌지'라는 이름이 떴다. 자신의 이름이 나온 것도 놀라웠고, 조금쯤은 이 세계에서 인정을 받은 느낌이 들어서 렌지는 흐

못해졌다. 이미 라인 앱도 깔려서 친구가 한 명 등록되어 있었다. '마담 유코'였다.

마사토가 사라지면서 클럽은 렌지의 1인 천하가 되었다. 작은 세계지만 렌지가 살아갈 수 있는 공간이 생긴 것이었다. 대표와 간부들도 "네가 하고 싶은 대로 해 봐"라고 격려해 주었다. 사장은 곧 간부급으로 올려 주겠다고 약속했다.

"나카스국?"

이시마가 재미있다는 듯이 웃었다.

"뭐냐, 그게?"

"어렸을 때 만든 내 나라예요."

이시마는 웃음을 딱 멈췄다. 사방을 뛰어다니던 어린 렌지를 생각해 내고 새삼 그때가 그리워졌다. 그의 입에서 다시 푸훗 웃음이 새어 나왔다.

"어지간히 촐랑촐랑 돌아다녔어. 진짜 인기짱 꼬맹이였지. 왠지 모르지만 이 근처 사람들이 다들 너를 '한밤중의 아이'라고 불렀어."

나도 알죠, 라고 렌지가 혼잣말처럼 중얼거렸다.

"이시마 씨, 제가 그때쯤부터 이곳 나카스에 나라를 만들자는 생각을 했었어요."

"나라를 만들어서 뭐 하려고? 정부도 필요하고 군대도 필요하고, 전쟁을 하게 될 수도 있어. 이래저래 귀찮기만 하지."

"귀찮더라도 내 나라가 있으면 인정받을 수 있잖아요. 나는 지금 이 나라에서 인정을 못 받는 인간이에요. 건강 보험도 안 되고 교육도 못 받거든요. 선거권도 없고 주민 등록도 여권도 아무것도 없어요. 수입이 있어도 은행에 통장도 못 만들어요. 그거, 전혀 내 탓이 아니에요. 무슨 범죄를 저지른 것도 아니고. 단지 그런 부모 밑에서, 그리고 이곳에서 태어난 죄밖에 없죠. 이 세계는 나를 거부했어요. 그러니 나도 이 세계를 거부하고 내 나라를 만들기로 한 거예요."

이시마는 지그시 렌지의 눈을 들여다보더니 부드럽게 미소를 지었다. 항상 그리웠던 그의 웃는 얼굴이었다. 렌지도 저절로 빙그레 뺨이 풀어졌다.

"왜요, 뭐가 우스운데요?"

두 사람은 세이류 공원 벤치에 앉아 나카강 너머로 잠겨드는 석양을 바라보고 있었다. 어린 시절에 본 풍경과 하나도 달라진 게 없다고 렌지는 생각했다. 달라진 건 자신이었다.

"나는 조국을 떠난 지 벌써 30년이 됐어. 이제 여기서 살아온 세월이 더 길지. 나한테는 이 나라가 고향이야. 국적을 쟁취해 낸 거야."

렌지는 한숨을 내쉬었다. 환하게 웃을 수 있는 이시마가 부러웠다.

"일곱 살 때의 나한테는 나카스국이 꼭 필요했어요."

이번에는 이시마가 한숨을 내쉬웠다. 렌지가 말을 이어 갔다.

"나카스 사람들은 따스한 인정이 있어요. 이곳을 무한히 사랑하고 서로 보이지 않는 인연의 끈으로 연결되어 있죠. 축제 때 신여를 떠메는 용맹한 장정들을 보셨지요? 그들에게는 신이 깃들어 있어요."

"신?"

이시마가 코웃음을 쳤다.

"나는 종교는 별로야. 신 따위는 믿지 않아."

그 말에 렌지가 피식 웃음을 터뜨렸다. 이시마가 왜 그러느냐는 듯이 불만스러운 표정이었다. 렌지는 목에 걸고 있던 끈을 꺼내 갈색으로 빛바랜 작은 목패를 보여 주었다.

"그럼 이건 뭔데요?"

이번에는 이시마가 웃음을 터뜨렸다. 그건 예전에 이시마가 목에 걸고 다니던 구시다 절의 부적이었다.

"그걸 아직도 갖고 있었어?"

렌지는 부적을 다시 셔츠 안에 넣으면서 말했다.

"나카스는 신들이 타는 배예요."

"배?"

"지형이 배 모양이잖아요. 내 눈에는 진짜 배로 보여요. 규슈의 신들은 여기서 저 먼 바다를 향해 나가요. 기온 야마카사 축제는 그 신들을 기리는 숭고한 행사죠. 그건 다른 축제들과는 달라요."

이시마는 문득 진지한 표정으로 시선을 석양 쪽으로 돌리며 혼잣말처럼 중얼거렸다.

"그래, 혹시 신이 있다면 우선 너부터 구해 줬으면 좋겠네."

렌지는 그런 그의 옆얼굴을 찬찬히 바라보았다. 눈매가 어딘가 예전과는 달랐다. 항상 뭔가를 경계하듯이 빈틈이라고는 없는, 그러면서도 침착성을 상실한 눈빛이었다.

"이시마 씨는 야쿠자가 됐어요?"

그가 렌지를 돌아보며 쓴웃음을 지었다.

"정식으로 그런 조직에 들어갈 배짱도 없어. 내가 원래 겁이 많거든. 하지만 형님들이 있고 이따금 이런저런 일거리를 던져주더라고. 빚 독촉이며 다툼의 중재 같은 거. 조직 폭력단 대책법이 생겨서 형님들도 이제 운신의 폭이 좁아졌거든. 그러다 보니 나한테도 자질구레한 일거리가 떨어지지. 뭐, 그렇게 됐어."

말끝을 흐리는 이시마의 얼굴을 빤히 바라보았다.

"왜?"

이시마가 떨떠름하게 되물었다. 한순간 렌지의 머릿속에 마사카즈와 그를 반죽음으로 몰아넣은 아카네의 남편이라는 사람이 스쳐 갔다.

"나카스도 하나의 세계야. 때로는 전쟁도 하고 평화를 누리기도 하지. 아무도 좋아서 서로 죽고 죽이는 싸움을 하는 건 아냐. 하지만 그런 게 필요할 때도 있어. 미국이나 러시아 같은 나라를 좀 봐. 여기도 똑같아. 힘의 역학이 작용해. 싸울 때는 뭐, 싸워야지. 미사일이든 총이든 쏴 죽인다는 점에서는 다를 게 없어. 내가 야쿠자라면 미국이나 러시아는 그 두목인 셈이야."

렌지는 고개를 끄덕이지 않았다. 이시마의 입가가 차츰 풀어지고 다시 반달눈이 되었다.

"실은 나도 엄청 쫄았어. 언제 또 보복을 당할지 모르니까. 근데 여기서 살아남기 위해서는 어쩔 수 없어."

이시마가 렌지의 어깨를 두드렸다.

"너를 이렇게 다시 만나다니, 정말 반갑다. 너는 가장 나이 어린 내 친구이자 아우, 그리고 생명의 은인이야. 알고 있지?"

렌지는 그의 눈을 보았다. 오래전 그날, 그가 건네준 크로켓 빵이 생각났다. 목이 막힐 만큼 허겁지겁 먹었던 그 야채 크로켓의 맛을 잊을 수 없었다.

"또 보고 싶으면 로망 거리로 찾아와. 대략 그 근처가 내 영역이니까."

이시마가 자리에서 일어서며 말했다. 렌지는 어린 시절처럼 그런 그를 올려다보았다.

"아, 나카스국에 혹시 군대가 필요하면 나한테 연락해. 만사 제치고 도와줄게."

환하게 웃으며 손을 흔들고 그는 유흥가로 돌아갔다.

2017년 3월

봄이 다가오자 나카스에 부드럽고 연한 햇살이 쏟아졌다. 렌지는 히사나와 함께 오랜만에 국경을 점검하기로 했다. 나카스의 다리를 하나하나 돌면서 예전에 난간에 그려 둔 X표가 지워졌는지, 혹은 아직 남아 있는지 확인하고 다녔다. 비와 바람에 시달려 대부분의 표시가 희미해졌다. 다시 매직으로 덧칠해 줄 필요가 있었다.

벤텐 다리, 오구로 다리, 하카타대교는 아직도 X표가 남아 있었다. 작은 다리는 흔적도 없이 사라진 곳도 있어서 새로 써넣었다.

후쿠하쿠데아이 다리 난간의 X는 확인이 되지 않아 두 사람은 다리 중앙 난간에 신규로 X표를 했다. 후쿠오카 쪽으로 서양식 건축물인 옛 후쿠오카현 공회당이 보였다. 햇살을 등지고 우뚝 솟은 아름다운 실루엣을 그려 내고 있었다. 둘이 다리 중간에서 잠시 후쿠오카 쪽과 나카스를 번갈아 비교해 보았다.

"내가 태어난 지역을 사랑한다는 거, 전혀 부끄러운 일이 아니야. 나카스는 작은 섬이고 나라 전체와는 비교도 안 될 만큼 비좁은 곳이지. 하지만 이곳을 찾는 사람은 정말 많아. 중국, 한국, 미국 등지에서 날아오는 관광객 수도 엄청나잖아. 근데 그런 장점이 세계에 제대로 전해졌을까? 우리는 자부심을 가질 만한 이곳 나카스의 독자적인 문화를 지킬 필요가 있어. 외부에서의 침략도 허락해서는 안 돼. 일본인이라도 마음대로 짓밟고 들어오는 건 용서 못해. 나는 이곳 나카스를 지킬 거야. 영원히 지금 이 나카스를 유지해 나가야 해. 우습게 들릴지도 모르지만, 그게 나카스에 바치는 나의 충성심이야."

히사나는 조용히 듣고 있었다. 저 앞에서 학생들이 우르르 다리를 건너왔다. 그중 한 명이 이쪽을 보더니 목소리를 높였다.

"아, 히사나다!"

덩달아 다른 애들까지 낄낄거리며 히사나에게 시선을 던졌다. 남학생들은 히사나 옆에 앉은 렌지를 훑어보고 있었다. 나이는 거의 비슷한데도 렌지는 눈매나 옷차림, 그리고 존재 자체가 풍기는 아우라가 압도적으로 어른스러웠다. 렌지가 강한 눈빛을 던지자 안경을 쓴 남학생들이 시선을 피했다. 여학생 한 명이 히사나 옆으로 다가와 물었다.

"남자 친구야?"

"응, 맞아, 내 남자 친구."

히사나가 대답했다. 렌지는 그 경박한 느낌의 여고생을 노려보았다.

"헉, 무서워. 히사나, 그럼 즐거운 시간 보내."

그런 말을 남기고 아이들은 낄낄거리며 뛰어갔다.

미안해, 라고 히사나가 사과했다. 남들처럼 살았다면 나도 저 애들 틈에 끼어 있을지도 모른다고 렌지는 생각했다. 별다른 부족함 없는 평범한 가정에서 태어나 히사나와 같은 학교에 다녔다면 나는 어떤 고등학생이 되었을까. 어떤 장래를 꿈꾸었을까. 언젠가 히사나를 따라 가 봤던 초등학교 교정이 떠올랐다. 그곳에서 뛰노는 아무 죄 없는 아이들의 천진함이 생각났다.

"히사나, 내가 남자 친구야?"

"미안해."

"왜 미안하대?"

"그럼 남자 친구라고 해도 괜찮아?"

렌지는 입을 꾹 다물었다.

히사나는 오히려 그런 그를 지켜 주고 싶었다. 나카스 따위, 아무려나 상관없었다. 렌지가 나카스를 더없이 사랑하니까 거기에 동조하는 데 지나지 않았다. 이렇게 날마다 조금씩 더 렌지를 사랑하게 되는 게 히사나는 신기하기도 하고 우습기도 한 마음이었다.

"잠깐 집에 들러야 해. 할 일이 있어서."

히사나의 말에 렌지는 그녀를 집까지 바래다주었다. 항상 함께 지내다시피 했지만 히사나에게는 돌아갈 집이 있고 그곳에는 가족과의 삶이 있었다. 집안일이든 청소든 가족 안에서의 역할이 있을 게 틀림없었다. 렌지는 그녀의 가족에 대해 한 번도 물어본 적이 없었다. 선불리 발을 들이밀어서는 안 되는 영역이라고 생각했기 때문이다.

히사나와 헤어진 뒤 잠깐 겐타 얼굴이나 보려고 나카시마 공원으로 향했다. 거의 다 갔을 때, 휴대 전화가 울렸다. 꺼내서 들여다보니 유코에게서 온 것이었다.

"안녕하세요?"

렌지가 응하자마자 유코의 다급한 숨소리가 고막을 때렸다.

"아카네가 나카스에 돌아왔어!"

눈이 둥그레진 채 렌지는 발을 멈췄다. 뭔가 목에 턱 걸려 잠시 숨 쉬는 것도 잊었다.

"아까 모르는 번호로 연락이 왔는데 예감이 이상해서 받았더니 아카네였어. 구루메 쪽에서 일했었는데 워낙 불경기라서 돌아왔대. 나카스에서 일자리 좀 알아봐 달라고 했어."

렌지는 기묘한 혼란에 휩싸였다. 무엇보다 유코의 입에서 갑작스럽게 그 이름이 튀어나온 게 이상했다. 하지만 다른 호스트 클럽 사장을 통해 알게 됐는지도 모른다는 생각에 일단 그건 덮어 두기로 했다. 그보다 여느 때 없이 흥분한 유코의 말투가 마음에 걸렸다.

"그래서 어떻게 됐어요?"

"우리 룸살롱 애들이 아카네에게 네 얘기를 줄줄 해 버리면 난처하지. 그래서 지금은 사람 구하는 데가 없다고 둘러댔어. 근데 나카스가 워낙 좁은 데잖아, 이제 곧 네가 호스트 클럽에서 일한다는 게 알려질 거야. 그러면 아카네 성격으로 봐서 너한테 의지하려 들지 않겠어?"

렌지도 돈을 달라고 졸라 대는 아카네가 상상이 되었다. 유코는 전화기에 대고 목소리를 한껏 낮추며 덧붙였다.

"하긴 얼굴은 곱상해도 이제 그리 젊은 나이도 아니고, 나카스에서 일자리 찾기는 어렵겠지."

"근데 나한테는 전화할 것 같아요. 어딘가 다른 지역으로 가면 좋을 텐데……."

다음 날 호스트 클럽에 나갔더니 대표가 다가와 네 엄마라는 사람이 사장님에게 전화를 했었다고 알려 주었다.

"일단 네 얘기는 대충 모른다고 넘겼는데 그래도 될지 걱정하시더라. 전화번호는 적어 뒀으니까 일단 전해 줄게."

번호가 적힌 메모를 내주었다. 그것을 받아 들고 렌지는 잠시 어떻게 해야 할지 알 수 없었다. 하지만 어찌 됐든 아카네는 이 세상에서 단 한 명뿐인 어머니다. 마사카즈가 그렇게 된 지금, 어머니가 아들에게 의지하는 것은 당연한 일인지도 모른다. 낳아 준 은혜도 있다. 렌지는 자기 쪽에서 먼저 전화하기로 했다.

"얘, 엄마가 얼마나 걱정했는지 알아?"

휴대 전화 너머에서 아카네는 시치미를 뚝 떼고 눈물 섞인 목소리를 냈다.

렌지는 아카네와 둘이 살던 무렵의 일을 떠올렸다. 예전 지인을 통해 후쿠오카시 변두리에 방 한 칸을 얻었지만 아카네는 집에 거의 오지 않았다. 어쩌다 돌아와도 남자와 함께였다. 그럴 때마다 아무리 밤늦은 시간이라도 렌지를 밖에 내보냈다. 드물게 집에 있을 때는 저녁때까지 내내 잠을 잤다. 냉장고 안은 항상 텅텅 비어 있었다. 돌아올 때마다 푼돈 몇 푼을 쥐여 주면 그걸로 몇 끼쯤 때우고 그다음에는 굶었다. 아는 사람이 없어서 나카스처럼 밖에 나가 끼니를 때울 수도 없었다. 연립 주택만 줄줄이 들어찬 동네여서 편의점 외에는 환한 곳도 없었다. 낮에 어린애 혼자 집 주변을 어슬렁거리면 사람들이 이상하다는 듯 흘끗흘끗 쳐다보았다. 그래서 집에 틀어박혀 있다시피 했지만 텔레비전도 라디오도 없었다. 창문이 하나 있었는데 살풍경한 연립 주택의 벽밖에 보이지 않았다. 무엇보다 아카네 앞에서 마사카즈 얘기는 금기였다. 그 뒤로 몸은 좀 어떤지 걱정이 되어 몇 번이나 물어봤지만 노골적으로 부루퉁한 표정을 지을 뿐이었다.

가슴속에 울적함이 쌓여 힘들 때는 별수 없이 그냥 걷고 또 걸었다. 햇살이 그리울 때는 옆 동네 공원까지 나가 사람들의 시선을 피해 혼자서 놀았다. 그래도 일 년은 어떻게든 견뎠지만 눈을 감으면 나카스에서의 일들이 자꾸만 떠올랐다. 겐타와 히사나, 야스코와 두꺼비 다카하시, 헤이지, 이시마가 너무 보고 싶었다. 게다가 그 변두리 동네에는 야마카사 축제가 없었다. 렌지는 어떻게든 그곳을 빠져나올 방법만 궁리하고 있었다.

어느 날, 밤늦게 편의점 앞을 헤매다 경찰의 눈에 띄어 결국 후쿠오카시 아동종합상담센터로 보내졌다. 네기시는 이미 퇴직해 그곳에 없었지만 과거 자료를 통해 하루요시의 외가로 연락이 갔다. 외조부 데쓰조가 데리러 왔다. 렌지는 센터에서 살고 싶다고 애걸했지만 외조부는 고개를 저으며 하루요시로 데려갔다. 아카네가 전화로 심하게 꾸짖었다. 버스 타고 혼자 집으로 오라고 했다. 그래서 그 길로 나카스로 향했다. 저 멀리 나카스가 눈에 들어왔을 때, 렌지는 눈물이 나서 시야가 부옇게 흐려졌다.

"다행이다, 네가 잘 지내는 거 같아서 한시름 놨어."

아카네는 하루요시 외가에서 지낸다고 말했다. 일자리를 구하는 중인데 호스티스로 써 줄 만한 곳을 아직 찾지 못했다고 했다.

다음 날, 아카네는 당장 딸 토마를 데리고 호스트 클럽으로 찾아왔다. 개점 전 회의가 한창일 때의 일이었다. 대기실에 가 보니 약간 군살이 붙은 아카네가 딸 토마와 나란히 소파에 앉아 있었다. 아카네는 자리에서 일어나 연극이라도 하듯이 "렌지, 보고 싶었어"라고 떠안길 기세로 첫 말을 꺼냈다. 자신이 얼마나 걱정했는지 누누이 늘어놓았다. 개점 직전의 가장 바쁜 시간대여서 차분히 얘기할 상황이 아니었다. 다음 날 오전 중으로 하루요시 외가로 가겠다고 말했다. 그러자 아카네는 표정이 굳으면서 "얘를 보고 반갑지도 않아?"라고 눈물을 찍어 내며 통사정을 했다.

"토마가 항상 오빠, 오빠, 했어. 너 보려고 이렇게 찾아왔는데 빈손으로 보낼 거야? 세상에서 단둘뿐인 오누이잖아. 다정한 말이라도 건네야지."

렌지는 여동생의 얼굴을 찬찬히 바라보았다. 그 폭력 사건 날, 이 아이는 아직 태어나지 않았었다. 여동생이 외가의 양녀로 올라간 것은 알고 있었다. 출생 신고를 해서 학교에도 다닌다. 여동생만이라도 사회에 적응할 수 있어서 다행이다, 라고 생각했다. 갓난아이 때 이후로 처음 본 토마는 벌써 초등학교 3, 4학년일 터였다. 청초한 흰색 셔츠를 입은 여동생은 이목구비가 또렷하고 특히 눈매는 엄마는 꼭 닮아 그새 어른 티가 났다. 렌지가 빤히 쳐다보자 토마는 수줍게 눈을 피했다.

"너, 여기 넘버원이라면서? 정말 잘했어. 엄마가 아주 우쭐해졌지 뭐야."

아카네가 갑자기 태도를 바꿔 자랑스럽다는 듯 칭찬하는 바람에 렌지는 대꾸할 말이 없었다. 유코의 걱정이 벌써 현실이 되어 덮쳐들었다.

"어디서 살아? 집은 구했지? 너, 넘버원이잖아."

렌지는 힘없이 고개를 저으며 말했다.

"아는 사람 집에서 신세를 지고 있어."

"곁방살이를 해? 얘, 이제 번듯한 직장인이야. 남의집살이는 관두고 얼른 네 살림을 차려야지. 좀 넓은 맨션으로 가자. 남자는 쓸 때는 호기롭게 써야 하는 거야."

"호적이 없어서 집을 빌릴 수 없어."

"그럼 내 명의로 빌리면 되겠네. 여기 넘버원이면 근사한 곳에 얻을 수 있어. 너 혼자 힘들잖아, 토마하고 셋이서 남의 눈치 볼 것 없이 살자."

렌지는 여동생의 눈을 지그시 들여다보았다. 뭔가 호소하는 눈빛이었다. 하지만 그걸 입 밖에 내지 못하고 있었다. 입이 열리지 않는 것이다. 그때의 자신과 똑같았다. 그런 마음을 누구보다 잘 알고 있기 때문에 렌지는 다정하게 말을 건넸다.

"토마, 잘 지냈어? 학교는 어때, 재미있어?"

여동생은 수줍은 웃음과 함께 귀엽게 고개를 끄덕였다.

"할아버지 할머니가 잘해 주시지?"

"응."

"안부 전해 줘, 다음에 놀러 가겠다고."

후우 큰 한숨을 내쉬며 아카네가 자리에서 일어나 두 사람 사이에 끼어들었다.

"가까이 살면서 왜 그동안 한 번도 안 찾아갔어? 두 분 다 걱정하셨어. 한참을 못 봤잖아. 넌 참 매정하다. 이제 나이도 있으시니까 자주 찾아와. 나중에 후회 말고."

홀에서 신나는 개점 음악이 흘러나오고 그 소리에 맞춰 점원들이 일제히 샴페인 콜의 인사를 복창했다. 토마가 흠칫 놀라 소리 나는 쪽을 돌아보았다.

"아, 역시 보기만 해도 황홀해진다."

아카네가 한숨 섞인 탄성을 올렸다. 그 표정이며 몸짓에서 마음이 들뜬 게 그대로 느껴졌다.

"그때가 좋았지. 네 아빠도 저렇게 일했었거든. 부전자전이네."

뭔가 자랑스럽다는 듯이 아카네가 말했다. 그날 밤, 갑작스럽게 찾아온 남자에게 주먹과 구둣발로 심하게 얻어맞고 죽은 사람처럼 널브러졌던 마사카즈의 모습이 생각났다. 눈앞에서 피투성이가 된 채 움직임을 멈춰 버린 그를 일곱 살의 렌지는 멍하니 내려다보았다. 흘러나온 피가 바닥을 붉게 물들였다. 렌지의 정신이 붕괴한 순간이기도 했다. 그 악몽에서 깨어나는 데 얼마나 많은 시간이 필요했는지 모른다. 그날 일이 더 이상 꿈에 나타나지 않는 게 바로 얼마 전부터다.

"이제 그만 가 봐야 해."

대기실을 나서려고 하자 아카네가 불러 세웠다.

"우선 있는 대로 돈 좀 줄래? 요즘 내가 일이 없잖아. 살기가 팍팍해."

아카네가 렌지의 눈을 빤히 보았다. 지갑을 꺼내 손에 집히는 대로 지폐를 꺼내 쥐여 주었다. 바르르 목소리를 떨면서 아카네는 말했다.

"어머, 고마워라. 얘, 다음에 또 올게."

그 뒤로도 아카네는 돈을 달라고 뻔질나게 찾아왔다. 렌지는 어쩔 수 없다고 생각했지만, 유코는 강한 우려를 나타냈다.

"평생 너한테 빌붙을 거야. 너, 감당할 수 있어?"

"그래도 어머니잖아요."

결국 유코는 자신의 클럽에 일자리를 주겠다고 아카네에게 제안했다. 스스로 돈을 벌면 아들을 찾아가 빌붙지 않을 거라고 생각했던 것이다. 하지만 아카네는 그 제안에 코웃음을 쳤다.

"나, 이제 일 안 해도 돼. 앞으로 유유자적 놀면서 살 거야."

그러고는 전화를 뚝 끊어 버렸다.

아카네는 클럽 개점 전에 찾아와 렌지에게서 돈을 받으면 그 길로 다른 호스트 클럽에 놀러 갔다. 눈 깜짝할 사이에 펑펑 써 버리고 다음 날 또 찾아왔다. 밑 빠진 독에 물 붓기 같은 일이 반복되었다.

그런 얘기를 전해 듣고 유코는 자신의 소중한 것이 더럽혀진 듯한 분노에 휩싸였다. 어떻게든 그 미친 여자를 렌지에게서 떼어 놓아야 한다고 생각했다. 하지만 어떻게 해야 할까.

그런 참에 아카네에게서 전화가 걸려 왔다.

"언니, 나랑 호스트 클럽에 같이 갈래요?"

나카스에 마땅한 친구가 없어 유코에게 연락해 온 것이었다. 마침 좋은 기회다 싶어서 유코는 어떻게든 타일러 보려고 근처 찻집에서 만나기로 했다.

"그 애는 내가 낳았어. 내 배 아파서 낳은 애라고. 아들이 엄마에게 효도하는 건 당연한 일이잖아? 걔가 돈 주기 싫다고 하는 것도 아니고, 그런 일로 유코 언니가 이러니저러니 얘기할 게 뭐 있어?"

아카네는 유코의 충고를 코웃음을 치며 받아넘겼다.

"아무리 넘버원이라도 아직 어린애잖아. 수입이 얼만지는 모르지만, 날이면 날마다 그렇게 떼어 가면 지갑에 돈이 남아나겠니?"

"언니 말대로 아직 어려서 돈 쓰는 법을 모르더라니까. 그래서 내가 가르쳐 주려는 거야. 게다가 엄마가 궁상을 떨고 다녀 봐, 걔가 얼마나 속이 상하겠어? 원래 심성이 착한 애거든. 어머, 언니, 혹시 질투하는 거야?"

아카네의 1인 연극은 끝이 나지 않았다. 아들 자랑을 실컷 하더니 그동안 내가 얼마나 힘들게 키웠는지 모른다, 어려서부터 이런 쪽으로 재능이 있었다, 라는 얘기까지 마구 떠들어 댔다.

"걔 어렸을 때 내가 고생한 거, 아무도 몰라. 그러니 그런 소리를 하지. 하지만 그 애는 내가 저를 소중하게 키워 준 거, 다 알아. 그래서 나한테 이렇게 잘하고 용돈도 쥐여 주는 거야. 지금 걔가 호스트로 인기를 끄는 것도 실은 내 유전자 덕분이야. 그렇잖아?"

유코는 어이가 없어서 피식 쓴웃음이 나왔다.

"아니, 넌 마사카즈가 장애인이 됐다는데 돌봐 주지 않아도 돼?"

그 말에 아카네는 고개를 숙이면서 퉁명스럽게 웅했다.

"됐어. 진즉에 헤어졌는데 뭘. 정식으로 결혼한 것도 아니고."

"너는 헤어지면 된다지만 렌지에게는 아빠잖아."

이번에는 시선을 홱 돌려 버렸다. 이 여자가 평생 렌지의 등골을 빼먹을 게 뻔히 눈에 보였다. 어떻게든 막아야 한다고 유코는 마음속으로 각오를 다졌다.

날이 따뜻해지자 나카스에 다시 관광객이 몰리기 시작했다. 히비키는 당직 날, 이른 아침의 깨끗한 햇살을 받으며 나카스 파출소에 도착했다. 휴대 전화에 나쓰키에게서 '안녕, 오늘도 파이팅!'이라는 라인 문자가 와 있었다.

"왜 실실 웃어?"

당직을 끝낸 이케다니 경사가 휴대 전화를 얼른 집어넣는 히비키를 놀렸다.

"여자 친구야? 아침부터 뜨거운 사랑 문자?"

히비키는 저절로 얼굴이 헤실헤실 풀어졌다. 결혼 날짜가 잡힌 참이었다.

"언제야, 결혼 날짜가 언제냐고."

"비밀이야. 결혼하는 순간까지 비밀. 특히 이케다니 씨한테는 완전 비밀!"

동료들이 일제히 웃어 댔다. 웃음소리가 당직 교대 중인 모두의 피곤을 풀어 주었다. 오카다 순경이 자전거 거치대 쪽을 빗자루로 쓸고 있었다. 상쾌한 바람이 파출소 안을 지나가며 간밤의 열기를 씻어 주었다.

"어젯밤에는 어땠어? 별다른 사건은 없었지?"

"없긴 왜 없어? 취객이 줄줄이 들어와 어찌나 날뛰는지 한숨도 못 잤어. 진짜 큰 사건이지."

다시 웃음이 일었다. 히비키는 이케다니와 간밤의 사건에 대한 인수인계 절차를 밟았다. 당직을 끝낸 자들이 본서로 돌아갔다. 새시 출입문이 활짝 열려서 봄의 부드러운 햇살이 실내로 쏟아졌다. 지난밤에 나쓰키의 가족과 함께 식사하면서 결혼 날짜를 정하고 이런저런 준비 얘기를 나눴다. 이번 가을 초입에 두 사람은 양가의 축하를 받으며 결혼할 예정이다.

저녁 때 히비키가 순찰을 도는데 돈키호테 쪽에서 갑작스레 렌지가 나타났다. 큼직한 종이봉투를 껴안고 메이지 거리를 후쿠오카 방면으로 걸어가고 있었다. 오카다 순경에게 잠깐 지켜볼 사람이 있다는 말을 남기고 그의 뒤를 밟았다. 렌지는 두 번째 모퉁이를 돌아 눈에 익은 골목길로 접어들었다. 그러고는 히비키도 잘 아는 건물의 계단을 올라갔다. 쫓아가던 발길을 급히 멈췄다. 2층에 나쓰키가 일하는 어린이집이 있는 건물이었다.

어린이집 문 앞에서 렌지가 벨을 눌렀다. 히비키는 눈도 깜빡이지 못한 채 지켜보았다. 나쓰키가 얼굴을 내밀더니 익숙한 사람을 대하는 부드러운 표정으로 뭔가 말한 뒤에 렌지를 안으로 데려갔다. 히비키는 천지가 뒤집힌 것처럼 놀랐다. 이건 대체 무슨 일인가. 저도 모르게 "왜 여기에?"라고 지나가던 사람들에게 들릴 만큼 큰 소리를 내고 말았다. 사람들이 가로등 아래 우뚝 서 있는 경찰을 흘끔거리며 지나갔다. 어린이집의 문이 닫히면서 세상도 괴괴하게 가라앉는 것 같았다. 히비키는 꼼짝도 못하고 멍하니 서 있었다. 골목길 위에 노란 보름달이 떠 있었다.

렌지가 얼굴을 내밀자 유키를 선두로 아이들이 앞다퉈 달려왔다. 그새 완전히 친해졌다.

"오늘은 삼각김밥이 아니야."

그렇게 말하고 종이봉투를 아이들 앞에 내려놓았다.

"그럼 뭐야, 뭐야?"

유키가 눈을 반짝이며 큰 소리로 물었다. 아이들 뒤에서 나쓰키와 또 한 명의 보육사가 미소를 지으며 지켜보고 있었다.

"오늘은 이거!"

인기 애니메이션 캐릭터 장난감을 꺼내 보여 주자 아이들이 환성을 올렸다. 와아아 하고 유키가 가장 신이 났다. 저마다 종이봉투를 에워싸고 장난감을 꺼내 서로 먼저 갖겠다고 티격태격하고 있었다.

"싸우면 안 되지. 서로 사이좋게 나눠 갖자."

아이들이 장난감을 골라 재미있게 노는 모습을 보며 렌지는 만족스러웠다. 이 아이들은 엄마가 데리러 올 때까지 이곳에서 지낸다. 엄마들은 클럽이 문을 닫은 뒤, 한밤중에나 도착한다. 잠들었던 아이는 졸린 눈을 비벼 가며 다시 일어나 택시를 타고 외곽의 집까지 가야 한다. 그래도 이곳에는 아이들을 다정하게 돌봐 주는 선생님이 있고 열심히 일하는 엄마가 있다. 고생스럽기는 해도 사랑받고 있으니 괜찮다, 라고 렌지는 생각했다.

"이제 일하러 나가요?"

나쓰키가 렌지의 검은 양복 차림을 보며 물었다.

네, 라고 고개를 끄덕이고 렌지는 덧붙였다.

"저, 클럽 호스트예요."

그 말에 또 한 명의 보육사가 흥분한 기색으로 말했다.

"역시 내가 본 게 맞았어. 돈키호테에 포스터가 잔뜩 붙었잖아."

나쓰키도 생각났다. 에스컬레이터를 타고 올라가면 벽에 온통 젊은 남자들의 큼직한 얼굴 포스터가 붙어 있다. 가수나 탤런트 같은 아이돌인 줄 알았는데 나카스의 호스트들이었다.

"그 포스터 속에 있죠?"

동료 보육사가 호기심 어린 눈빛으로 캐물었다. 글쎄요, 라고 렌지는 말끝을 흐렸다.

나쓰키는 밤업소에서 눈에 띄는 화려한 여자들과는 달리 수수하고 차분했다. 아이들을 얼러 줄 때는 손위 언니 같은 모습이었다. 아이들 앞에서는 목소리도 애니메이션 주인공처럼 내고 걸음걸이도 봉제 인형처럼 귀여웠다. 아이들이 그녀에게 보이는 반응이나 신뢰감은 각별했다. 아이들에게 그녀는 자신들을 잘 이해해 주는 캐릭터 주인공이었다.

"왜요?"

혼자 빙그레 웃는 렌지에게 나쓰키가 물었다.

"아뇨, 아무것도 아니에요. 죄송합니다."

그때, 문이 열리고 아이를 품에 안은 젊은 엄마가 뛰어 들어왔다.

"미안해요, 선생님. 깜빡 늦잠을 자 버렸어. 오늘도 잘 부탁드릴게요."

메이크업을 끝낸 화려한 차림의 엄마에게서 나쓰키가 아이를 받아 안았다. 렌지가 잘 아는 얼굴이었기 때문에 슬쩍 등을 보이며 돌아섰다. 유코의 룸살롱에서 일하는 호스티스다. 렌지에게 '동정 졸업'을 가르쳐 주겠다고 얘기했던 여자였다. 아이는 장난감을 발견하고 나쓰키의 품을 벗어나 쪼르르 달려갔다. 젊은 엄마는 "고마워요"라는 환한 인사를 건네고 총총히 자리를 떴다.

"일하면서 아이 키우기 힘들겠네요, 선생님들도 엄마들도."

"싱글 맘이 많으니까요. 간혹 어린이집에 아이를 맡기는 것에 열등감이나 가책을 느끼는 엄마들도 있어요. 일반 가정에서처럼 돌봐 주지 못한다는 열등감. 그야 아이들이 힘들긴 하죠. 잠들었다가 한밤중에 다시 깨어야 하니까. 하지만 그걸 가엾다고 생각하면 안 돼요. 이렇게 살아가는 거, 정말 대단한 일이에요. 이따금 엄마들과 힘든 거 서로 털어놓고 얘기해요."

렌지는 입을 꾹 다물고 조용히 머리를 숙였다. 감사의 마음이 담긴 인사였다.

"저는 그럼 이만."

돌아가려고 구두를 신는데 나쓰키가 말했다.

"고마워요, 항상 우리 아이들에게 잘해 줘서. 근데 미안해서 어쩌죠?"

"미안하긴요. 아이들 웃는 거 보면 나까지 마음이 편안해져요. 시간 나면 또 들를게요."

유키의 머리를 쓰다듬어 주고 렌지는 어린이집을 나섰다. 계단을 내려오자 머리 위에 보름달이 빛났다. 봄밤의 유난히 큰 달이었다.

"와아, 그 사람이?"

나쓰키는 혼잣말처럼 중얼거리며 렌지의 얼굴이며 몸짓을 머릿속에 떠올렸다.

"그래, 그 친구가 렌지야."

여전히 뭔가 의아한 듯 나쓰키가 되물었다.

"히비키 씨에게서 얘기로만 듣던 렌지라는 인물은 뭐랄까, 음울하고 어딘가 광기가 숨겨진 듯한 인상이었거든. 근데 어린이집에 먹을 것이며 장난감을 가져오는 그 사람은 아주 착한 청년이었어. 우리 애들도 진짜 좋아해. 원래 아이들은 착한 사람을 알아보는 능력이 있잖아. 분명 거짓이 아니었어, 그 선량함은."

"선량하지 않다고 얘기한 적은 없는데?"

히비키가 작은 소리로 지적한 뒤에 말을 이어 갔다.

"솔직히 나는 렌지를 잘 아는 것 같으면서도 실은 아무것도 몰라. 어렸을 때 봤을 뿐이니까. 지금 렌지가 어떤 사람으로 컸는지는 전혀 모르지. 그래서 나도 놀랐어. 렌지가 아이들에게 삼각김밥이며 장난감을 사다 주는 사람이 되었다니, 정말 상상도 못했던 일이야."

"유키가 엄청 까다로운 편인데도 그 사람에게는 마음을 열고 대하는 게 그대로 느껴졌어. 마치 아빠에게 안긴 것처럼 마음이 턱 놓이는 모양이야. 아빠라는 존재를 알지 못하는 아이인데 뭔가 냄새를 느끼는 건가? 올 때마다 착 달라붙어."

"렌지는 아마 유키에게서 어린 시절의 자신을 발견했던 게 아닐까? 그 시절의 자신에게 손을 내밀고 싶은 거겠지. 유키에게 다정하게 하는 것으로 그 시절에 고독했던 자신을 치유하려는 거야."

두 사람은 머릿속에 어린 시절의 렌지를 떠올리며 한참을 침묵했다.

"그 친구, 호스트가 됐다던데……."

이윽고 히비키가 한숨을 내쉬며 중얼거렸다.

"나카스의 호스트는 웬만한 아이돌보다 더 잘생겼더라."

나쓰키가 빙그레 웃으면서 말했다. 하지만 히비키는 그런 얘기는 못 들은 척 넘겨 버렸다.

"렌지는 아직 미성년이야. 술을 파는 호스트 클럽에서 일하면 안 되는 나이라고."

"혹시 보고하려고?"

나쓰키는 항의하는 눈빛으로 히비키를 보았다.

"명색이 경찰인데 미성년자가 호스트로 일하는 걸 못 본 척할 수는 없지."

"그래도 그건 아니지."

나쓰키가 반론에 나섰다.

"그야 법에 저촉되는 일이야. 근데 그 친구에게는 너무 가혹하지 않아? 이제 일 년만 지나면 열여덟 살이야. 이런 때는 눈감아 줘도 되잖아. 여기 나카스에서 어떻게든 살아가려고 발버둥치고 있는데. 주위에서 아무것도 해 준 것도 없으면서 일자리까지 빼앗는 건 지인으로서 좀 심한 것 같아."

히비키는 애매하게 시선을 피했다.

"게다가 열일곱 살인지 열여덟 살인지 호적이 없어서 모른다잖아. 그 차이를 어떻게 판별할 건데?"

두 사람은 서로를 바라보았다. 히비키는 한숨을 내쉬고 답답하다는 듯 살짝 고개를 저었다.

2017년 4월

아카네가 매일같이 찾아와 돈을 조르는 일이 거듭되자 어지간한 렌지도 이대로는 안 되겠다고 고민에 빠졌다. 내가 돈이 있으니까 이렇게 찾아오는 것이다. 그렇다면 무일푼인 경우에는 어떻게 될까. 결국 생각다 못해 호스트 클럽을 그만두기로 마음먹었다. 가장 높은 수익을 올리는 렌지가 빠져나가면 클럽 운영이 어려워진다고 사장과 대표가 나서서 붙잡았지만 그의 결심은 흔들리지 않았다.

"마사토도 사라졌는데 너까지 나가 버리면 우리 클럽이 어떻게 되겠냐, 제발 사정 좀 봐줘."

사장이 애원하며 매달렸다. 어려울 때 일자리를 준 사람이었기 때문에 렌지도 여간 마음이 무거운 게 아니었다.

"아카네를 얼씬도 못하게 해 줄 테니까 계속 나오면 안 될까?"

"죄송합니다. 잠시만 쉬게 해 주세요."

렌지는 죄송한 마음에 성인이 되면 꼭 돌아오겠다고 약속했다.

그 소식을 듣고 아카네는 길길이 뛰었다.

항상 하던 대로 호스트 클럽에 얼굴을 내밀었는데 렌지가 그만뒀다는 것이다. 사장이 뛰어나와 소리를 질렀다.

"당신이 날마다 돈을 뜯으러 오니까 그만뒀잖아. 이걸 어쩔 거야, 대체!"

아카네는 도망치듯이 길로 나와 휴대 전화를 꺼내 부들부들 떨리는 손으로 렌지의 번호를 눌렀다.

"호스트 클럽은 왜 그만뒀어! 창피하게 나만 욕을 먹었잖아!"

댓바람에 큰소리로 나무랐다.

"호스트 일에도 지쳐서 잠시 쉬기로 했어요."

"돈은?"

"돈은 다 드렸잖아요. 이제 없어요."

아카네는 가로등 아래 멈춰 서서 다시 목소리를 높였다.

"말도 안 돼. 얘가 지금 무슨 헛소리를 하는 거야!"

아카네의 분노는 가라앉지 않았다. 똑같은 말을 몇 번이고 되풀이했다. 렌지는 눈을 감고 작게 한숨을 내쉬었다.

"바보 같은 놈, 어렵사리 넘버원이 되었는데 그걸 헌신짝 버리듯이 내팽개쳐? 돈이 없다고? 거짓말하지 마! 여태껏 벌어서 꼬불쳐 둔 돈이 있잖아. 나한테 주기가 아까워서 그런 거짓말을 해?"

"거짓말 아니야. 정말로 돈이 없어. 클럽 일 시작한 지 1년도 안 됐잖아. 게다가 넘버원으로 올라간 것도 최근이야. 어머니가 날마다 몇만 엔씩 가져가고, 이제 하나도 없어."

"뭐야? 너, 대체 누구랑 짜고 이런 바보 같은 짓을 했어? 식구들이 죄다 힘들어서 어쩔 줄 모르는데 어떻게 이럴 수가 있어? 토마는 어떡할래? 외할아버지 외할머니는 누가 돌봐 드려? 여태껏 키워 준 가족을 나락으로 떨어뜨리고도 너는 속이 편해? 토마는 학교에도 못 다니고, 할머니는 간병인도 못 구해!"

"외가에서는 어머니 오기 전까지 그럭저럭 잘 지내셨어. 그건 핑계고, 어머니 놀러 다닐 돈이 필요한 것뿐이잖아. 유코 씨한테서 얘기 들었어. 내가 건넨 돈으로 매일 밤 다른 호스트 클럽에 놀러 다닌다던데. 내가 그런 돈 대려고 날마다 일하는 거 아니야. 그리고 앞으로도 그러려고 일할 생각은 없어."

강한 결의를 전하자 아카네는 그제야 입을 다물었다. 시선이 어딘지 모를 곳에서 고정되어 버렸다. 입술이 떨리고 어금니를 악문 턱에 굵은 힘줄이 섰다. 눈은 한껏 치켜 올라갔다. 가로등 밑의 그 붉은 귀신같은 형상을 보고 사람들이 슬슬 피해 갔다.

"이런 불효막심한 놈!"

느닷없이 아카네가 폭발했다. 렌지는 저도 모르게 휴대 전화를 던져 버렸다. 십여 초 뒤에 스피커에서 이번에는 훌쩍훌쩍 우는 소리가 흘러나왔다. 과장된 연기였지만 필사적인 게 담겨 있었다. 분명 휴대 전화에 얼굴을 바짝 대고 울고 있는 게 틀림없었다. 지직지직 스피커 소리가 깨져서 알아듣기도 어려웠다.

"얘, 렌지, 렌지……."

붉은 귀신은 흐느끼면서 아들을 불러 댔다. 그 딱한 모습을 상상하며 렌지는 눈을 질끈 감아 버렸다.

"내 얘기 좀 들어봐. 나도 여기저기 놀러 다닌 건 잘못했어. 근데 내가 너무 고생을 많이 했잖아. 이 나이 되도록 내내 일만 하고 마음껏 놀아 본 적이 없는 거, 너도 잘 알지? 갑자기 돈이 생기니까 나도 모르게 좀 써 봤어. 예전처럼, 네 아빠가 건강하던 때처럼, 멋지게 놀아 보고 싶었어. 화려한 호스트 클럽 분위기에 휩쓸려 나도 한 번 놀아 보고 싶었다고. 얘, 그 정도는 괜찮잖아? 엄마도 사람이야, 가끔은 스트레스도 풀어야지. 근데 어쨌든 내가 미안해. 좀 심했어. 이제 호스트 클럽에는 안 갈게. 그러니까 제발 부탁이야. 다시 클럽에 나와서 돈을 벌어야지. 사장이 너를 기다린다잖아, 지금이라도 다시 돌아와. 가족을 먹여 살린다고 생각하고 네가 일을 해야지. 넌 장남이잖아. 아빠가 저 꼴이 되었는데 너라도 가족을 건사해야 할 거 아니야. 렌지, 부탁이야, 우리 토마 좀 살려 줘. 세상에서 단 하나뿐인 여동생이 학교에서 창피 당하지 않게 도와줘. 얘, 렌지, 내 얘기 듣고 있어?"

렌지는 내내 눈을 질끈 감고 있었다. 어쩔 수 없이 꺼져 가는 목소리로 응했다.

"식당에 견습으로 들어가 열심히 공부해서 요리사가 될 생각이야."

잠시 아무 소리도 없었다. 하지만 렌지가 눈을 뜬 순간, 다시 소음이 쏟아졌다.

"뭐라고? 식당에서 견습? 지금부터 그걸 하겠다고?"

"지금부터라니, 나는 아직 열일곱이야. 지금 시작해도 충분해."

아카네는 다시 흥분해서 무슨 얼빠진 소리냐고 악을 썼다.

"타고난 재능으로 이미 호스트 넘버원이 됐잖아. 근데 이제 새삼 요리를 배우겠다고? 너, 지금 제정신이야? 요리 따위 배워 봤자 호스트 수입의 10분의 1도 안 돼. 아니, 대체 어떤 식당에서 널 꼬드긴 거야?"

"어디든 관계없어."

아카네는 숨이 차서 잠시 입을 다물었다. 눈을 치켜뜨고 휴대 전화를 노려보았다. 당장이라도 휴대 전화를 박살 내고 싶었다. 그래도 다시 움켜쥐면서 입가에 바짝 대고 얼굴이 벌게져서 나카스 전체에 울릴 만큼 큰 소리로 악을 썼다.

"이런 싸가지 없는 놈, 키워 준 은혜를 이렇게 갚아? 오늘날까지 죽을 둥 살 둥 키워 준 엄마는 죽으라는 거야? 너처럼 이기적인 자식을 낳은 게 창피하다, 창피해, 이 한심한 놈아. 그게 부모한테 할 말이야? 너, 이 엄마가 죽어도 후회하지 마. 알았어? 애초에 너는……."

렌지는 중간에 휴대 전화 전원을 꺼 버렸다. 더 이상 악다구니를 들어 줄 기운이 남아 있지 않았다. 열대어의 눈이 되어 휴대 전화를 소파 위에 내던졌다. 곧바로 전화가 다시 걸려 왔다. 하지만 렌지는 받지 않았다. 밤새 벨소리가 울렸다. 그 반복되는 신경질적인 소음은 악다구니 그 자체였다. 벨소리 끄는 방법을 알지 못해서 새벽녘에 렌지는 유코에게서 받은 휴대 전화를 욕조 물속에 첨벙 던져 버렸다.

2017년 5월

세이류 공원과 나카시마 공원에는 초록이 무성하고 길거리를 빠져나가는 바람에도 따스한 온기가 섞였다. 사람들은 약간은 가볍고 화려한 색감의 옷을 골라 입고 햇살을 찾아 거리로 나오기 시작했다. 다들 진심에서 우러난 미소를 짓고 있었다.

렌지는 노포 요정 '센슈'를 찾아가 요리사로 일하는 헤이지를 만났다. 사정을 설명하자 그는 웃으면서 "좋아, 아무 걱정 마"라고 힘차게 응해 주었다.

"다카하시 회장님과 약속했어. 렌지를 잘 부탁한다고 하셨지. 그러니까 넌 내가 맡았어. 내 몸이 버티는 한, 책임지고 뒤를 봐줄 거야."

헤이지가 딱 잘라 말했다.

렌지는 에이프런을 두르고 맨 밑의 견습생으로 일을 배우기 시작했다. 칼도 제대로 잡지 못해서 처음에는 외워야 할 게 너무 많았다. 요리사만 30명이 넘는 큰 규모의 요정이라서 여기도 상하 관계가 엄격했다. 하지만 헤이지의 배려 덕분에 호스트 클럽에서 당했던 시달림 같은 것도 없이 오롯이 요리에 집중할 수 있었다. 새벽부터 밤늦게까지 렌지는 근면하게 일했다. 학력이라고는 아예 없었지만 그곳에는 현실적으로 꿈꿔 볼 수 있는 환한 미래가 있었다.

같은 나이의 견습생이 한 명 더 있었다. 구마모토에서 온 지 얼마 안 된 구와바라 쓰토무였다. 그는 명랑하고 늘 기운이 넘치고 주위 사람을 웃기는 재주가 있었다. 태어나서 처음으로 갖게 된 또래 친구였다. 동세대 친구를 통해 렌지의 세계관에도 점차 변화가 일어났다. 쓰토무와 자신을 비교하는 것으로 세상을 바라보는 기준이 생기고, 쓰토무의 충고에 따라 자신의 행동을 정당화할 수 있었다. 하루하루 쓰토무와 주고받는 대화는 렌지를 고독에서 구해 주었다.

어느 날, 둘이 나란히 당근 껍질을 벗기면서 렌지는 자신이 학교에 다닌 적이 없다는 것을 털어놓았다. 쓰토무는 하하 웃으면서 말했다.

"나보다 학력이 떨어지는 놈이 다 있네?"

쓰토무는 중졸이라서 항상 그게 콤플렉스였다. 학력이 아예 없는 렌지의 존재는 자신에게 큰 격려가 된다고 우스꽝스러운 얼굴로 말했다.

"학교 다녀 봤자 실제로는 별 도움도 안 돼. 남들보다 일찍 사회에 나와 세상살이도 배우고 인간관계에도 시달려 봐야 성공하는 거지."

서슴없이 쑥쑥 내뱉는 것 같아도 그의 말에는 렌지를 진심으로 생각해 주는 인정이 있었다. 동성 친구를 가져 본 적이 없었던 렌지에게 쓰토무의 출현은 신선했다. 하루하루의 생활에 전에 없던 활기가 감돌았다. 이게 우정이라는 건가, 하고 렌지는 실감했다. 그렇다면 히사나와의 관계는 뭘까. 남자와 여자의 차이인가. 쓰토무와의 우정은 시원시원해서 서로 감추는 게 없고 마음이 편했다. 항상 웃음이 있고, 무엇보다 대등한 동성 간의 신뢰를 바탕으로 한 관계였다. 히사나와는 친밀한 오누이 같고 무엇이든 상의할 수 있었지만, 그래도 대등하다고 하기는 어려웠다. 렌지가 히사나에게 화를 내기도 하고 히사나는 헌신적이지만 갑작스레 토라지거나 감정적으로 나와서 렌지를 쩔쩔매게 하기도 했다. 그 기묘한 줄다리기에 서로 지쳐 버리는 일이 있었다.

요정 주방에서의 일은 호스트 때와는 비교가 안 될 만큼 중노동이었다. 마치 전쟁터처럼 한순간의 방심도 허락하지 않는 곳이라서 항상 신경을 곤두세우고 임전 태세로 뛰어들지 않으면 안 된다. 렌지는 말단에 지나지 않았지만, 그나마 쓰토무와 헤이지 덕분에 긴장과 보람을 함께 느끼며 일을 배울 수 있었다. 그리고 무엇보다 그곳에는 꿈이 있었다. 학력도 없고 호적도 없는 렌지가 항상 간절히 원했던 것은 장래에의 꿈이었다. 이곳에서 착실히 배워 두면 적어도 요리사로서 살아갈 수 있다. 언젠가는 내 가게를 가질 수 있을지도 모른다. 외조부 데쓰조도 예전에 나카스에서 작은 식당을 했었다. 데쓰조가 차려 주던 떡국 맛이 이따금 그리워지곤 했다. 제대로 먹을 게 없던 어린 시절의 자신에게 그건 가장 큰 호사였다. 사람들이 반겨 줄 만한 음식을 만들어 내는 요리사가 되고 싶었다. 그 꿈을 이곳에서 이룰 수 있는 것이다.

일을 끝내고 맨션으로 돌아가 엘리베이터 문이 열리면 모터 소리로 알아채는지 이따금 히사나가 마중을 나와 복도의 어둠 속에서 기다려 주었다. 요리사로 일을 바꾼 것에 히사나는 크게 기뻐했다. 무엇보다 돈 많은 중년 여자들의 유혹에 빠질 일이 없기 때문이다. 머리를 짧게 깎은 렌지는 늠름해 보였다. 아침 일찍 나가고 밤늦게 돌아오지만 귀가 때마다 좀 더 씩씩한 남자가 되었다. 그런 변모가 손에 잡힐 듯이 보여서 흐뭇하기만 했다. 렌지는 집에 오면 날마다 쓰토무 얘기를 들려주었다. 그의 형제 얘기, 그가 품은 야심, 그의 어린 시절, 그의 쿨한 농담이며 실수……. 태어나서 처음 사귄 친구의 일상을 행복한 얼굴로 이야기하는 렌지의 생생한 표정은 처음 보는 신선한 일면이어서 히사나는 진심으로 안도했다.

히사나가 쓰토무를 만난 것은 5월 말의 일이었다. 요정이 쉬는 날이라서 렌지가 쓰토무에게 낚시를 함께하자고 청했다. 찾아온 쓰토무에게 겐타와 히사나를 소개해 주었다. 네 사람이 한자리에서 만난 건 처음이었지만 그런 생각이 들지 않을 만큼 보자마자 척척 죽이 맞았다. 히사나는 렌지가 그런 재미있는 친구를 사귀고 집에까지 데려왔다는 것 자체가 흐뭇했다.

겐타와 렌지와 쓰토무가 동시에 낚싯줄을 던졌다.

"어떤 게 잡혀요?"

쓰토무가 수더분한 투로 겐타에게 물었다.

"장어."

겐타가 미소를 지으며 응했다.

"어제 큰비가 내렸잖아. 비 온 다음 날에는 이 근처에 장어가 우글우글해. 그것도 천연 장어가."

렌지가 의기양양하게 얘기해 주자 쓰토무는 깜짝 놀란 소리를 냈다.

"헉, 진짜? 이런 곳에서 천연 장어가 잡힌다고?"

그러자 옆에서 겐타가 예전 일을 일러바쳤다.

"렌지가 처음 장어를 본 게 여섯 살 때였어. 뱀이 나타났다고 내 뒤로 숨어서 벌벌 떨었다니까."

벌벌 떨지는 않았다고 렌지가 항의했다. 히사나와 쓰토무가 옆에서 킥킥거렸다. 렌지의 그런 인간적인 면모를 보는 것도 오랜만이었다. 이마에도 뺨에도 환한 기운이 흐르고 눈동자는 나카스의 햇살을 모두 빨아들인 것처럼 빛이 났다. 저게 열일곱 나이의 맨얼굴이구나, 하고 새삼 깨닫고 히사나는 지금껏 느껴 본 적이 없을 만큼 큰 감동에 휩싸였다. 아직 우리에게는 무한한 시간이 있다. 오래전 처음 만났을 때부터 나는 그가 좋았어, 라고 생각했다. 그렇게 생각하니 히사나는 왠지 눈물이 핑 돌았다.

"앗, 물었다!"

쓰토무의 낚싯줄이 강물 속으로 쭉쭉 딸려 들어갔다. 겐타와 렌지가 벌떡 일어나 그의 등 뒤로 달려갔다. 물고기의 거뭇한 그림자가 몸을 뒤채며 강물을 철푸덕철푸덕 쳐냈다.

"장어다!"

겐타가 거들고 나서서 둘이 낚싯대를 번쩍 들어올렸다.

렌지는 배낭에서 도마와 전용 칼을 꺼내와 잽싸게 손질 준비에 들어갔다. 낚아 올린 장어는 네 사람의 발밑에서 마구 꿈틀거렸다. 히사나가 꺄아악 비명을 지르며 렌지 뒤로 도망쳤다.

겐타는 장갑을 끼고 납작 엎드려 꿈틀거리는 장어의 목덜미를 단번에 움켜잡았다.

"와아, 진짜 잡혔다, 진짜로 장어가 잡혔어!"

쓰토무가 신이 나서 방방 뛰면서 소리쳤다.

렌지는 칼을 잡고 장어를 척척 손질했다. 그야말로 익숙한 솜씨였다. 겐타가 그 믿음직스러운 모습을 자랑스러운 듯 지켜보았다. 겐타는 세월의 흐름을 곱씹었다. 여섯 살 소년이 열일곱 살이 되었다. 그곳에는 11년이라는 나카스의 시간이 새겨져 있었다. 네 사람은 서로 거들어 가며 숯불을 피우고 장어에 양념을 발라 슬슬 구워 냈다. 넷이 똑같이 볼이 불룩해질 만큼 양껏 먹었다.

유코에게 웬일로 아카네가 먼저 연락을 해 왔다.

"언니, 시간 좀 내줄래요?"

온순한 목소리로 상의할 게 있다고 했다.

잠시 고민했지만 앞으로의 일을 유야무야 넘어갈 수도 없다. 지난번에 만난 그 찻집에서 다시 마주앉게 되었다.

"언니, 전에 얘기했던 거, 내가 찬찬히 생각해 봤거든. 역시 믿을 수 있는 유코 언니 가게에서 일하면 좋을 것 같아."

유코는 이미 속사정을 다 알면서도 일부러 물어보았다.

"왜? 지난번에는 유유자적 놀면서 살겠다고 했잖아."

"아니, 그게……. 실은 렌지가 호스트 클럽을 관둬 버렸어."

유코는 말없이 한숨을 내쉬었다.

"진짜 너무 이기적인 놈이야. 지금까지 키워 준 게 누군지도 모르나 봐. 아들이라고 하나 있는 게 엄마를 요만큼도 돌봐 줄 생각을 안 해."

아카네가 어처구니없는 소리를 늘어놓았다.

"그러니까 언니, 부탁할게. 나, 일 좀 하게 해 줘."

"그때는 너를 우리 클럽에서 써 줄 생각이었어. 근데 그렇게 잘난 척하면서 거절했는데 또 써 주고 싶겠니?"

그러자 아카네가 불쑥 뜻밖의 말을 내뱉었다.

"그거, 언니가 시켰지? 걔를 그동안 언니가 거둬 주고 있었지? 그래서 나한테서 렌지를 떼어 놓으려는 거잖아. 다른 호스트 애들한테서 들었어, 언니가 매번 렌지를 지명했다는 거."

유코는 슬쩍 시선을 피했다.

"내 말이 맞지?"

아카네가 재우쳐 물었다.

"그냥 지명한 것뿐이야. 개인적인 관계는 없어."

아카네는 지그시 유코의 눈을 들여다보았다. 이런 때 시선을 피해서는 죽도 밥도 안 된다. 유코도 지지 않고 그 눈을 마주 노려보았다. 아카네를 이대로 두면 무슨 짓을 할지 걱정스러웠다. 어쨌든 우리 쪽에 불러들여 감시하는 게 더 나을지도 모른다.

"룸살롱이라도 괜찮다면 마침 여자애 하나가 그만뒀으니까 일해 보든지."

부루퉁하던 아카네의 얼굴에 금세 웃음이 번졌다.

"언니, 진짜야?"

"그래. 하지만 시급이야. 실적에 따르는 걸로, 괜찮지?"

아카네가 고개를 끄덕이면서 말했다.

"역시 언니가 최고야."

유코도 웃어 보였다. 불쾌한 기분을 억누르며 애써 지어낸 억지웃음이었다.

렌지는 익숙하지 않은 주방 일을 마치고 집으로 향했다. 외워야 할 것들이 산더미처럼 쌓여서 요리사 경험이 전혀 없는 그에게는 하루하루가 도전의 연속이었다. 요정을 나서자마자 왈칵 피로가 몰려왔다. 요리사 일은 호스트와는 정반대로 화려한 데라고는 일절 없고 스포트라이트를 받을 일도 없는 덤덤한 업이었다. 주방칼에 손끝을 베이고 물집이 잡혔지만, 몸을 쓰면 쓸수록 시시한 고민 따위는 어느새 씻겨 나가 마음속이 깨끗하게 비워졌다.

맨션 엘리베이터에 들어가 정지 버튼을 누른 순간, 등 뒤에서 누군가 스윽 따라 들어왔다. 돌아보니 유코였다. 깜짝 놀라서 렌지는 숨을 헉 삼켰다. 벌써 올라가기 시작한 엘리베이터 안에서 유코가 장난꾸러기 아이처럼 말했다.

"찾았다, 렌지!"

"엇, 여기를 어떻게 알았어요?"

"실은 너한테 준 휴대 전화에 GPS를 달았거든. 처음부터 계속 이곳을 짚어 주더라고. 근데 올까 말까 내내 망설였어. 너, 클럽 관뒀잖아. 보고 싶었어. 내가 얼마나 걱정했는지 알아?"

"죄송해요. 어머니가 자꾸 연락을 하는 바람에 그 휴대 전화는 쓰지 못하게 됐어요."

렌지는 유코를 어떻게 대해야 할지 난감했다. 호스트 클럽을 그만두게 된 이유를 얘기해 주고 싶었지만, 집에는 히사나가 있다. 엘리베이터가 최상층에서 멈추고 문이 열렸다. 유코가 문이 닫히지 않게 손끝으로 열림 버튼을 눌렀다. 렌지는 어물어물 머뭇거렸다. 이따금 히사나가 엘리베이터 앞에서 기다리는 것이다. 오늘도 복도에까지 나와 있을지 모른다.

"혹시 누군가 같이 사는 사람이 있어?"

눈치 빠른 유코가 물었다. 렌지가 대답을 못하고 있는데 복도 안쪽에서 현관문의 체인이 풀리는 소리가 들렸다.

"렌지……."

저만치에서 히사나가 의아한 듯 조심스럽게 부르는 소리가 났다.

그 순간 유코는 열림 버튼에서 손을 떼고 1층 버튼을 눌렀다. 문이 닫히고 엘리베이터가 다시 내려가기 시작했다.

"젊은 여자애하고 같이 사는구나?"

"아니, 친구예요. 가끔 반찬을 갖고 오거든요. 일곱 살 때부터 친하게 지낸 친구."

유코는 빈틈을 노리듯이 렌지의 품에 덥석 안겼다. 그러고는 이 젊은 아이를 난처하게 만들 심산으로 일부러 목에 팔을 감고 강제로 입을 맞춰 버렸다. 렌지는 흠칫 놀랐지만 미처 막을 수 없었다. 태어나서 처음 해 보는 입맞춤이었다. 유코의 뜨겁고 부드러운 입술이 렌지를 빨아들였다.

"하하, 얼굴이 온통 립스틱 자국이네. 그 얼굴로 들어가면 네 친구가 깜짝 놀라겠지?"

유코는 렌지의 팔을 끌고 엘리베이터를 나와 맨션 주차장 안쪽에서 키스를 이어 갔다.

렌지는 그녀가 원하는 대로 입술을 맡겼다. 키스를 통해 부드럽고 농후한 여인의 육체가 느껴졌다. 지금까지 의식 속에 봉인하고 말살해 왔던 욕구에 작은 불씨가 피어올랐다. 머릿속에 저절로 떠오르는 장면이 있었다. 어린 시절에 필사적으로 눈과 귀를 가렸던 아카네와 마사카즈의 정사. 그때마다 침대가 삐걱거렸다. 렌지는 애써 자는 척해야만 했다. 시큼한 냄새, 묘한 콧소리와 신음 소리. 솟구치는 에너지와 끝없는 욕망이 침대를 계속 흔들어 댔다.

그런 게 대체 무엇을 의미하는지 전혀 알지 못했다. 하지만 어린 나름대로 사악한 뭔가를 감지하고 언제부턴가 렌지는 마음을 닫아걸었다. 두 사람은 감추려고도 하지 않고 야수처럼 렌지가 자고 있는 옆에서 그런 짓을 거듭했던 것이다. 헐떡이는 소리가 귀에서 떠나지 않았다. 거칠고 천박하고 난폭한 운동 같은 것이라고 렌지는 생각했다. 그런 음란한 짓 따위, 쳐다보고 싶지도 않았다. 봐서는 안 된다는 것만 가슴속에 새겼다.

점점 성장하면서 렌지는 남녀 관계에 대한 이야기든 영상이든 포스터든 완전히 시야에서 배제하고 그런 쪽에는 얼씬도 하지 않고 살아왔다. 호스트 클럽에서 여자 고객들이 손을 잡아도 품에 안겨도 혐오감밖에는 들지 않았다. 성적인 뭔가가 눈앞에 나타나면 어린 시절의 그 감정이 되살아나 불쾌해졌다. 외설스러운 모든 것에 눈과 귀를 닫아 버렸다.

유코의 도톰한 입술은 오랫동안 막아 두었던 마개를 억지로 열어 버린 일종의 폭력이었다. 밀고 들어온 혀가 렌지의 마음속에 파고들어 깊은 곳에 은폐해 둔 성적인 불씨를 부채질했다. 불쾌해서 견딜 수 없는데도 저항하려는 마음과는 다르게 안쪽에서 욕구가 치밀었다. 문득 깨닫고 보니 렌지는 부모가 욕망에 탐닉한 것처럼 그 늪 같은 곳에 발목이 잠겨 있었다. 부드럽고 육감적인 여자의 허리를 끌어안고 뭔가에 매달리듯이 그 입술을 받아들였다. 히사나가 품에 안겼을 때의 뭔가 아픔 같은 안타까운 접촉과는 명백히 다른, 거칠고 사나운 욕망이었다. 카타르시스도 없이 노골적인 욕망의 태풍이 불어쳤다.

머릿속에 부모가 서로의 몸뚱이를 껴안고 흥분하던 장면이 떠올랐다. 한 번도 다시 떠올린 적이 없는, 떠올리고 싶지도 않은,

하지만 매일 밤 지켜봐야 했던 남녀의 벌거벗은 몸이 렌지의 뇌리에서 명멸했다. 렌지의 몸이 부르르 떨렸다. 유코가 렌지의 우뚝 솟은 중심을 짜내듯이 주물럭거리자 온몸에 전류가 내달리고 저도 모르게 큰 소리를 내고 말았다. 그것은 어둠을 가르는 으스스한 소리로 주차장에 울렸다. 유코가 당황해서 렌지의 입을 양손으로 막았을 정도였다. 벽까지 밀려나 있던 렌지는 눈을 부릅뜨고 허공을 노려보았다.

아카네는 친정집은 어쩐지 재수가 없다면서 나카스에 집을 구했다. 유코가 경영하는 룸살롱에서 일도 시작했다. 새로 사귄 남자는 가정이 있고 서른 살이나 많은 외국 국적의 남자로, 예전에 자주 드나들던 손님 중 한 명이었다. 그 남자가 나카스에 원룸을 갖고 있어서 거기서 살게 된 것이었다. 남자는 일주일에 이삼 일을 찾아와 아카네와 밤을 함께 보냈다. 덕분에 굳이 룸살롱에 나가지 않아도 먹고사는 데 별 지장은 없었다. 하지만 그 남자와 단둘이 있는 시간을 최대한 줄이려고 매일 저녁마다 룸살롱에 일을 나갔다.

남자는 원룸을 제공해 줬지만 아카네가 좋아하는 타입도 아니고 나이도 많은 데다 일일이 쩨쩨하게 굴었다. 일을 나갈 때 외에는 외출도 못하게 했다. 더구나 만나기만 하면 집요하게 들러붙었다. 그래도 입맞춤에 응해 준 것은 얼마 안 되는 용돈과 맛있는 식당이며 레스토랑에 데려가 주고 원룸에서 공짜로 살게 해 주기 때문이었다. 아카네는 온갖 방법을 동원해 그에게서 용돈을 뜯어내 룸살롱 일이 끝나면 호스트 클럽에 들렀다. 샴페인을 따고 젊은 호스트들과 떠들어 대며 즐거운 찰나의 시간 속에서 살았다. 우선 당장 즐거우면 그걸로 좋은 사람이었다.

하지만 어느 날, 데쓰조에게서 불온한 연락이 날아왔다.

"후미아키가 전화를 했더라. 어디 있는지 모른다고 둘러댔는데 아마 그쪽에 갈지도 모르겠어. 일단 경찰에 신고는 했다만."

전남편 후미아키가 형기를 마치고 출소한 것이었다. 그 폭력 사건 뒤에 아카네는 그와 정식으로 이혼했다. 하지만 그의 집념은 누구보다 아카네가 가장 잘 알고 있었다. 결코 이대로 끝날 리 없었다. 너무도 두려웠지만 더 이상 나카스를 떠나 다른 곳으로 도망치고 싶지는 않았다. 늙은 애인에게 사정을 털어놓고 자신을 지켜 달라고 하소연했다. 그런 거라면 나한테 맡겨, 라고 남자가 말했다.

후미아키가 언제 나타날지 모른다는 공포감에 떨면서도 호스트 클럽에 드나드는 것을 멈출 수 없었다. 젊은 호스트들에게 그간 쏟아 부은 돈이 아까워서라도 늙은 애인이 찾아오지 않는 날 밤에는 어쨌든 호스트 클럽에 들러 샴페인을 터뜨렸다. 잘생긴 젊은 남자들이 공주처럼 떠받들어 주고 자신을 지그시 바라볼 때만 삶의 의미와 기쁨을 실감했다. 어디로도 떠나고 싶지 않았다. 그 안에서는 자신의 화려한 존재가 빛을 발하는 것 같았다.

히사나는 고등학교 3학년이 되었다. 성적이 우수해서 학교 측에서는 대학 입시를 강력 추천했지만 히사나는 시간이 허락하는 한 렌지 곁에 있고 싶어서 영 내키지 않았다. 담임 선생님이 어머니 유코에게 연락해 국립 대학에 합격할 만한 성적인데도 대학에 가지 않는 건 너무 아깝다고 거듭 설득에 나섰다. 하지만 유코는 교육에 별 관심도 없고 클럽 경영으로 하루하루 바쁘게 돌아가는 통에 딸의 장래에 신경 쓸 여유도 없었다. 자립심이 강해서 자신보다 오히려 똑똑하게 살아가는 딸 히사나였다. 그런 성품을 잘 알고 있기 때문에 모든 것을 본인에게 맡기고 오래도록 방임해 왔다. 대학에 가고 싶다면 학비를 대 주겠지만 가고 싶지 않다면 억지로 보낼 필요는 없다고 생각했다. 히사나도 진학이나 자신의 장래에 대해 어머니와 상의한 적이 없었다. 입시 학원은 커녕 대학을 가기 위해 공부한 적도 없었다. 앞으로 렌지와 함께 사는 것밖에 히사나의 머릿속에는 없었다. 수업이 끝나면 교과서와 노트를 가방에 챙겨 넣고 부리나케 교실을 나왔다.

교실 옆자리의 사토시는 고등학교 입학 때부터 히사나를 좋아했다. 하지만 그녀는 반 친구들과 어울려 노는 일이 없었다. 친한 친구도 거의 없고 동아리 활동도 하지 않았다. 수업이 끝나면 가장 먼저 교실을 떠나 버리는 것이다. 마음먹고 말을 걸어도 그저 무난한 대답만 할 뿐이었다. 취미나 가족에 대한 얘기도 장래에 대한 꿈도 전혀 입 밖에 내지 않았다. 그래도 반 친구들에게 미움을 받는 일은 없었다. 상위권 성적인데다 착한 성품이라서 외톨이라도 따돌림을 당하지는 않았다.

"벌써 가려고?"

사토시는 가방을 챙기는 히사나에게 용기를 내 말을 건넸다.

"응, 가야 해."

침착한 목소리가 돌아왔다. 음울하지도 않고 명랑하지도 않았다. 차갑다기보다 신중하고 순했다. 일부러 지우개를 자꾸 빌려 썼더니 어느 날, "나는 안 쓰니까 이거 가져"라면서 새것을 내주었다. 선생님들 사이에서 평판이 좋은데도 반에서 임원을 맡으려 하지 않았다. 마치 눈에 보이지 않는 방호복을 입은 것 같았다. 혹시 특이한 신앙을 가졌는지도 모른다고 사토시는 추측했다. 사랑이란 오해일 뿐이다, 라고 자신의 짝사랑에 대한 결론을 내렸다. 딱히 예쁜 것도 아니다. 마음이 맞는지도 아직은 모른다. 미스터리한 면이 있는 여학생에게 왠지 신경이 쓰이는 것은 자신도 괴짜이기 때문인 게 틀림없다고 분석했다.

"우리 커피 마실까? 학교 앞 찻집에서."

"응? 왜?"

사토시의 제안에 히사나는 의아한 얼굴을 했다. 반 친구들끼리 뭔가 할 일이라도 있었나, 하는 표정이었다.

"아니, 한 교실 바로 옆자리인데도 우리는 서로 너무 모르잖아. 대학 입시라든가 이것저것 얘기도 하고 싶고."

"고마워. 근데 서로 꼭 알아야 할 필요는 없지 않을까?"

사토시는 놀랐다. 알아야 할 필요가 없다니, 이건 무슨 뜻인가. 고심하고 있는데 히사나는 가방을 들더니 내일 보자, 라고 인사를 건네고는 가 버렸다.

짝사랑이 점점 더 심해져서 사토시는 공부도 손에 잡히지 않았다. 히사나의 어떤 점이 좋은지 노트에 써 보기로 했다. 히사나가 좋아할 만한 것도 모두 기록했다. 만화를 그리는 게 특기여서 시간만 나면 히사나의 옆얼굴을 그렸다. 운동장에서 체조하는 모습, 식당에서 혼자 밥 먹는 모습 등을 독특한 터치로 그려 나갔다.

어느 날 사토시가 교문 앞에서 기다렸다. 그리고 그 노트를 건넸다. 히사나는 일단 받아 들었지만 그걸 어떻게 해야 좋을지, 당황스러웠다. 집에 돌아와 렌지에게 가져갈 것들을 준비한 뒤에 시간이 남아서 노트를 펼쳐 보았다. 매일매일 날짜를 적고 귀여운 얼굴 그림과 거기에 짧은 문장의 일기를 덧붙이는 형식이었다.

내가 왜 너를 좋아하느냐고? 그건 따분한 질문이다. 누군가를 좋아할 때, 이유가 있어서는 안 된다. 누군가를 필요에 따라 좋아하는 것은 잘못이다. 너를 좋아한다, 라고 생각한 순간에 이미 어떤 이유도 없이 좋아하는 것이다. 그리고 한 번 좋아한 그 마음은 하루하루 커져만 간다. 문득 깨닫고 보니 이제는 싫어하려 해도 싫어할 수 없는 지점까지 와 있다. 단지 그것뿐이다. 하지만 그게 운명이라는 것을 나는 안다. 날마다 가슴이 설레는 게 그 증거다. 왜냐는 질문 따위를 해서는 안 된다. 내가 젊고, 아직 미래에 희망을 품고 있기 때문일 뿐이다.

히사나는 그 노트가 마음에 들었다. 그 속에는 또 하나의 스토리가 있었다. 자신이 렌지를 생각하는 마음과 흡사한 또 하나의 마음이었다. 이게 렌지가 써 준 노트라면 얼마나 좋을까. 안타까운 마음에 히사나는 노트를 탁 덮어 버렸다.

2017년 6월

겐타는 텐트 앞에 나와 쾌청한 세상을 내다보았다. 그가 살아가는 세계는 나카시마 공원 주변의 기껏해야 반경 100미터 남짓한 공간이었다. 원래 금융 관련 직장에 다녔지만 인간관계로 옥신각신하는 데 지쳐 버렸다. 아니, 그보다 사람들과 어울리는 것에 애초에 소질이 없었다. 결국 돈과 사람에 이리저리 치여 마음에 상처를 입은 채 모든 것을 내던지고 긴 여행을 떠났다. 결혼한 적이 없고 아이도 없다. 누군가 자신을 간섭하는 게 어릴 때부터 끔찍하게 싫었다.

금융인이던 시절에 부동산업을 하는 집안 어른이 강권하다시피 말했다.

"나카스에 싸게 나온 맨션이 있으니까 그냥 구경만이라도 해 봐."

별수 없이 나가 봤는데 맨션보다 그 앞에 가로누운 작은 공원이 마음에 들었다. 후쿠오카시의 한가운데, 나카강과 하카타강이 합류하는 지점에 자리한 손바닥만한 공원이었지만 인적이 없어 조용하고 단출한 그곳에서 자신에게 딱 어울리는 공간을 발견했다는 기쁨을 느꼈다. 맨션을 매입하기 전에 시험 삼아 텐트를 치고 며칠 지내보니 나쁘지 않았다. 도시 안의 외딴섬 같은 느낌이 무엇보다 마음에 들었다. 가장 좋아하는 낚시도 원할 때는 언제든 할 수 있었다. 속세를 떠난 사람처럼 세상을 관조하며 살기에 안성맞춤이었다. 자신 외에는 따로 비슷한 사람, 이를테면 그곳을 근거지로 삼는 노숙자들도 눈에 띄지 않았다. 공간을 독점할 수 있으니 별다른 문제가 일어날 우려도 없고, 잠깐만 나가면 나카스의 번화한 식당가가 있어서 너무 외롭지도 않을 것이다. 그간 모아 둔 자금으로 맨션을 매입했다. 주로 공원 텐트에서 지냈지만 여차할 때의 피난처로, 혹은 서재나 창고로 맨션은 꽤 쓸모가 있었다.

겐타는 인간을 좋아하지 않았지만 그렇다고 싫어하는 건 아니었다. 인사를 차리고 변명을 하고 설명을 해야 하는, 혹은 배려해주고 눈치 보고 신경을 써야 하는 인간관계가 번거로울 뿐이었다. 렌지는 처음부터 전혀 신경을 쓰지 않아도 되는 진기한 부류의 아이였다. 겐타 앞에 느닷없이 나타났지만 두 사람은 단 2초만에 서로 마음이 통했다. 겐타에게 렌지라는 아이는 초목이나 자연, 무생물이나 인공물에 깃든 초자연적인 존재, 혹은 정령 같은 존재였다.

렌지는 육체나 규칙이나 사회성에서 해방된 자유로운 영혼, 특별한 요소로 구성된 존재인 것이라고 겐타는 생각했다. 늘 경의를 품고 대했고 순간순간 외경심을 느끼는 일도 있었다. 렌지가 처한 환경에 대해서도 겐타는 정령이니 어쩔 수 없다고 생각하기로 했다. 렌지를 덮친 슬픈 폭력 사건에 대한 소식을 들었을 때도 렌지라면 대처할 수 있다, 성장을 위해 미리 준비된 시련, 숙명에 지나지 않는다, 라는 생각에 딱히 걱정도 하지 않았다.

겐타가 가진 사상의 근원에는 애니미즘이 있었다. 젊어서부터 세계 곳곳을 떠돌아다닌 끝에 반드시 멀리 가는 것만이 능사가 아니라는 깨달음을 얻었다. 세상 어디에나, 세상 어떤 것에나 다양한 정령이 깃들었다는 것을 알았다. 바위산에도 신이 깃드는가 하면 빌딩에도 깃든다. 그래서 나카스 안에서도 충실한 정령 숭배가 가능했다. 그런 사상의 그릇에 필연적으로 출현한 렌지라는 아이는 겐타에게 흐릿하나마 영적 신앙의 대상이기도 했다. 렌지라는 정령을 숭배하는 일은 그에게 더할 나위 없는 행복감을 안겨 주었다. 하지만 그것을 주위에 설명하거나 알리거나 화제에 올리는 일은 없었다. 렌지는 특별한 존재이기 때문에 굳이 도움의 손길을 내밀어 줄 필요는 없었다. 그저 멀리서 조용히 추앙했다. 인간이 태양이나 바다를 바라보듯이, 인간이 자연이나 우주를 저 멀리 그리워하듯이 겐타는 렌지를 바라보았다.

일을 끝내고 돌아오는 길에 렌지는 로망 거리 한 귀퉁이에서 젊은이들과 진을 치고 있는 이시마를 발견했다. 이시마 쪽에서도 알아보고 놀란 얼굴을 하더니 렌지의 머리를 가리키며 웃음을 터뜨렸다. 그 근처가 이시마의 영역인 모양이었다. 여럿이 무리를 지어 인도 한 귀퉁이를 차지한 채 웃고 떠들어 가며 위협하듯이 주위에 눈을 번득이고 있었다. 이시마 외에는 다들 아직 젊고 폭주족이나 불량배 출신인 듯한 풍모였다. 자신을 습격했던 게 그들이었는지도 모른다고 짐작하고 렌지는 바짝 긴장했다.

"어떻게 된 거야, 그런 머리로 호스트 일을 할 수 있어?"

"호스트 클럽은 관뒀어요. 식당 견습생으로 요리 배우는 중이에요."

이시마가 깜짝 놀라며 "진짜?"라고 되물었다. 다른 젊은이들이 슬그머니 등을 보이며 돌아섰다. 렌지는 그들 쪽을 흘끗 노려보았다. 이시마가 그런 렌지의 어깨를 잡고 행인들을 헤치며 사거리 반대편으로 이동했다.

"지난번에 나를 때린 놈들이지요?"

"맞아. 근데 저 친구들 잘못이 아니야. 마사토가 의뢰한 일거리였어."

렌지는 맞은편 거리를 바라보았다. 번화가는 여전히 사람들로 북적거렸다. 이시마는 저곳에서 뭘 기다리고 있을까. 저렇게 패거리를 만들어 날마다 뭔가를 기다린다. 누군가의 불행이나 누군가의 배신이나 누군가의 악의라는 일거리가 들어오기를. 그들 중 한 명이 큰 소리로 누군가의 성대모사를 하고 있었다. 그러자 모두가 손뼉을 쳐 가며 와하하 웃어 댔다.

"일을 왜 바꿨어?"

이시마가 물었다. 렌지는 아카네 얘기는 꺼내지 않았다.

"원래 호스트로 오래 일할 생각은 없었어요."

"그래, 그게 좋지."

혼잣말처럼 중얼거리더니 웬일로 이시마가 진지한 얼굴을 했다.

"렌지, 나는 내년에 조국에 잠깐 다녀올 생각이야."

"조국?"

"응, 내가 태어난 나라. 언제 갔었는지 기억도 가물가물해. 요즘 부쩍 어린 시절 친구들과 친척들이 보고 싶더라고. 부모님도 보고 싶고. 내가 정말 작은 마을에서 태어났거든. 자랑할 게 아무것도 없는 시골이야. 초록빛 강과 습한 땅, 거친 밭이 지평선 끝까지 이어지는 곳이지. 그래도 그곳이 내 고향 땅이야."

이시마가 어깨동무를 하며 말했다. 그는 전혀 변하지 않았던 것이다. 렌지에게 그는 여전히 이따금 만나는 나이 차가 많이 나는 형님 같은 존재였다.

"어머니가 아프셔. 힘든 병인 거 같아. 아직 살아 계신 동안에 얼굴이라도 뵈어야지. 낳아 준 은혜가 있잖아."

그때 작은 그림자 하나가 이시마의 등 뒤를 쓱 가로질러 갔다. 유키였다. 붐비는 행인들 틈에서 자꾸만 주위를 두리번거리며 길을 잃었는지 이쪽저쪽으로 오락가락하고 있었다. 렌지가 급히 뒤를 따라가 유키를 덥석 안았다.

"유키, 마음대로 돌아다니면 안 된다고 했지?"

"어디가 어딘지 모르겠어요."

"그래, 길을 잃었구나. 좋아, 내가 데려다줄게."

렌지는 이시마를 돌아보며 손을 흔들어 인사를 건넸다. 그는 가로수 아래 서 있었다. 나카스의 형님은 하얀 이를 내보이며 웃고 있었다. 렌지도 미소를 돌려주었다. 그가 크게 팔을 휘젓고는 걸음을 돌려 아우들에게로 돌아갔다. 렌지는 그 뒷모습을 잠시 바라보았다. 조국이라는 말이 마음속에 남았다. 화려한 네온사인이 빛나는 나카스의 번화가를 둘러보았다. 사람들로 붐비고 떠들썩하고 곳곳에서 매일같이 난장을 치는 동네, 하지만 이곳이 내 조국이다, 사랑할 수밖에 없는 곳이다, 라고 렌지는 생각했다.

한밤중의 아이가 렌지의 팔에 매달렸다. 아이의 온기, 보슬보슬한 땀 냄새, 달콤한 입 냄새에서 어린 시절의 자신이 떠올랐다. 나카스의 골목길을 뛰어다니던 그 무렵의 자신 그대로였다. 렌지는 유키를 번쩍 들어 목말을 태우고 어린이집을 향해 걸음을 옮겼다.

나쓰키는 숨을 헉헉거리면서 골목길과 빌딩 틈새까지 살펴보았다. 아이가 숨을 만한 곳이라면 차량 밑이라도 들여다보고 땀을 흘리며 내달렸다. 평소 같으면 편의점 안을 들여다보고 있던 유키의 모습이 오늘은 좀체 보이지 않았다. 주변을 다 찾아봤는데 어디에도 없었다. 동료에게 어린이집을 맡기고 나와서 마음이 급했다. 나카스 파출소 앞으로 뛰어가 히비키를 불러냈다.

"아이 하나가 사라졌어. 아무리 찾아봐도 눈에 띄지를 않아."

나쓰키는 흥분한 기색으로 말했다.

히비키는 이케다니에게 상황을 전하고 오카다 순경과 함께 뛰어나왔다.

나쓰키는 큰길 쪽을 찾아보겠다는 말을 남기고 다시 뛰었다. 유괴 같은 최악의 상황이 자꾸만 떠올랐다. 그녀는 아이들 수에 비해 보육사가 태부족이라고 항상 위쪽에 호소해 왔다. 실제로 연속 8일째 근무에 지칠 대로 지쳤다. 내일은 드디어 쉬는 날이라고 좋아하던 참의 일이었다. 쥬오 거리 주변에서 생각나는 곳은 모조리 살펴봤지만 유키는 여전히 눈에 띄지 않았다.

혹시 안 좋은 일이 생긴 건가, 하고 최악의 사태를 떠올린 직후, 문득 머리가 핑 도는 느낌이 덮쳤다. 숨이 차고 땀이 쏟아지고 세상이 가라앉으면서 의식이 아득해졌다. 모퉁이를 돌다가 누군가의 어깨에 부딪히면서 나쓰키는 휘청 쓰러져 버렸다. 불빛이 멀어져 갔다. 행인들이 주위에 몰려왔다. 시야가 점점 좁아졌다. 누군가 나쓰키의 얼굴을 들여다보았다.

"아, 유키, 유키……."

나쓰키는 아이의 이름을 입 속에서 웅얼거렸다.

유키는 난생 처음 타 보는 목말에 좋아서 어쩔 줄 모르고 있었다. 마주치는 관광객들이 웃는 얼굴로 그런 렌지와 유키를 돌아보았다. 유키의 기뻐하는 모습은 어린 시절의 자신에 대한 선물이기도 했다. 유키가 웃으면 어린 시절의 렌지도 웃었다. 아이의 발목을 꽉 붙잡아 위에서 들썩거려도 떨어지지 않게 했다. 유키는 양팔을 휘두르며 신이 나 있었다. 그 기쁨이 렌지에게 그대로 전염되었다.

"재미있어?"

"응, 재미있어. 거인이 된 거 같아."

길 건너편에서 행인들을 헤치고 경찰 두 명이 이쪽으로 달려왔다. 렌지는 걸음을 멈췄다. 히비키였다. 이쪽을 향해 멀리서부터 뭔가 소리치고 있었다. 렌지는 유키를 바닥에 내려 주고 저도 모르게 뒤로 감춰 버렸다.

"그 아이, 어떻게 된 거야?"

다가온 히비키가 헉헉거리는 목소리로 말했다.

"저기 어린이집 아이예요."

"렌지, 네가 데리고 나왔어?"

"그럴 리가요. 저쪽에서 혼자 돌아다니길래 붙잡아서 어린이집에 데려가는 참이었어요."

“그랬구나. 알았어, 이제 우리가 맡을게.”

“싫어!”

유키가 뒤에서 부르짖었다.

“나는 형하고 함께 있을 거야!”

렌지가 쪼그리고 앉아 유키의 눈을 들여다보았다.

“다음에 또 놀자. 오늘은 밤늦은 시간이라서 경찰 아저씨들하고 돌아가야 해. 어린이집 선생님들도 걱정하시잖아.”

유키는 렌지의 눈을 마주보았다.

“알았지, 유키?”

머리를 쓰다듬어 주고 일어섰다. 오카다 순경이 다가가 유키의 손을 잡았다. 멀리에서 구급차 사이렌이 들려왔다. 그 소리는 멀어졌다 가까워졌다 하면서 잠시 뒤에 유흥가 쪽으로 흘러갔다. 사람들이 길을 열어 주자 대형 구급차가 눈앞의 사거리를 꺾어들었다. 히비키는 몸을 돌려 그 좁은 골목길 끝을 찬찬히 바라보았다. 그 끝에서 클럽의 네온 불이 붉게 반짝이고 있었다.

무슨 일이 난 건가, 하고 야스코는 설거지를 하면서 귀를 쫑긋 세웠다. 한 차례 멈췄던 구급차 사이렌이 다시 울리더니 잠시 뒤에 멀어져 갔다. 나카강 건너 구급 병동이 있는 제생 병원으로 가는 모양이라고 생각하면서 야스코는 작게 혼잣말을 흘렸다.

"큰일이 아니면 좋으련만……."

두꺼비 다카하시가 쓰러진 것도 이 계절 이 시간대였다. 야스코는 급히 구급차를 불렀다. 도착하기까지 잠깐 동안의 시간이 며칠로 느껴질 만큼 길었다. 그동안에 다카하시의 손을 부여잡고 연거푸 이름을 불렀다.

"어디가 아파? 어떻게 하면 좀 편해?"

그녀가 건네는 말에 다카하시는 반응을 보이지 않았다. 잠시 뒤 건장한 구급대원이 문을 열고 우르르 뛰어들었다. 다카하시가 쓰러졌을 때의 상황을 대원에게 설명하는 동안, 다른 대원들이 들것을 가져오고 그의 맥박을 확인했다. 대원 여러 명이 힘을 합쳐 들것에 올렸을 때, 야스코는 마침내 다카하시가 야마카사 신여 그 자체가 되었구나, 라고 생각했다. 구급대원들은 마치 신여꾼처럼 용맹하게 그를 떠메고 구급차로 옮겨 갔다. 그것은 다카하시의 개인적인 신여처럼 보였다. 야스코도 구급차에 타고 제생 병원까지 동행했지만, 이상하게도 그 순간에 이미 각오가 섰다. 신여를 떠메는 자는 목숨을 신께 바치는 자, 라고 다카하시가 항상 했던 말이 머릿속을 스쳤기 때문이다. 그 뒤로 사이렌 소리를 들을 때마다 그날 일이 떠오르곤 했다.

야스코는 눈물을 닦고 다시 설거지를 시작했다. 그러자 문이 벌컥 열리고 스포츠머리의 청년이 들어왔다.

"이를 어째, 오늘은 영업이 끝났는데."

야스코가 사과하듯이 말한 순간, 렌지가 불빛 아래로 들어서며 미소를 지었다. 그제야 알아보고 야스코는 반가움에 목소리를 높였다.

"어라, 내 고양이, 머리를 싹 깎았구나? 아휴, 멋있네, 잘 어울려!"

올해도 예년과 마찬가지로 지진제를 통해 정화한 자리에 장식 신여를 앉혀 두는 가건물을 짓기 시작했다. 그것과 전후해 야마카사 축제 운영에 대해 상의하는 모임이 빈번하게 열렸다. 4번지 청년들이 개최한 야마카사 공부 모임에 이제는 베테랑이 된 헤이지가 렌지와 쓰토무를 데리고 참석했다. 새로 온 회원이 많아서 선배가 후배들에게 야마카사 축제의 올바른 지식과 규칙을 가르쳐야 한다. 나카스는 다른 류와는 달리 주민이 많지 않았다. 음식점 등의 종업원과 그 고객들이 중심이었다. 외부에서 온 신여꾼에게 정확히 규칙을 알려 줄 필요가 있었다.

얼굴에 드러내지는 않았지만 렌지는 그토록 기다려 온 야마카사 축제 참가에 내심 흥분하고 있었다. 그 흥분을 들키지 않으려고 어금니를 꽉 물고 진지한 눈빛으로 공부 모임에 참석했다. 신여에 떠메는 봉을 조립하는 절차에 대해 헤이지가 청년들에게 자세히 설명했다.

"알겠지? 신여에 쇠못은 단 한 개도 쓰지 않아."

헤이지는 여느 때 없이 진지한 표정으로 청년들을 향해 말했다.

"이런 식으로 마 밧줄로 고정해야 돼. 이게 '오야시 봉'인데 이걸 밧줄로 착착 조여 매는 것이지. 한 번씩 조일 때마다 큰 소리로 '봉 매기, 봉 매기!'라고 구령을 붙여. 밧줄로 단단히 고정하면 웬만해서는 풀리지 않아. 이게 신여 만들기의 기본이야."

음식점에서 일을 시작한 신입 요리사와 종업원 등이 중심이지만 그들 중에서도 렌지의 진지한 눈빛이 특히 두드러져서 헤이지는 믿음직스러웠다. 신여꾼은 누구라도 될 수 있는 게 아니다. 선배 신여꾼의 추천이 있어야 비로소 참가할 수 있다. 기본적으로 첫해부터 곧바로 신여를 떠메지는 못한다. 처음 몇 해는 견습생처럼 잔심부름 같은 일이 주어진다. 기껏해야 신여꾼과 함께 달리는 선두꾼, 그리고 당번으로 지정된 동네의 청년이라면 양동이의 정수를 뿌리는 물 당번 등을 맡는다. 신여의 움직임을 어느 정도 파악한 뒤에야 드디어 뒤쪽에 줄줄이 서서 신여꾼의 등을 밀어 주는 역할을 하게 된다. 그렇게 경험을 쌓은 다음에 떠메기 수월한 첫 번째 봉을 맡으면서 조금씩 신여와 가까워진다. 하지만 렌지는 특별한 경우였다. 두꺼비 다카하시의 마음에 든 제자, 그리고 진골 나카스 출신이다. 첫해부터 댓바람에 신여꾼의 뒤를 밀어 주는 역할로 선정되었다.

"렌지, 열의가 활활 타오르는데? 그런 열정을 감자 깎을 때 보여 주면 좀 좋으냐."

여느 때 없이 심각하게 귀를 기울이는 렌지를 보며 쓰토무가 한마디 했다.

"어릴 때부터 간절히 원했던 일이거든."

"축제 참여를 간절히 원하다니, 요즘 세상에 드문 청년이로세."

"나는 진짜로 신여꾼이 되고 싶었어."

쓰토무가 입가를 풀며 빙그레 웃자 렌지는 팔짱을 척 꼈다.

"아마 다들 야마카사를 여름 축제 정도로 생각할 거야. 하지만 이건 단순한 축제가 아니야. 좀 더 신성한 것이지. 말로는 표현을 못하겠네. 뭐라고 하나, 그런 걸……."

그러자 등 뒤에서 헤이지가 두 사람의 어깨를 두드리며 말했다.

"제사야."

"제사?"

쓰토무가 돌아보며 되물었다.

"신께 제사를 올리는 일이라는 뜻이야."

헤이지가 순한 얼굴로 말했다. 너무도 딱 맞는 말이라서 렌지는 저절로 고개가 끄덕여졌다. 제사, 바로 그거다, 라고 생각했다.

공부 모임이 끝나고 친목회로 옮겨 갔다. 새로 만든 대기실에서 전원이 술잔을 주고받는다. 원로와 선배들이 먼저 술잔을 받고 신입들은 그 뒤에나 차례가 돌아온다. 미성년자인 렌지는 술은 못 마시지만 청년부 맨 끝에 쓰토무와 함께 자리가 주어졌다. 말석이라도 흐뭇하기만 했다. 하루빨리 제 몫을 하는 신여꾼이 되고 싶었다.

2017년 7월

해마다 7월이면 호화찬란한 장식 신여를 공개하고 드디어 보름 동안에 걸친 하카타 기온 야마카사 축제가 시작된다. 사람들은 신성한 장식 야마카사를 우러러보며 신여가 움직이기를 목을 빼고 기다렸다. 나카스를 찾아오는 사람들이 많아지면 당연히 파출소로 밀려드는 사건도 취객도 증가한다.

신여 출발을 이틀 앞둔 날 밤, 히비키는 파출소 휴게실에서 잠시 눈을 붙였지만 이케다니 경사가 급히 흔들어 깨우는 바람에 벌떡 일어났다. 시계를 보니 새벽 4시였다. 하카타강의 신바시 다리 아래 사체 같은 게 떠 있다는 신고가 들어온 것이었다. 본서의 연락을 받고 이쪽도 지금 출동하게 되었다.

현장에서 최초 발견자가 기다리다가 경찰을 보자마자 뛰어왔다. 얼굴이 새파래진 그가 가리킨 쪽을 내려다보니 강 중간쯤에 분명 사람이 엎어진 채 떠 있었다. 머리가 물속에 잠긴 걸 보니 생존 가능성은 없을 것 같았다. 멀리서 여러 대의 경찰차 사이렌이 들려왔다. 하카타 경찰서가 바로 코앞이라 거의 같은 시간에 도착했다. 이케다니는 본서에 무선으로 상황을 보고했다.

기동 수사대가 가장 먼저 달려오고 몇 분 뒤에는 하카타 경찰서 강력반 형사와 감식 팀이 도착했다. 뒤를 이어 경찰차와 구급차가 줄줄이 들어왔다. 새벽빛이 부옇게 비치는 나카스에 사이렌이 사방에서 울리고 빨간 불빛이 주변 건물을 물들였다. 히비키 일행은 증거며 흔적을 보존하기 위해 주변 도로를 봉쇄하고 몰려든 구경꾼들을 밀어내며 일대에 노란색 테이프를 둘러 출입을 금지했다. 기동 수사대가 강 아래로 내려가 사체 확인을 시작했다. 사건인가 사고인가. 형사들의 수사도 시작되었다. 감식 팀에서는 사진을 찍고 상태를 기록하는 등 현장 검증에 들어갔다. 서무 담당이 현장에 나왔으니 사건일 가능성이 높다는 건 히비키 일행도 짐작할 수 있었다.

"수사1과가 맡을 거야."

이케다니가 다가와 귓말을 해 주었다. 살인 사건인 것이다.

하늘이 훤해지고 아침 햇살이 나카스에 꽂혔다. 이쪽 관할 구역에서 살인 사건이 발생했으니 히비키를 비롯해 파출소 근무 경찰들 사이에 놀람과 긴장감이 감돌았다. 감식 팀의 촬영이 끝나고 비닐 시트에 덮인 사체가 실려 나왔다. 이케다니 경사가 다시 히비키 쪽으로 다가와 목소리를 떨며 말했다.

"그 친구야, 이시마라는 외국인. 불량한 애들 데리고 일하던."

히비키는 흠칫 놀랐다. 이시마는 어린 렌지에게 자신의 부적을 쥐여 주던 사람이었다. 영역 다툼으로 반쯤 죽다시피 했던 이시마를 구해 낸 것도 바로 그 렌지였다. 히비키가 아는 한, 이시마와 렌지 사이에는 강한 유대감이 있었다. 이시마의 죽음은 히비키에게 마치 렌지의 가족이 불행한 일을 당한 듯한 충격으로 다가왔다.

사건 인계에 시간이 걸려서 히비키가 파출소를 나선 것은 평소보다 늦은, 정오가 다 된 시각이었다. 이시마는 등 뒤에서 칼에 찔린 채 강에 내던져졌다는 보고가 들어왔다. 옷을 갈아입으려고 하카타 경찰서에 들렀을 때 기동 수사대 동료가 알려 준 것이었다.

관할 구역에서 살인 사건이 발생하고, 더구나 살해된 피해자가 아는 사람이었기 때문에 히비키의 충격은 두 배로 커졌다. 범인을 잡을 때까지는 마음을 놓을 수 없다. 본서를 나서자 집에 가는 대신 입원한 나쓰키를 병문안하기 위해 그길로 제생 병원으로 향했다.

"내일 퇴원이니까 오늘은 안 와도 되는데. 그냥 과로였어, 과로."

나쓰키가 웃으면서 말했다. 퇴원은 정해졌지만, 그녀가 쓰러진 원인이 모두 밝혀진 건 아니었다. 앞으로도 정기적으로 병원에 나와 검사를 해야 한다. 결혼을 앞둔 참에 미안해, 라고 나쓰키가 말했다. 큰일이 아니라서 다행이라고 히비키는 그녀를 달랬다. 하지만 꼬박 밤샘 근무를 한 데다 아는 사람의 돌연한 죽음에 말로 표현하기 힘든 피로감이 몰려왔다.

"얼굴빛이 안 좋은데, 괜찮아?"

오히려 아픈 나쓰키에게 걱정을 끼치고 말았다. 히비키는 애써 미소를 지으며 말했다.

"미안, 좀 피곤해서. 그보다 원인을 정확히 알아내 치료해야지. 앞으로 우리 둘이 함께할 거니까 전혀 걱정할 거 없어."

나쓰키가 고개를 끄덕이며 히비키의 손을 맞잡았다. 인간의 따스한 온기가 감사했다. 가슴에 고인 묵직한 공기를 토해 내고 히비키는 사랑하는 사람의 눈을 보았다.

"렌지 호적 문제 말인데……."

나쓰키가 불쑥 다른 얘기를 꺼냈다.

"퇴원하면 셋이서 만나서 얘기해 볼까?"

그게 좋겠다고 히비키도 내심 고개를 끄덕였다.

"일단 본인의 희망도 들어봐야 할 것 같아. 그 문제를 해결하려면 미성년인 지금이 훨씬 더 유리하긴 해. 어머니가 신고에 협조하지 않더라도 본인이 호적을 취득하겠다는 강한 의지를 보여주는 게 중요하거든. 그러니까 우리는 그 점을 도와주는 게 좋겠어. 렌지가 사회에 잘 적응할 수 있게 하기 위해서도 주위에서 손을 내밀어 줘야지."

"그렇지. 신경 써 줘서 고마워."

히비키는 자기 일처럼 기뻤다. 렌지의 무호적에 관해 자세한 상황을 파악하고 어떻게 하면 좋을지 방향을 명확히 설정하기로 마음먹었다.

"입원하는 동안에 시간이 남아서 내가 이것저것 알아봤어. 미성년인 지금 서두르자는 것에는 이유가 있어."

나쓰키가 노트를 꺼내 펼쳤다. 옆에서 들여다보니 연필로 뭔가 빼곡하게 적혀 있었다.

"부모가 인간으로서 문제가 있는 경우, 즉 그 아카네 씨의 경우인데, 장기간에 걸쳐 육아를 방기했을 가능성을 놓고 친권자 권리 상실에 대한 심판을 가정 재판소에 신청할 수 있어. 하지만 일단 친권을 상실하면 무기한으로 친자 관계를 빼앗는 결과가 나오니까 2012년에 민법을 개정해서 일시적으로 친권 행사를 제한하는 친권 정지 제도라는 게 생겼어. 그 기간에 친자 관계의 회복을 꾀하라는 거야. 이거, 렌지 본인도 신청할 수 있어. 호적이 없어서 그 제도가 어디까지 적용될지는 모르지만, 그래도 아카네 씨를 빼놓고 호적을 취득하는 방법이 될 수 있겠지?"

나쓰키는 노트를 덮더니 히비키를 보며 미소를 지었다.

"내가 우연히 렌지를 알게 된 것도 나카스의 신이 인도하신 건가?"

히비키도 덩달아 피식 웃었다.

"나카스의 신?"

"이곳 나카스를 지켜 주는 수많은 신."

히비키의 얼굴에 진지한 표정이 돌아왔다. 둘이서 창밖을 바라보았다. 퍼져 가는 구름의 한 귀퉁이가 트이고 거기서 햇살이 비쳐 들어 나카스 일대를 연하게 띄워 올렸다.

"드디어 시작이네."

나쓰키가 창밖에 시선을 던진 채 혼잣말처럼 중얼거렸다.

"아, 내일부터 신여가 달리는구나."

히비키는 그녀의 시선을 따라잡듯이 나카스 거리를 돌아보며 말했다.

하늘은 검은빛을 띤 감색이다. 시간이 정지하고 모든 것이 움직임을 멈춘다. 두툼한 구름이 어디에서랄 것도 없이 흘러와 달과 별들을 가리기 시작한다. 소리가 사라지고 바람이 멎고 온갖 것들이 숨을 멈춘다. 날이 새려 하고 있었다. 부옇던 하늘이 서서히 푸른빛으로 변하자 나카스는 고요히 잠들고 자리를 바꾸듯이 신들이 상륙한다. 골목골목에 신들이 강림하고 그들은 평소의 자리에 결계를 친다. 정적이 나카스를 감싸고 삿된 것들은 떨려나고 그곳에 존귀한 빛이 쏟아지기 시작한다.

신을 맞이할 준비도 끝나고 마침내 하카타 기온 야마카사 신여가 움직인다. 찌무룩하게 두툼한 구름이 나카스 하늘을 채우고 있었다. 온갖 정령이 이곳에 집결해 신의 출발을 배웅하려 하고 있었다. 용맹한 야마카사 신여의 질주를 보기 위해 전국에서 관광객이 몰려들었다. 하지만 나카스의 장정들은 해마다 이 시기에 신여를 떠메는 것으로 영혼을 정화했다. 관광객에게는 축제지만 하카타 사람들에게 야마카사는 축제 놀이가 아닌 제사 의식인 것이다.

살바와 핫피를 걸친 장정들이 여기저기서 신여를 향해 달려왔다. 그 속에 렌지의 모습이 있었다. 머리에 수건을 묶고 나카스라고 적힌 하얀 핫피에 살바와 복대를 두르고 발에는 검은 장화, 무릎 아래는 각반을 단단히 감고 허리에는 밧줄을 차고 나섰다. 그토록 선망하던 야마카사 축제의 정장이다. 옆에는 똑같은 차림의 쓰토무가 있었다. 주변에서 낯익은 나카스의 청년들이 무리를 지어 나왔다. 붉은 머리띠의 헤이지가 나타나자 청년들은 자연스럽게 그를 에워쌌다. 렌지를 비롯한 청년들의 눈빛이 달라져 있었다. 온몸에 결백한 기운이 넘쳐 그 일대를 특별한 분위기로 휘감았다. 건들건들 스스럼없는 태도 따위는 일절 배제하는 긴장된 열기가 장식 신여 주위를 지배해서 관광객은 선불리 다가갈 수도 없었다. 장정들은 눈을 부릅뜨고 턱을 바짝 당긴 채 오늘을 위해 일 년 동안 단련해 온 당당한 근골의 육체를 드러냈다.

렌지는 생생한 기분으로 그곳에 서 있었다. 태어난 뒤로 여태껏 고민해 왔던 자신의 존재 이유에 대한 수수께끼가 조금씩 풀리면서 그는 이제 다시 나카스의 중심에 섰다. 우뚝 솟은 장식 신여를 올려다보고 다시 그 위의 하늘에서 춤추는 정령들을 우러러보았다. 그의 눈에는 묵직하고 두툼한 구름 속을 날아다니는 수많은 정령들의 명멸이 고스란히 보이는 것이었다.

나카스 1번지에서 5번지까지의 청년부가 길거리를 가득 메웠다. 그 말석에 렌지가 있었다. 신여 위를 장식한 달마 인형 옆의 나무 판에는 '일갈백뢰여一喝百雷如'라고 적혀 있었다. 무시무시한 형상의 달마가 일갈하는 모습은 박력이 있어서 실제로 백 번의 천둥소리에 필적하는 힘이 느껴졌다. 렌지는 용맹한 신여에 상응하는 그 형상에 두 손을 맞대고 기원을 올렸다.

히사나는 겐타와 함께 길가에서 지켜보았다. 드물게도 겐타가 나카스 중심부까지 나오기로 해서 히사나가 그 곁을 지켜 주기로 했다. 쥬오 거리의 중간쯤에 우뚝 솟은 가건물을 가리키며 겐타에게 알려 주었다.

"저 장정들 사이에 렌지가 있어요. 이곳을 엄청난 기세로 뛰어갈 거예요."

겐타는 웃는 얼굴로 고개를 끄덕이고 저 멀리 우뚝 선 신여의 가건물을 찬찬히 바라보았다. 마찬가지로 주위에는 이제나저제나 신여가 달려가기를 기다리는 사람들로 가득했다. 그 속에는 야스코의 모습도 있었다. 다카하시의 유품인 머리띠 수건을 움켜쥐고 저 먼 곳을 조용히 바라보았다. 신여 위 앞자리의 한가운데 앉은 헤이지의 모습이 세상을 떠난 다카하시와 자꾸만 겹쳐 보였다. 야스코는 두 손을 맞대고 기원을 올렸다. 관광객에 섞여 뭔가 정체를 알 수 없는 것이 사사삭 꿈틀거리는 것 같았다. 이 섬을 지켜 온 선조들의 영혼이다. 그리고 여태까지 나카스에서 신여를 떠메 온 다카하시 같은 선배들의 영혼이다.

드디어 신여가 달린다는 기쁨과 흥분이 나카스를 휘감았다. 거기에 유코의 모습도 있었다. 자신의 클럽과 룸살롱이 있는 건물의 비상계단에서 다른 종업원들과 함께 지켜보았다. 하나같이 정령이 상공을 날아다니는 나카스 중심부에서 신여가 오기를 목을 빼고 기다렸다. 히비키도 동료 경찰들과 거리에 서서 눈을 번뜩이고 있었다. 살인 사건의 수사가 이제 막 시작된 참이지만, 나카스 파출소 경찰들에게 이 축제는 경비라는 또 하나의 큰 임무였다. 나카스에서 일하는 사람들, 이곳까지 발걸음을 한 관광객들, 나카스와 관련된 모든 사람이 혼연일체가 되어 신여가 움직이기를 기다렸다.

신여 앞자리에 헤이지가 착석했다. 예전에 다카하시가 앉았던 자리다. 렌지는 신여 뒤에 늘어선 밀어 주는 패의 맨 끝이었다. 그 가슴팍에는 오래전 이시마가 건네준 부적이 달려 있었다. 렌지는 그 목패를 움켜쥐고 잠시 눈을 감은 채 정신을 집중했다. 드디어 신여꾼에 섞여 함께 달린다. 꿈이 실현된다. 팽팽한 긴장감이 렌지의 마음을 단단히 묶었다. 처음으로 헤이지가 신여에 태워 줬던 일곱 살 때, 그날의 긴장감이 되살아났다. 세월은 흘러갔다.

나카스 류의 감색 깃발을 든 선두꾼이 달려가면서 수십 미터에 달하는 도로의 안전을 확인했다. 헤이지의 지휘에 따라 전원이 기합을 담은 하카타 박수를 치자 곧바로 배 속을 울리는 우르릉거리는 듯한 외침이 일제히 터졌다.

"이야앗!"

렌지도 쓰토무와 한 덩어리가 되어 목소리를 올렸다. 그 소리는 나카스 땅속에서 하늘 위로 솟구쳐 오르는 용처럼 생생히 살아 있었다. 렌지는 앞에 선 신여꾼의 등을 밀었다. 신여가 단숨에 번쩍 들어 올려지는가 싶더니 다음 순간에는 엄청난 기세로 달리기 시작했다. 일단 움직인 신여는 온갖 사념을 떨쳐내고 나카스 길목을 질주한다. 순수한 정신의 일체물이 되어 내달린다.

"으쌰 으쌰!"

신여 한복판에 앉은 헤이지가 밧줄을 휘두르며 움직임을 지휘했다. 야스코의 눈에 다카하시의 모습이 스쳐 갔다. 장정들은 신여를 에워싸고 나카스 골목골목을 전속력으로 빠져나갔다.

"으쌰 으쌰!"

"으쌰 으쌰!"

"으쌰 으쌰!"

장정들이 들쳐 멘 달마 신여가 나카스 중심부를 지나갔다. 렌지는 무아몽중으로 우렁찬 구령을 내질렀다.

"으쌰 으쌰!"

"으쌰 으쌰!"

"으쌰 으쌰!"

그 시야에 자신이 태어난 고향 나카스가 길게 펼쳐졌다.

2017년 8월

히사나는 '한밤중의 아이'라는 노래를 만들었다. 목소리는 가늘지만 높은 음을 잘 내서 섬세하게 공기를 진동시켰다. 렌지에게 음악이란 기도와도 같은 그녀의 노래 자체였다. 그렇게 나란히 창가에 앉아 하카타 항구의 야경을 내려다보았다. 딱히 대화가 없어도 노래와 기타 소리가 두 사람을 단단히 이어 주었다. 이따금 렌지가 기타를 치고 히사나가 노래하기도 했다. 다른 누구를 위해서도 아닌 둘만의 시간이 흘러갔다. 히사나는 이 사랑스러운 시간을 잃고 싶지 않다고 마음속으로 기도했다.

여름 방학이 시작되기 전에 히사나는 대학에 진학하지 않겠다는 뜻을 정식으로 담임 선생님에게 전했다. 이 결정에는 렌지에 대한 배려가 담겨 있었다. 대학에 다니면 렌지와의 사이에 보이지 않는 거리가 생길 것이라는 불안감 때문이었다. 히사나는 렌지와 함께 살고 싶었다. 그건 일곱 살 무렵부터의 간절한 꿈이기도 했다. 렌지를 뒷받침해 줄 사람은 나뿐이다, 라는 것은 지난 십 년 동안의 그녀의 노력이 키워 온 자부심이었다.

"렌지에게 나는 어떤 의미야?"

덤벨을 들어 올리던 렌지가 손을 멈추고 히사나를 돌아보았다. 그녀는 살짝 몸을 숙이고 미소 짓고 있었다. 두 사람의 시선이 마주쳤다.

"무슨 말이야? 히사나는 히사나지."

"그야 그렇지만, 렌지에게 나는 어떤 존재냐는 거야."

렌지는 시선을 허우적거린 끝에 혼잣말처럼 중얼거렸다.

"글쎄, 어떤 존재일까……."

그러고는 다시 햇살 쪽으로 몸을 돌리고 덤벨을 들었다. 히사나는 몸을 숙인 채 눈을 꾹 감고 작게 내뱉었다.

"흥, 아무것도 아닌 존재구나?"

하지만 대답은 없었다. 그때 거의 울리는 일이 없는 현관 벨이 요란한 소리를 냈다. 둘이 동시에 흠칫 놀랐다. 뭔가 불길한 일의 시작을 알리는 종소리 같았다. 히사나가 불안한 얼굴로 문 쪽을 보며 말했다.

"겐타 씨가 왔나?"

"글쎄? 미안하지만, 일단 나가 볼래?"

히사나가 현관으로 달려갔다. 자물쇠를 풀고 빼꼼 문을 열자 거기에 유코가 서 있었다. 두 사람은 서로를 확인하자마자 잠시 할 말을 잃었다. 먼저 입을 연 것은 히사나였다. 질문이라기보다 자문하듯이 입 속에서 중얼거렸다.

"엄마가 왜 여기에……?"

유코도 너무 놀라 선뜻 말이 나오지 않았다. 머릿속에서 다양한 일들이 빠른 속도로 스쳐 갔다. 지난번에 렌지와 키스했던 날, 이 집에 있었던 게 히사나였던 것인가. 이 아이가 왜 이 집에 와 있는가. 어릴 때부터 친구라고 했는데? 대체 언제부터 둘이 그런 사이였는가. 유코는 미간에 힘을 주고 딸을 빤히 바라보는 것 말고는 아무것도 할 수 없었다. 그 참에 렌지가 얼굴을 쑥 내밀었다. 히사나가 그를 돌아보며 말했다.

"우리 엄마야."

렌지도 발이 뚝 멈췄다. 세 사람은 저마다 얼굴을 마주보며 잠시 무슨 일이 일어났는지, 그리고 일어나려고 하는지, 각자 고민에 빠졌다. 가장 먼저 사태를 파악한 것은 당연히 렌지였다. 하지만 히사나가 유코의 딸이었다니, 상상도 못한 일이었다. 너무도 가까운 거리에서 세 사람은 살아왔던 것이다.

"엄마가 여긴 웬일이야? 혹시 나를 미행했어? 내가 항상 집에 없어서? 이따금 밤새 안 들어오니까 뒤를 밟았어?"

"아니, 아니, 그런 거 아니야."

유코가 고개를 저으며 말을 이어 갔다.

"그보다 넌 왜 여기 있어? 렌지와는 무슨 관계야?"

"엇, 엄마가 렌지를 알아?"

히사나가 렌지를 돌아보았다. 그리고 다시 어머니 쪽으로 고개를 돌리며 딸다운 말투로 물었다.

"근데 엄마는 상관없잖아? 아는 친구니까 여기 있지. 그보다 엄마는 대체 어떻게 렌지를 알았어?"

유코는 다양한 가능성을 상정한 끝에 일단 딸을 배려할 필요가 있다고 판단했다. 하지만 너무 당황스러워서 머리가 잘 돌아가지 않았다. 어쨌든 이곳에 온 용건부터 렌지에게 전하기로 했다.

"그 남자가 또 아카네를 찾아왔어!"

세 사람은 각자의 눈을 번갈아 보았다. 시선이 교차했다.

"어디로?"

렌지가 되물었다. 히사나는 의아한 얼굴로 렌지와 유코의 얼굴을 새삼 쳐다보았다. 이 친밀한 말투와 분위기는 뭘까. 게다가 이해할 수 없는 연결이다. 렌지가 호스트 클럽에서 엄마에게 술을 따르는 장면이 퍼뜩 떠올랐다. 그리고 그 향수 냄새, 크리스마스 날 아침에 렌지의 옷에 배어 있던 향수 냄새가 생각나 히사나는 눈이 동그래진 채 엄마의 옆얼굴을 노려보았다.

"우리 룸살롱이야. 문 열 준비를 하는 참에 그 남자가 찾아왔대. 지금 아카네와 뭔가 얘기를 하는가 봐. 나도 조금 전에 다른 종업원이 전화해 줘서 알았어."

"경찰에 신고는?"

"그런 큰 사건을 저지른 사람이 그냥 찾아왔을 리 없잖아. 경찰에는 신고했지. 그러고는 렌지에게도 알려야겠다 싶어서 한달음에 달려온 거야."

"그 룸살롱이 어디예요?"

유코가 명함을 꺼내 건넸다. 그것을 받자마자 렌지는 복도로 뛰쳐나갔다. 히사나가 급히 따라가려고 했다. 하지만 유코가 그런 딸의 팔을 붙잡고 캐물었다.

"얘, 렌지와 어떤 사이야?"

히사나는 붙잡힌 팔을 힘껏 뿌리치고 눈을 흘기며 말했다.

"엄마는 렌지와 어떤 사이인지 모르겠는데, 난 벌써 십 년째 함께 살아온 관계야. 우리를 내버려 둬. 괜히 쓸데없는 짓을 했다가는 죽일 거야."

그런 무서운 말을 내던지고 히사나는 렌지의 뒤를 쫓아갔다.

룸살롱 안은 어둠침침했다. 개점 준비 중이었기 때문에 카운터에만 불이 켜져 있었다. 다른 종업원들은 모두 뒷문으로 도망쳐 버리고 안에는 아카네와 전남편 후미아키뿐이었다. 그는 룸살롱 한가운데 버티고 서서 카운터석에 앉은 아카네를 마주하고 있었다. 그가 이 룸살롱에 들이닥치고 얼마나 시간이 흘렀을까. 한참 된 것 같기도 하고 생각보다 짧았는지도 모른다. 아카네는 휴대 전화를 대기실에 두고 와서 시간을 알 수 없었다. 몹시 오랫동안 이렇게 대치하고 있는 것 같기도 했다. 후미아키는 말없이 아카네를 노려보았다. 그가 아무 말도 하지 않을수록 심상치 않은 흐름이 짙어져 갔다. 하지만 아카네는 도망칠 수 없었다. 지금 도망쳐 봤자 당장 붙잡힐 뿐이다. 어떻게든 여기서 결판을 내는 수밖에 없다. 버둥거려 봤자 별수 없다는 생각에 담배에 불을 붙였다. 그런 결심과는 달리 자신의 손끝이 바들바들 떨리는 게 우스웠다.

"너 때문에 몇 년째 쉰밥을 먹어야 했어!"

아카네는 코웃음을 쳤다.

"마사카즈는 장애인이 됐어. 속이 시원하잖아?"

"그놈 일은 속이 시원하지만, 넌 아직 아니야."

"여기서 날뛰면 또 경찰에 잡혀갈 텐데, 괜찮아? 벌써 누군가 경찰에 신고했을걸? 당신, 나한테 접근하면 안 된다고 판결이 났잖아. 여기에 찾아온 것만으로도 체포야. 얼른 달아나시는 게 좋지 않나?"

"도망쳐? 무엇에서 도망치지?"

그때 문이 벌컥 열렸다. 아카네는 "어휴, 이제야 왔네"라고 중얼거리며 돌아봤지만 경찰이 아니라 렌지였다.

"렌지! 네가 여길 왜 와?"

아카네는 안색이 확 변한 채 소리쳤다. 후미아키가 몸을 돌려 렌지를 마주보았다. 렌지는 온몸에 바짝 힘을 주며 그와 한판 겨룰 각오로 대치했다. 마사카즈가 쓰러졌을 때의 장면이 아직도 생생했다. 결코 잊을 수 없는 그 시간이 머릿속을 스쳐 갔다. 엄마를 지켜야 한다고 렌지는 주먹을 움켜쥐었다. 그러자 후미아키가 한 걸음 이쪽으로 다가오며 냉정한 목소리로 말했다.

"아니, 잠깐."

싸울 태세를 취했던 렌지는 그대로 굳어 버렸다. 룸살롱에 오랜 시간 고여 있던 습한 공기를 들이쉬었다. 후미아키가 토해 내는 숨소리가 울렸다. 그날과 똑같은 야수의 숨소리였다. 마치 깊은 바다에 들어간 잠수부의 헬멧 속처럼, 혹은 구급 병원의 산소흡입 마스크를 통한 것처럼 그르렁그르렁 폐를 울리는 불길한 소리였다.

"너, 혹시 그때 그 아이?"

렌지가 대답 없이 침묵하자 그가 말했다.

"나한테 적의를 품는 건 잘못 안 거야."

그 순간, 우당탕 소리를 내며 문을 밀어젖히고 히사나와 유코가 뛰어들었다. 유코는 히사나를 등 뒤에서 더 이상 가지 못하게 붙잡았다. 이거 놔, 라고 히사나가 항의하며 두 사람은 잠시 옥신각신했다. 옷이 맞비벼지는 소리가 났다. 후미아키는 여전히 날카로운 시선으로 렌지를 쳐다보았다.

"잘못 알았다고? 당신이 아버지를 그렇게 만들었잖아."

"그놈이 나한테 거짓말을 하고 망신을 줬기 때문이야."

그가 렌지 앞에 버티고 섰다. 가슴팍이 두툼하고 팔뚝이 굵었다. 탄탄한 체격이었다. 오래전 그의 구둣발이 마사카즈의 머리를 가차 없이 걷어찼다. 그 아픔을 렌지는 자신이 직접 맛본 것도 아닌데 생생히 기억하고 있었다.

지난 십 년, 마음속에 꾹꾹 눌러 왔던 분노를 곱씹으며 그에게 한 걸음 다가갔다. 후미아키는 멍하니 렌지를 내려다보고 있었다. 분노에 떠밀려 렌지는 그에게 덤벼들었다. 주먹을 날렸다. 하지만 후미아키가 슬쩍 피하는 바람에 허공을 갈랐을 뿐이다. 다음 순간, 그의 무릎차기가 렌지의 복부에 박혔다. 고통을 견디지 못해 렌지는 바닥에 나동그라졌다. 때리지 말라고 히사나가 외쳤다. 달려오려는 히사나를 유코가 다시 등 뒤에서 양팔로 껴안으며 막았다. 렌지는 후미아키의 다리를 붙잡고 매달렸다. 균형을 잃은 그는 테이블 위에 거친 소리를 내며 무너졌다. 줄지어 세워 둔 유리잔이 떨어져 산산이 흩어졌다.

다시 덤벼들자 후미아키의 발이 복부를 올려 차고 그 바람에 렌지는 뒤로 쓰러졌다. 유리 파편이 등을 찔러서 저도 모르게 몸을 뒤집었다. 후미아키가 테이블을 짚고 일어나 다시금 집요하게 덤벼드는 렌지를 떠밀었다. 렌지는 바닥에 넘어지면서 머리를 찧고 의식이 몽롱해졌다. 멱살을 잡혀 후미아키의 얼굴 앞으로 끌려갔다. 비릿한 생선 냄새가 났다. 흐려지는 시야 속에서 렌지는 그의 눈을 노려보았다. 검은 두 눈이 슬픈 듯 렌지를 응시하고 있었다. 마사카즈는 용서 없는 발길질에 피를 흘리고 쓰러졌다. 자신도 똑같은 꼴을 당할 거라고 렌지는 각오했다. 하지만 후미아키는 컬컬한 목소리로 나지막하게 말했다.

"넌 내 아들이야."

뜻밖의 말에 렌지는 순간 혼란에 빠졌다. 후미아키는 렌지를 놓아주고 자리에서 일어섰다.

"내 이름이 뭔지 알아? 가토 후미아키야. 너는 가토 렌지. 그렇지?"

렌지는 아카네를 올려다보았다. 아카네는 흥 하고 코웃음을 치며 말했다.

"거짓말이야."

"아니, 거짓말이 아니지. 내가 네 아버지라는 거, 이 여자는 잘 알아. 그걸 속이려고 마사카즈를 꼬드겨 도망쳤던 거야. 놈이 그렇게 된 건 천벌이야."

후미아키는 아카네 앞으로 갔다. 렌지는 손을 짚으며 천천히 몸을 일으켰다.

"어머니, 이게 다 무슨 말이야?"

"거짓말이라니까? 이 사람이 거짓말하는 거라고!"

아카네가 담배 연기를 토해 내며 말했다. 후미아키는 렌지의 얼굴을 들여다보며 말했다.

"어때, 렌지, 마사카즈가 너를 사랑해 주더냐? 친아들처럼 품에 안아 줬어? 너를 아들로 인정해 줬느냐고. 그놈은 아카네가 시키는 대로 하는 멍청한 놈이었어. 아카네에게 쩔쩔매는 졸개였지. 그놈이 무작정 화를 낸 적은 없었어? 내가 네 곁에 있었다면 목말을 태워 줬을 거야. 마사카즈가 목말을 태워 준 적이 한 번이라도 있었어?"

후미아키의 말에 렌지는 머릿속이 어지러웠다. 아카네가 벌떡 일어나 부르짖었다.

"아니야! 다 거짓말이야. 나하고 너를 갈라놓으려고 헛소리를 하는 거야, 비겁한 놈이."

"비겁하다고? 이 교활한 년! 사람을 이렇게까지 바보 취급을 해? 내가 죽이고 싶은 건 마사카즈가 아니라 바로 너야!"

후미아키는 옆에 있던 의자를 걷어찼다. 아카네의 발밑에 의자가 떨어졌지만 그녀는 무서운 눈빛으로 후미아키를 노려보며 꿈쩍도 하지 않았다.

"네가 임신한 것을 알고 나는 이혼에 응하지 않았어. 이 아이는 내 아들이야. 결코 마사카즈의 아들일 리가 없어. 너희는 아직 만나지도 않았을 때였다고. 넌 나한테서 떠나려고 배 속의 아이까지 이용했어!"

아카네가 벌떡 일어나 렌지를 향해 눈물 젖은 목소리로 반론을 늘어놓았다.

"렌지, 이제야 나타나서 자기 아들이라고 떠드는 미친 사람 말에 넘어가면 안 돼. 네 아빠는 마사카즈야. 그의 아이라는 거, 내가 잘 알아. 엄마잖아, 누구 아이인지쯤은 아는 거야. 그때 내가 누구랑 잤는지 내가 다 안다고. 이 거짓말쟁이를 믿으면 안 돼. 어차피 다시 교도소에 들어갈 인간이야!"

후미아키가 몸을 날려 아카네의 팔을 잡아챘다. 잽싸게 호주머니에서 잭나이프를 꺼내 아카네의 목에 들이댔다.

"이런 상황에서도 거짓말을 해? 나쁜 년, 끝까지 나를 무시해?"

칼끝이 아카네의 목을 살짝 건드리면서 피가 배어 나왔다.

"사실대로 말해! 아니면 정말로 목을 따 버릴 테니까."

후미아키의 오른팔에 힘이 들어갔다. 크흑 하고 아카네가 숨을 삼켰다. 렌지가 한 걸음 앞으로 나섰다.

"칼 치워, 이 새끼야!"

아카네가 부르짖었다. 남자는 눈을 치켜뜨고 얼굴이 벌게지더니 아카네의 팔을 부러뜨릴 듯이 뒤로 꺾었다. 비명이 터져 나왔지만 칼끝이 목젖을 노리고 있어서 아카네는 꼼짝도 하지 못했다.

"사실대로 말해!"

마사카즈를 반죽음이 되도록 때렸던 그날의 광포한 눈빛이 다시 번뜩였다.

"어서 말해! 이 아이 앞에서 사실대로 말하라고!"

굵은 한 팔로 목을 조르면서 그의 칼날이 허옇게 눈을 부릅뜬 아카네의 얼굴로 옮겨 갔다.

"아버지……!"

렌지의 그 한마디가 후미아키의 분노를 한순간 멈칫하게 했다.

"그 말, 믿어요. 나는 당신 아들이에요!"

후미아키가 눈을 질끈 감았다. 분노로 파들거리던 턱과 손끝이 조금씩 가라앉았다. 렌지는 조용히 그런 그를 응시했다. 이윽고 후미아키가 눈을 뜨고 렌지를 마주보았다.

"아니, 그렇게는 안 돼. 이 여자가 직접 실토해야지. 넌 잠자코 있어. 나는 이제 아무것도 무서울 게 없어. 아카네, 어서 사실대로 말해."

후미아키가 손끝에 힘을 주었다. 뺨의 연한 살에 칼날이 파고들어 붉게 물들어 갔다. 그 피가 아카네의 벌어진 입 속으로 흘러들었다.

"맞아, 당신 아이야! 렌지는 당신 아이야. 잘못했어, 내가 거짓말했어. 살려 줘."

"좀 더 확실하게 말해. 나카스 사람들이 다 듣도록 크게 말하라고!"

후미아키는 다시금 강하게 목을 졸랐다. 아카네는 숨을 못 쉬고 얼굴이 붉어졌지만 칼날이 뺨을 찔러 옴짝달싹하지 못했다.

"당신과 헤어지려고 마사카즈에게 아들이라고 말해 달라고 했어. 당신은 아이를 원했어. 임신을 알리면 헤어져 주지 않을 것 같아서 거짓말을 했어."

잠시 교착 상태가 이어졌지만 후미아키는 눈가가 붉게 물들어 있었다. 렌지는 눈앞의 남자 안에 담긴, 마사카즈에게는 없었던 뭔가를 필사적으로 찾아보았다. 시간이 정지했다. 룸살롱 안을 떠도는 자잘한 먼지 입자가 가느다란 조명을 반사하고, 둘 사이를 잇는 긴장의 끈이 뚝 끊기기 직전까지 팽팽하게 당겨졌다. 그 참에 히비키를 선두로 나카스 파출소 경찰들이 몰려들었다. 칼을 들이대고 있던 후미아키가 경찰의 돌입에 움찔하는 그 한순간의 틈을 노려 아카네는 팔을 뿌리치고 도망쳤다.

하지만 그 스톱모션 같은 장면에서 렌지는 뭔가 부자연스러움을 느꼈다. 너무도 쉽게 아카네를 풀어 주는 것 같았다. 마치 그 타이밍을 기다렸던 것처럼 오히려 후미아키가 일부러 도망치게 해 주는 듯한 동작이었다. 그의 눈빛에 각오가 서렸던 것을 떠올리며 렌지는 그 자리에서 꿈쩍도 할 수 없었다.

후미아키는 과장스럽게 몸을 날려 도망친 아카네를 우스꽝스러울 만큼 대담한 동작으로 쫓아가 팔을 잡았다가 다시 풀어 주기를 되풀이했다. 마치 술래잡기를 하는 것 같았다. 큰 고양이가 작은 생쥐를 놀리듯이 두 사람은 룸살롱 한복판에서 쫓고 쫓겼다. 후미아키는 감정을 그대로 드러내며 미친 사람처럼 마구 날뛰었다. 렌지에게는 그 몸짓 하나하나에서 연기자의 작위가 느껴졌다. 아카네의 날카로운 비명이 룸살롱 안을 울리자 경찰들이 두 사람을 빙 둘러싸고 점점 거리를 좁혔다. 그야말로 무대 위에서 미리 정해 둔 연극의 연출로밖에는 생각되지 않았다. 어딘가에 서 있는 연출가의 지시대로 배우들이 배치되고 그의 의도대로 움직였다. 후미아키는 좀체 잡히지 않는 악당을 일부러 연기하는 것이었다.

모든 게 예정대로 렌지의 눈앞에서 전개되었지만, 그 술래잡기의 작위가 정점에 달했을 때, 후미아키가 갑작스레 아카네를 풀어 주었다. "이제 끝이야!"라고 외치더니 다시금 등 뒤에서 아카네에게 덤벼드는 시늉을 했다. 높이 쳐든 칼이 허공을 가른 뒤 그가 균형을 잃고 비틀거렸다. 바닥에 쓰러진 아카네가 렌지의 발밑까지 북북 기어온 것은 거의 같은 타이밍이었다. 그때 한 경찰이 겨누고 있던 총, 연극 소도구 같은 그 쇳덩어리가 그의 미숙함과 긴장감이 더해져 돌연 불을 뿜었다.

렌지의 뇌리에 수처리 시설을 울렸던 총소리가 되살아나고 그 다음 순간, 어린 시절의 아픔과 슬픔, 증오와 고통, 오랜 세월 봉인해 온 암울한 기억들이 단번에 둑이 터진 듯 쏟아져 나왔다. 무너지는 후미아키의 몸이 해골 같던 그날의 마사카즈와 겹쳐지며 쿠웅 하는 둔탁한 소리와 함께 바닥에 쓰러졌을 때, 렌지의 마음 속에서도 연극의 막이 내려졌다.

탄피 냄새가 자욱한 룸살롱 안에서 모든 배우가 무대 중앙에 쓰러진 악당을 조용히 내려다보았다. 후미아키는 큰대자로 누워 눈을 감았지만 입가에는 만족스러운 미소를 띠고 있었다. 흘러나온 검붉은 피가 마사카즈 때처럼 마룻바닥에 길게 고이기 시작했다.

이윽고 아카네가 비척비척 일어섰다. 히비키가 부축해 주려 내민 팔도 힘껏 뿌리치고 쓰러진 전남편 앞으로 가더니 잠시 그 모습을 내려다보았다. 그리고 다음 순간, 그의 얼굴을 향해 피가 섞인 침을 퉤 뱉었다. 무섭게 일그러진 빨간 얼굴을 천장으로 향하고 소리를 질렀다.

"내 얼굴 내놔! 너 같은 건 지옥에나 떨어져 버려!"

피로 물든 얼굴 한가운데서 두 눈이 튀어나올 듯 크게 뜨여서 마치 붉은 귀신 형상 같았다. 렌지는 허리를 굽히고 천천히 팔을 뻗어 발치에 떨어진 채 진회색으로 번들거리는 후미아키의 소형 잭나이프를 집어 들었다. 그리고 열대어의 눈이 된 채, 버티고 서 있는 모친의 옆구리를 소리도 없이 푹 찔렀다.

2019년 7월

겐타는 제방에 앉아 양지쪽 햇살 아래 낚싯대를 드리웠다. 쏟아지는 햇빛이 강물에 반사하고 그게 너무도 눈부셔서 겐타는 몇 번이나 눈꺼풀을 감지 않으면 안 되었다. 그 탓에 졸음이 몰려와 연신 고개를 꾸벅거렸다. 세속의 소란통과는 달리 그곳에는 실로 한가한 시간이 길게 가로누워 일대의 시공時空을 변함없이 느긋하게 정체시켰다. 이따금 낚싯대가 휘어지고 줄이 쭈욱 당겨졌다. 하지만 겐타는 꾸벅꾸벅 조느라 알아차리지 못한 채 항상 그렇듯이 미끼를 도둑맞고 낚싯줄은 다시 잠잠해지면서 시간이 멈췄다.

이윽고 반쯤 잠든 그 옆에 누군가 다가와 앉았다. 인기척을 느끼고 옆을 돌아보자 렌지가 있었다. 그새 2년 남짓한 세월이 흘렀지만 겐타는 눈을 비비며 짧은 한마디를 던질 뿐이었다.

"어제 비가 왔어."

그러고는 다시 강물 위로 시선을 돌렸다.

"그러면 장어가 잡히겠네요."

렌지가 대꾸하자 그는 "흠, 글쎄"라고 응하며 미소를 지었다. 낚싯대를 한 차례 들어 올려 미끼가 없어진 것을 확인하고는 "아이구, 이런"이라고 쓴웃음과 함께 중얼거리며 눈앞의 낚싯바늘에 팔을 뻗었다.

렌지는 제방 아래 다리를 쭉 펴고 어린 시절과 똑같이 이따금 발끝을 까딱까딱 흔들면서 겐타 옆에 앉아 강물 위 무수한 빛의 동그라미를 오래오래 바라보았다. 그곳에는 렌지가 영원토록 추구해 온 것이 있었다. 쏟아지는 햇살, 흘러가는 강물, 소슬바람, 인간 이외의 모든 것이 이곳에는 무한했다. 눈부신 햇살에 실눈을 뜨고 오랜만에 나카스의 공기를 가슴 가득 들이쉬었다. 저절로 눈이 감겼다. 누구에게도 어떤 말도 들을 일 없는 자유로운 정신이 이곳에는 존재했다. 다른 누구도 아닌 나라는 인간으로 존재할 수 있는 유일무이의 세계였다. 렌지에게 나카스는 언제나 그런 장소였다.

겐타 곁에서 아무것도 생각하지 않고 아무것도 하지 않고 흘러가는 시간을 그저 조용히 배웅했다. 겐타도 렌지 곁에서 평소와 다름없이, 특별한 어떤 행동도 하지 않고 쓸데없는 말도 없이 그저 조용히 흘러가는 나카강을 응시하고 있었다. 7월의 바람과 햇살은 두 사람에게 졸음을 몰고 왔다. 아무 근심도 없고 어떤 기대도 없이 그저 그곳에 앉아 있을 수 있다는 게 렌지는 너무도 흐뭇했다. 무엇보다 옆에는 어린 시절부터 잘 아는 겐타가 있다. 그리고 이곳이야말로 그가 돌아올 장소였다.

해가 뉘엿뉘엿 저물자 겐타는 호주머니에서 열쇠 꾸러미를 꺼내 그중 하나를 렌지에게 건넸다. 그것을 받아들고 렌지는 잠시 멍하니 햇빛에 반짝이는 금속을 바라보았다.

"지금쯤이면 히사나가 집에 있을 거야."

겐타는 그렇게 말하고는 한 차례 낚싯대를 점검했다. 역시 이번에도 미끼를 도둑맞았다. "아이구, 이런"이라고 중얼거리고 팔을 뻗어 허공에서 흔들리는 낚싯바늘을 붙잡았다.

히사나는 창가에 앉아 기타를 치면서 노래하고 있었다. 여전히 오리지널 레퍼토리는 '한밤중의 아이' 한 곡뿐이지만 스리 핑거가 능숙해진 덕분에 한층 더 감정을 실을 수 있었다. 렌지가 떠난 뒤에도 그녀는 날마다 겐타의 맨션에 찾아와 렌지와 함께할 때와 다름없이 청소를 하거나 책을 읽거나 때로는 겐타를 위해 과자를 구웠다. 대학에는 가지 않았고 그렇다고 어딘가 일자리를 찾는 것도 없이 오로지 기다리는 것에만 전념하며 별다른 변화도 없는 하루하루를 보냈다. 렌지가 없는 동안 자신의 마음을 컨트롤하기 위해, 혹은 격려하기 위해 이 시기를 글로 남겨 보기로 했었다. 하지만 그렇게 시작한 일기도 거의 똑같은 하루하루여서 어느샌가 중단해 버렸다. 이런저런 일들을 떠올리며 때로는 우울해지기도 했다. 하지만 주위에 격려해 주는 사람이 많아서 그 힘으로 지난 2년을 견뎌 냈다. 그리고 이제 곧 만날 거라는 소식을 들은 지난 몇 주일 동안 히사나는 더욱더 정성껏 집 안 청소에 힘을 쏟았다.

노래하기에도 지쳐 창문 아래로 시선을 떨구자 무성한 녹음 아래 제방에 앉아 낚시를 하는 겐타의 모습이 눈에 들어왔다. 그리고 그 옆에 웬일로 누군가 나란히 앉아 있었다. 히사나는 급히 창문을 열고 고개를 내밀어 시선을 집중했다. 젊은 남자였다. 그가 천천히 자리에서 일어섰다. 렌지인지도 모른다. 히사나는 서둘러 욕실에 들어가 머리매무새와 화장을 고치고 부랴부랴 밖으로 뛰어나갔다.

도로를 끼고 맞은편 인도에 렌지가 서 있는 게 보였다. 심장이 멎어 버릴 만큼 놀라서 꼼짝도 할 수 없었다. 한밤중의 아이는 어느새 생김새도 늠름한 어른이 되어 있었다. 지나가는 차는 없었지만 히사나는 발이 떨어지지 않아 그곳에 우두커니 서 버렸다. 곧 소년원에서 나올 거라는 얘기는 들었지만, 막상 이렇게 마주하고 보니 아무 말도 나오지 않았다. 형사와 변호사, 재판소 사람들을 만나 설명을 되풀이했던 날들이 스쳐 갔다. 렌지와 처음 길가에서 우연히 만난 뒤로 이어진 지난 12년 세월도 주마등처럼 흘러갔다. 하지만 그런 건 어느새 바람처럼 사라져 버리는 추억에 지나지 않았다. 중요한 것은 지금이라고 히사나는 자신에게 되뇌었다. 과거도 미래도 아닌 바로 지금인 것이다.

가정 재판소에서는 렌지의 가정 환경에 명백히 문제가 있었다고 판단하고 그의 사회 복귀를 돕기 위해 소년원 송치를 결정했다. 렌지를 담당했던 변호사는 마침 무호적 아동 문제 전문가여서 그를 위해 전력투구해 주었다. 그녀가 쓴 기사가 인터넷에 올라오자 렌지를 비롯한 무호적 아동에 대한 동정 여론이 들끓었다. 하지만 렌지는 주위의 그런 흐름을 거부하듯이 언론 취재에 독자적인 코멘트를 남겼다.

"저는 호적을 취득할 의사가 없습니다. 누군가 원해서 태어난 것도 아니니까요. 하지만 나카스에는 그런 저를 사랑해 준 사람들이 있습니다. 소년원에서 나가면 나카스로 돌아가 여태까지

해 왔던 대로 그곳 사람들과 나카스의 전통을 지키며 살고 싶은 마음뿐입니다."

렌지가 쇼와 거리를 건너 히사나 쪽으로 걸어왔다. 나카스를 흐르는 바람을 가르며 곧장 걸어오더니 히사나의 눈앞에 멈춰 서서 그 길쭉한 눈을 지그시 들여다보았다. 우린 아직 젊어, 라고 히사나는 마음속으로 부르짖었다. 우리에게는 아직 무한의 시간이 있다고 생각하니 흐뭇했다. 더 이상 견딜 수 없어 렌지의 품에 뛰어들었다. 렌지는 말없이 그녀를 받아 안았다. 3년 전 크리스마스 날에 히사나가 갑작스럽게 껴안았던 이후로 첫 포옹이었다.

렌지가 나카스 거리를 걷고 싶다고 해서 해가 뉘엿뉘엿 저물어 가는 시각에 두 사람은 번화가로 향하기로 했다. 렌지가 이곳을 얼마나 그리워했는지 손에 잡힐 듯이 전해져 왔다. 두 사람의 눈앞에 석양빛을 받은 나카스의 옅은 윤곽이 펼쳐졌다. 메이지 거리를 건너 쥬오 거리로 들어서면 언제라도 수많은 관광객들로 북적거리는 유흥가였다. 신이 나서 돌아다니는 사람들의 얼굴을 바라보며 렌지는 미소를 지었지만, 이윽고 그 풀어졌던 입가가 팽팽해졌다. 저 앞에 하카타 기온 야마카사 신여의 가건물이 보였기 때문이다.

“아, 그렇지, 벌써 그 시기였어.”

렌지가 혼잣말을 흘렸다. 장식 신여를 올려다보는 관광객에 섞여 두 사람은 잠시 가건물 앞에서 용맹한 인형들이 자아내는 드라마를 지켜보았다.

“내일모레, 신여가 출발할 거야.”

히사나가 알려 주었다. 렌지의 뇌리에 용맹한 축제 장면이 되살아났다. 신여를 떠메고 달리는 장정들의 모습이었지만 흑백으로 흘러갈 뿐 소리가 없었다. 가건물 주위에서는 긴 핫피를 걸친 청년들이 축제 준비를 하고 있었다. 바지런히 움직이는 청년들의 씩씩한 표정과 몸짓을 렌지는 그들과 동질의 정신과 의식으로 마주할 수 없었다. 몇몇 아는 얼굴이 눈에 띄어서 혹시 헤이지와 쓰토무도 있지 않을까 하고 조심스럽게 둘러봤지만 보이지 않았다.

얼른 자리를 뜨려는데 그중 한 사람이 렌지를 알아보고 놀란 얼굴을 했다. 렌지는 더욱더 뒤가 켕겨서 짧은 목례를 건네고 도망치듯이 그 자리를 떴다. 이제 막 소년원에서 나온 자신이 신성한 신여를 떠멜 자격은 없다. 아카네를 칼로 찌를 때의 둔탁한 감각이 등에 새겨진 문신처럼 기억에서 떠나지 않았다. 뭔가 할 말이 있는 듯한 표정의 긴 핫피 차림의 청년을 지나쳐 렌지가 성큼 성큼 가 버리는 바람에 히사나는 급히 그 뒤를 따라갔다.

"다시 저 사람들하고 같이 신여를 떠메면 좋을 텐데."

히사나가 그의 등을 향해 격려의 말을 건넸지만 렌지는 대답하지 않았다.

"다들 렌지를 기다리고 있어."

히사나가 급히 앞으로 달려가 길을 막으며 다시 한번 말했다.

"기다리다니, 누가?"

"헤이지 씨도 그렇고 쓰토무 씨도 그렇고, 야마카사 축제 사람들이 모두 다."

렌지는 멈춰 서서 미간에 힘을 주며 히사나를 노려보았다. 그 표정이 너무 험악해서 이번 축제에 꼭 참가하라는 말을 꺼내려던 히사나의 입이 닫혀 버렸다. 두 사람은 서로의 눈을 지그시 바라보았다. 렌지의 마음속에서 다양한 감정이 소용돌이쳤다. 그것들은 자디잔 생각의 파도로 한꺼번에 폭주해서 좀체 하나로 정리되지 않았다. 앞으로 나카스에서 내가 가장 좋아하는 야마카사 축제를 완전히 시야에서 배제한 채 과연 살아갈 수 있을까. 야마카사 축제가 있는 7월을 집 한 귀퉁이에 틀어박힌 채 보낼 수 있을까.

두 사람이 멈춰 선 곳은 나카스 파출소 앞이었다. 마침 문이 열리고 히비키가 웃으면서 젊은 경찰들과 함께 나왔다. 히사나가 알아보고 시선을 던지자 렌지도 돌아보았다. 외근을 나가려던 히비키가 히사나 옆에 선 렌지를 발견하고 깜짝 놀란 듯 풀어졌던 입가가 팽팽해졌다.

뜨끈한 여름 바람이 쥬오 거리를 뚫고 지나갔다. 렌지는 히비키와 멍하니 마주 보았다. 두 사람은 각자 머릿속에서 생각과 말을 찾아봤지만 어떤 것도 꺼내지지 않았다. 저는 호적을 취득할 생각이 없습니다, 라고 했던 렌지의 말이 가장 먼저 히비키의 머릿속을 스쳤다. 사람들이 길 가운데 마주한 두 사람을 마치 흘러가는 시간처럼 지나쳐 갔다. 젊은 경찰들은 히비키가 멍하니 서 있는 바람에 뭔가 심상치 않은 분위기를 눈치채고 일단 파출소 안으로 들어갔다. 긴 침묵 끝에 드디어 히비키가 입을 열었다.

"렌지, 무사히 돌아왔구나……."

렌지는 조용히 머리를 숙였다.

"앞으로 어떻게 할 계획이지?"

히비키가 물어보자 렌지는 시선을 떨군 채 짧게 대답했다.

"나카스에서 살 거예요."

히사나가 문득 얼굴 가득 웃음을 지으며 렌지의 머뭇거리는 시선 앞에 손을 쑥 내밀었다. 렌지가 무슨 일인가 하고 고개를 들었다. 히사나는 웃는 얼굴 그대로 가슴을 툭 내밀며 말했다.

"저거 봐, 내 말이 맞지."

그녀는 아까 왔던 길을 가리켰다. 히비키도 환하게 웃는 얼굴이었기 때문에 렌지는 급히 등 뒤를 돌아보았다. 장식 신여의 가건물 쪽에서 긴 핫피의 청년들이 렌지를 향해 뛰어오는 모습이 눈에 들어왔다. 선두에 선 청년은 2년 전에 함께 신여를 떠메고 달렸던 낯익은 신여꾼이었다. 청년들이 우르르 렌지의 코앞까지 달려왔다.

"렌지, 이렇게 불쑥 나타나다니, 깜짝 놀랐잖아!"

헤이지가 그 속에서 얼굴을 내밀었다.

"어서 와, 렌지. 잘 왔다, 잘 왔어."

그 뒤쪽에 쓰토무도 있었다. 환하게 웃는 얼굴이었다.

"뭐야, 그 떨떠름한 얼굴은? 마침 잘됐어, 일손이 모자라던 참이야. 너도 얼른 와서 거들어."

헤이지의 말에 청년들이 일제히 와하하 웃음을 터뜨렸다.

"다들 너 오기를 기다렸어."

쓰토무가 말했다.

"기다렸다니, 이런 나를……."

렌지가 중얼거리자 헤이지가 한 걸음 나서서 우렁찬 목소리로 구령을 내질렀다.

"하카타 박수!"

그러자 전원이 한 동작으로 어깨 폭만큼 다리를 착 벌리고 두 손을 쓱 내밀었다. 관광객들이 멈춰 서고 경찰들이 파출소 안에서 얼굴을 내밀었다. 긴 핫피 차림의 청년 한 사람 한 사람의 씩씩한 표정이 렌지의 등을 떠밀어 주었다. 렌지도 다리를 착 벌리고 두 손을 쓱 내밀었다. 헤이지가 진지한 얼굴로 다시 목소리를 높였다.

"이야앗!"

그러자 청년들이 따악따악 하고 두 박자, 똑같은 타이밍에 손뼉을 쳤다.

"한 번 더!"

헤이지가 웃는 얼굴로 뒤를 잇자 다시 따악따악 하고 두 박자, 그리고 마지막 구령이 떨어졌다.

"축하 3박수!"

손뼉 소리가 따악딱 따악, 정확히 박자를 맞춰 울렸다.

다음 순간, 신여를 에워싼 장정들이 온몸에 기합을 넣고 나카스의 하늘을 향해 고함을 내질렀다.

"이야앗!"

그 소리가 동력이 되어 신여가 번쩍 들리자 단숨에 엄청난 기세로 쥬오 거리를 내처 질주하기 시작했다. 봉을 맡은 장정들은 눈을 부릅뜨고 얼굴이 벌게져서 머리를 틀고 근육과 정신을 최대한 몰아붙여 신여를 들어 올린 채 내달렸다. 봉을 떠메는 한 순간 한 순간마다 그들은 살아서 죽고 살아서 죽기를 거듭하며 강하고 거칠게 이 땅, 이 나카스에 존재했다. 으쌰 으쌰 하는 구령소리가 거리에 울려 퍼지고 연도에서 뿌린 물의 비말이 뜨겁게 달아오른 몸에 휘감기면 그곳에 저녁나절의 햇빛이 반사했다. 그렇게 나카스 곳곳에서 참가한 모든 신여꾼에게 영원의 순간이 새겨지는 것이었다. 그 속에 1번 봉을 떠멘 렌지가 있었다. 바로 옆에서는 쓰토무가 2번 봉을 떠멨다. 헤이지는 신여 위 한가운데 자리에 진을 치고 밧줄을 휘두르며 지시를 내렸다. 으쌰 으쌰 하는 우렁찬 고함을 내지르며 그들은 잠시 뒤 한 마리의 용이 되었다. 장정들의 근육으로 떠받쳐진 신여의 밑바닥 쇠붙이가 지면과 스치며 불꽃이 튀어 오르고 그 순간 나카스 상공을 향해 힘차게 날아올랐다. 으쌰 으쌰, 리드미컬하게 튀어나온 장정들의 고함을 동력으로 삼아 신여는 붉은 저녁노을의 하늘을 향해 용솟음쳤다.

어린 날의 렌지가 길가에 서서 용솟음치는 신여를 홀린 듯 올려다보았다. 그곳에는 한없이 뻗어 가는 아이의 꿈이 있었다. 언젠가 나도 저 신여를 떠메고 싶다는 꿈, 언젠가 저 장정들과 함께 달리고 싶다는 꿈이 영원히 이어지는 순간이었다. 으쌰 으쌰, 구령을 내지르며 한밤중을 살아가는 아이는 나카스 골목 한 귀퉁이에서 지금도 여전히 필사적으로 꿈을 꾸고 있었다.

| 옮긴이의 말 |

무호적의 정령

나카스中洲는 일본 후쿠오카시 도심부에 자리한 길쭉한 배 모양의 작은 섬이다. 도심을 지나 바다로 흘러가는 나카강과 하카타강에 빙 둘러싸였지만 열여덟 개의 다리(렌지가 열아홉 번째의 다리를 발견한다)가 있어서 서울의 여의도처럼 사방팔방으로 연결된다. 유흥 상업 지구로, 나카강 산책로 주변에 각종 먹거리를 파는 포장마차 거리가 형성되어 관광객에게도 인기가 많은 것으로 유명하다. 특히 환락 시설이 밀집한 남측 구역은 도쿄의 신주쿠 가부키초, 삿포로의 스스키노와 함께 일본의 3대 환락가로 손꼽힌다.

음식점과 룸살롱, 클럽, 러브호텔, 그리고 소프랜드가 즐비한 거리는 하루 스물네 시간 쉴 새 없이 북적거리지만 이곳에 주거지를 가진 상주인구는 7백 명이 채 안 된다고 한다. 나카스에서 밥벌이를 하는 관계자가 3만 명이고 놀러 오는 사람은 6만 명에 달한다는데 거의 대부분 스치듯이 '왔다가 떠나는' 장소인 셈이다. 중심부는 높은 주택 가격을 감당하기 어려워 유흥업 종사자들은 결국 외곽에서 출퇴근하는 경우가 대부분일 것이다. 아이가 있는 클럽 호스티스 엄마들은 자신의 일터와 가까운 나카스의 어린이집을 이용하게 된다.

'아이들은 엄마가 데리러 올 때까지 이곳에서 지낸다. 엄마들은 클럽이 문을 닫은 뒤, 한밤중에나 도착한다. 잠들었던 아이는 졸린 눈을 비벼 가며 다시 일어나 택시를 타고 외곽의 집까지 가야 한다.'

새겨읽을수록 애처로운 장면이지만, 주인공 렌지는 그래도 아이가 어린이집에서 보호를 받고 다시 데려가 주는 엄마가 있어서 괜찮다고 생각한다. 어린이집에도 보내 주지 않아 환락가에 홀로 내던져진 채 살아가는 아이의 삶은 과연 어떤 것일까. 아이 하나를 키우는 데 마을 전체가 필요하다는데 나카스 유흥가에서도 그런 게 가능할까.

나카스 안에서 밥벌이를 하는 사람들은 그에게 '한밤중의 아이'라는 별명을 붙여 준다. 맨 처음 파출소 경찰 히비키의 눈에 띄었을 때 다섯 살이던 렌지가 스무 살 성인으로 자랄 때까지 그와 인연을 맺은 이들은 하나하나 사연도 많은 사람들이다. 동남아시아에서 건너온 삐끼 이시마, 고급 맨션을 버려 두고 공원에서 사는 괴짜 노숙인 겐타, 식당 〈데노고이〉의 주인 야스코와 마을의 원로 '두꺼비 아저씨' 다카하시, 겐지와 캐치볼을 해 준 젊은 요리사 헤이지, 함께 요리를 배운 첫 친구 쓰토무, 나카스에서 살아가는 또 한 명의 아이 히사나…….

그리고 나카스에서 면면히 이어져 온 야마카사 축제와 그 신여神輿에 모셔진 신들이 소중한 목숨에 불가사의한 힘을 불어넣는다. 전통 축제가 지역의 단순한 행사가 아니라 그 땅에서 사는 생명을 건져 올리고 정신의 솟대로서 작용하고 있다.

'하늘은 검은빛을 띤 감색이다. 시간이 정지하고 모든 것이 움직임을 멈춘다. 두툼한 구름이 어디에서랄 것도 없이 흘러와 달과 별들을 가리기 시작한다. 소리가 사라지고 바람이 멎고 온갖 것들이 숨을 멈춘다. 날이 새려 하고 있었다. 부옇던 하늘이 서서히 푸른빛으로 변하자 나카스는 고요히 잠들고 자리를 바꾸듯이 신들이 상륙한다. 골목골목에 신들이 강림하고 그들은 평소의 자리에 결계를 친다. 정적이 나카스를 감싸고 삿된 것들을 떨려 나고 그곳에 존귀한 빛이 쏟아지기 시작한다.'

괴짜 노숙인 겐타는 세계를 여행한 끝에 나카스에 돌아와 세상 어디든 어떤 것에든 다양한 정령이 깃들었다는 깨달음을 얻는다. 부모의 보살핌을 받지 못하는 아이, 출생 신고조차 해 주지 않아 무호적이 된 렌지가 그에게는 영적 신앙의 대상, 숭배해야 할 정령이었다. 가족을 뛰어넘어 세상 모든 아이를 위해 가져야 할 믿음이나 각오 같은 것인지도 모른다.

츠지 히토나리는 1989년 『피아니시모』를 시작으로 아쿠타카와상의 『해협의 빛』, 영화로도 유명한 『냉정과 열정 사이』, 일본인 최초로 프랑스 페미나상을 수상한 『백불白佛』, TV 드라마로 인기를 끌었던 『사랑을 주세요』 등, 58권에 달하는 굵직굵직한 작품을 발표해 온 일본 문단의 중견 작가다. 그중에서도 『냉정과 열정 사이』는 여주인공의 이야기 〈Rosso〉 편은 에쿠니 가오리, 남주인공 이야기 〈Blu〉 편은 츠지 히토나리가 공동으로 집필한 작품으로 화제가 되었다. 똑같은 실험으로 한국의 공지영 씨와 함께 써낸 『사랑 후에 오는 것들』 두 편도 오래도록 읽히는 작품이 되었다.

다재다능한 분이어서 소설 쓰기에 앞서 1985년에 록 밴드 〈ECHOES〉의 보컬리스트로 데뷔해 7장의 앨범을 발표했고, 최근까지도 공연을 개최하고 있다. 다른 가수를 위해 작곡 작사한 노래는 셀 수 없이 많다. 영화감독으로 〈천년 여행자千年旅人〉를 비롯해 총 9편의 영화를 제작하기도 했다.

2002년에 영화 〈러브레터〉의 배우 나카야마 미호와 그야말로 드라마틱한 결혼을 하고 프랑스 파리로 건너갔고 이듬해 아들이 태어났다. 2014년에 이혼 후 그가 양육권을 갖게 되면서 싱글 대디로서 10년 가까이 아들에게 차려 준 도시락과 하루하루의 요리를 인터넷에 올렸는데 이 또한 예사 솜씨가 아니어서 큰 반향을 불렀다. 『파리의 아들을 위한 밥 세계-작은 가족을 위한』 『50대 록커가 매일 아침 열심히 도시락을 준비한다는 거, 꼴사나운지도 모르지만』 등의 요리책으로도 출간되었다. 우리나라에도 '츠지 히토나리가 아이에게 들려주는 인생 레시피'라는 부제와 함께 번역서 『네가 맛있는 하루를 보내면 좋겠어』가 나왔다.

그가 편집해서 올리는 웹매거진 〈DESIGN STORIES〉(www.designstoriesinc.com/)를 검색해 보니 이제 스무 살, 대학 기숙사로 떠난 아들이 스스로 만든 요리 사진을 아빠에게 보내 준다는 소식이 올라와 있었다. 어린 아이를, 생명을, 정령으로서 숭배하듯이 살리는 일에 대해 이야기한 이번 소설과 어딘지 중첩되는 뭔가가 있는 것 같아 자세히 소개해 보았다.

살림을 하는 틈틈이 파리의 카페에 나가 소설을 썼다는 얘기를 예전에 그의 블로그에서 본 기억이 있다. 일정한 시간에 일정한 분량의 글을 써 내려가는 작업의 흔적, 연륜이랄까 세월의 힘이랄까, 워낙에 뛰어난 문장과 감수성으로 정평이 있는 작가지만, 거기에 더해 어찌 됐든 주제와 소재에 집중하고 스토리를 구성해 나간 성실한 글의 리듬이 느껴졌다. '선한 영향력'이라는 웅숭깊은 저력을 생각하면서 읽어 갈 수 있는, 좀 더 많은 독자들에게 권하고 싶은 한 권이다.

양윤옥